刀头上的绝响

乱世名将的荣耀之路

薛易 著

图书在版编目（CIP）数据

刀头上的绝响：乱世名将的荣耀之路 / 薛易著. -- 北京：北京联合出版公司, 2020.4（2020.6重印）

ISBN 978-7-5596-3949-3

Ⅰ.①刀… Ⅱ.①薛… Ⅲ.①传记文学—作品集—中国—当代 Ⅳ.①I25

中国版本图书馆CIP数据核字(2020)第012364号

刀头上的绝响：乱世名将的荣耀之路

著　　者：薛　易
出 品 人：赵红仕
选题策划：后浪出版公司
出版统筹：吴兴元
编辑统筹：梅天明
责任编辑：宋延涛
特约编辑：李　梅
营销推广：ONEBOOK
装帧制造：墨白空间·肖　雅

北京联合出版公司出版
（北京市西城区德外大街83号楼9层　100088）
北京盛通印刷股份有限公司印刷　新华书店经销
字数242千字　889毫米×1194毫米　1/32　11印张
2020年4月第1版　2020年6月第2次印刷
ISBN 978-7-5596-3949-3

定价：45.00 元

后浪出版咨询(北京)有限责任公司常年法律顾问：北京大成律师事务所 周天晖　copyright@hinabook.com

未经许可，不得以任何方式复制或抄袭本书部分或全部内容
版权所有，侵权必究

本书若有印装质量问题，请与本公司图书销售中心联系调换。电话：010-64010019

目 录

第一刀杀谁：司马穰苴 / 1

二桃杀三士 / 4
血祭少年头 / 12
致命的酒局 / 18

战国、狼与桃花：吴起 / 27

不为将相，永不还乡 / 30
丧家犬也有春天 / 37
血染的虎符 / 48
吃的不是饭，是气 / 57
万箭穿心亦温柔 / 66

白衣飘飘的将门：乐毅 / 77

食人者的后裔 / 80
蹉跎时节药与酒 / 86
报君黄金台上意 / 93
匣中明月剑，枕边黑衣人 / 103
如何当诸葛亮的偶像 / 108
即墨之战，血与哀愁 / 116

刀头上的绝响：王翦 / 127

活就活在战场上 / 130
我所思兮在雁门 / 137
两个只能活一个 / 147

易水歌声与剑声 / 159
一盆脏水慰平生 / 170

仗义每从屠狗辈：樊哙 / 183

我普普通通，屠狗的 / 186
落草为寇好时光 / 192
老少爷们儿上战场 / 198
人模狗样的世道 / 204
巨鹿，隐秘的毒饵 / 211

抢粮抢钱抢美人 / 219
一条猪腿改变历史 / 226
面子底下，一座刀山 / 236
有江山，无兄弟 / 243

天下，十面埋伏：韩信 / 253

填饱肚子，是头等大事 / 256
最知音，那夜的月色 / 262
三军惊兮拜大将 / 270
就这样暗度陈仓 / 278
挡不住的楼烦铁骑 / 282
奇袭，黑暗的河流 / 289

背水一战的正确姿态 / 297
高阳酒徒之死 / 304
项羽之妻究竟是谁？/ 311
三分天下，干不干？/ 317
天下无敌，只有死人 / 323
王者归来，故人安在 / 332

参考文献 _ 343

第一刀杀谁

司马穰苴

首先要讲的故事，发生于春秋时期的齐国。

春秋是个怎样的时代？古今第一传记名家司马迁说："《春秋》之中，弑君三十六，亡国五十二，诸侯奔走不得保其社稷者不可胜数。"

这样的时代自然是一个乱世。

齐国又是个怎样的国家？武王伐纣后大封诸侯，现已被尊为神话人物的姜子牙，分封至齐国，发展工商业，开发渔盐资源，迅速崛起为大国。

从古至今，提起姜子牙，总少不了"足智多谋"这一标签。而这个由他老先生所开拓的国家，也有着天下最为根深蒂固的计谋传统。

此后多年，齐桓公成为第一位霸主。其宰相管仲最早尝试改革，鼓励国人经商，开设官方妓院，被尊为商人之祖、妓女之神。

轮到司马穰苴出场时，当朝的已是齐景公。那时他的名字还叫田穰苴。这个后来被称为姜子牙之后第二个军事家的男人还只是一介草民。

人如其名，这句话放在田穰苴身上再合适不过。从字面上来讲，穰是指"黍麦等植物的茎秆"，苴则指"鞋底的草垫"。

他面色枯黄，又瘦又高，还略略有些驼背，站在风中像一根摇摇欲倒的稻草。

田氏虽是齐国望族，但田穰苴只是极为疏远的一支，根本沾不上什么光，在宗族中的地位也卑微如一棵稗草。

如果不是那场战争，恐怕住得稍远一点的邻居，都不会意识到世上还有田穰苴这个人存在。而近一点的邻居也会想：他爹妈怎么想的，怎么连起名都不会起个响亮点儿的？

好在，老天自有他的逻辑。

二桃杀三士

边城苦鸣镝，羽檄飞京都。

那一年，齐国的江山在大战的威压之下，飘摇如同纸糊的一般。

因齐景公贪图淫乐，不恤民力，国内民怨沸腾。邻邦晋国和燕国一向眈眈相视，见有机可乘，先后兴兵入犯。两军到处，势如破竹。晋军破阿、甄两邑，燕军杀过黄河。

都城临淄岌岌可危。

王位上，齐景公一双醉眼看着杯里的美酒，脸上漾着漠然的笑。他的眼前浮现起三个人影：田开疆、古冶子和公孙捷。

他们是齐国的三员虎将，力能拔山，有万夫不当之勇，立有赫赫战功。他们还曾上沂山打虎，下东海刺蛟，并将捕获的生猛海鲜献给齐景公。假如他们三虎能领兵上阵，何愁敌军不退……

这样想着，齐景公脸上的笑一扫而空，渐渐聚起了阴云。他的手抖了几抖，目光刺向不远处的相国晏婴。

晏婴，齐国夷维（今山东高密）人，历任齐灵公、庄公、景公三朝。这位三朝元老，身材矮小，机智善辩，既擅外交，又能治国，深为齐景公所倚重，也传下了"橘化为枳""挥汗成雨"等众多成语典故。

然而，在不久之前，晏婴刚刚做了一件事。

他对齐景公说道:"田开疆、古冶子和公孙捷这三人,自恃功高,不守为臣之道,恐成后患。"

齐景公一听,心悬了起来。

无论是哪个国君,听到大将有不臣之心,都难免紧张。而且,齐景公又有极特殊的经历——此前因权臣弑君,齐国经历了十六年内乱。齐景公幼年即位,大权旁落,忍辱含垢多少年,才有了如今的安稳。而现在,向来最靠谱的晏婴却说,三虎"恐成后患"。

"相国,依你之见如何?"

"除之。"

齐景公点了头。

怎么除,是个问题。齐景公有点担心,三虎非同小可,杀怕杀不了,抓又怕抓不住。万一他们投降敌国,把齐国的核心机密都泄露了,那岂不更危险?

晏婴嘿嘿一笑。他献上一计,先让齐景公下达犒赏三虎的谕旨,然后派人捧着金漆盒,坐车去见三虎。

三虎正在田开疆府上喝酒。闻说国君谕旨来,三人也不起身,只对使者道:"何事?快讲。"

使者:"君上有赏。"

田开疆闻言跳起来,一把打开了金漆盒,里面赫然是两枚鲜艳欲滴的桃子。

田开疆咧嘴笑了,另外二虎一看也笑了,笑得前仰后合。

使者站立不动,"君上有旨:请三位将军中,功劳最大的二位,食此御桃。"

"那自然有我的一个。"田开疆伸手抓了一个。

公孙捷果然敏捷,一个箭步跨过来,抢了剩下的一个。

古冶子身材肥胖,挣扎起来时,发现两个桃子都被抢走,便嚷道:"你们抢得到桃子,就能说明自己功劳大吗?君上的旨意,可是给功劳最大的两个人。"

田开疆和公孙捷二人,一听有理,对望一眼,没有立刻把桃子塞进嘴里。

于是,古冶子先把自己的功劳表了一番:"这些年,无论阵前杀敌还是上山剿匪,我出生入死二十七次,难道功劳不算大?"

田开疆:"我仗没少打,血没少流,还曾在阵前替君上挡过三箭,几乎丢了性命,这功劳谁人能比?"

公孙捷:"我年龄比你们二位小,打仗也不多,但齐国那么多贵族想谋害君上,每次都被我拼死救下,谁也不能说功劳比我大!"

三虎争功,各不相让。一开始还能各叙其功,但很快声音越来越大,怒火越烧越旺。

田开疆把桃子往金漆盒里一放,"仓啷啷"抽出佩剑,"既然争不出结果来,便比武决胜吧。"

公孙捷说声好,也抽出宝剑。

古冶子手握剑柄,望望这个,看看那个,一时没了主意。

这时,却听那使者叹了一口气:"君上的意思——你们当真不知?"

三虎面面相觑,许久才明白过来,原来齐景公对他们三人已有了戒心,乃至起了杀心,顿时怒火中烧,吵嚷了一阵,又是悲苦如潮。

三虎一度暗暗动过念头，不如先斩了使臣，然后再将家丁合在一处，直接去攻打齐景公。但转念又一想：齐景公身边有晏婴，此人心机如海，一定早早做好了准备，我等断然成功不了，到时还白白惹人耻笑——只是，咱们当年为君上抛头颅洒热血，整个齐国谁人不知哪个不晓？怎么君上说忘就忘了呢？今天拿这两个桃子来侮辱咱们，今后还不知又会怎样。咱们都是铁一般的汉子，岂能受这鸟窝囊气！

最后，田开疆大骂数声，伏剑自刎。公孙捷一阵冷笑，自刺而死。

古冶子泪水长流，"二位将军，区区两个桃子算得了什么？但关乎名节，古某又怎敢让予你们？"又看了一眼使者，似乎在哪里见过，却已无暇多想，只道："你且去奏明君上，我三人绝无异心。"言罢，碰壁而死。

从田府走出来，田穰苴发现，来时所乘的车并未在门口等着。

他丝毫没感觉意外。他知道：在车夫眼中，自己一介草民又算得了什么？人家肯定急着跑去相国府报信，请赏去了。

他摘下了帽子。头发枯黄，眉毛稀疏，两只眼睛也泛着灰黄色。医者说，这是营养不良以及肝病所致。

三虎红的血白的脑依旧在眼前跳跃，他却感觉自己的血已经凉了。

二桃杀三士，好个晏相国。他田穰苴自谓熟读史书，通晓民风，却想不到竟有如此阴狠毒辣的手段。

后人或许会想，这三虎真是有勇无谋的莽汉，竟然如此草草了结生命！但是，春秋就是这样一个时代。上层社会中，"礼"像空气一样无所不在，士人重名节，轻生死。

甚至在战场上，敌我双方也会严格遵守"战争礼"。那时以车战为主，需"结日定地，各居一面，鸣鼓而战，不相诈"。也就是，必须选择一处平坦开阔地带，双方约好时间，列好队伍，再鸣起战鼓，驱车冲向对方，不用诡计。

历史学家黄仁宇说："春秋时代的车战，是一种贵族式的战争，有时彼此都以竞技的方式看待，布阵有一定的程序，交战也有公认的原则，也就是仍不离开'礼'的约束。"

"礼"字当前，胜负事小，生死事小，兴亡事小。所以，拒绝对敌人"半渡而击"致使败亡的宋襄公，在当时绝非"蠢猪式的仁义"，而是代表了一种时代精神。

于此，三虎不是匹夫，而是士，所以宁可死，必须死。

三虎之死也被后人记下。汉乐府《梁甫吟》中写道：

>步出齐城门，遥望荡阴里。
>里中有三墓，累累正相似。
>问是谁家墓？田疆古冶子。
>力能排南山，文能绝地纪。
>一朝被谗言，二桃杀三士。
>谁能为此谋？国相齐晏子。

据说，三国时的蜀汉丞相诸葛亮，最喜欢吟诵《梁甫吟》。

晏婴心里的算盘噼里啪啦直响。

三虎向来不把我放在眼里，仗着几分功劳，在大街上遇到我的车，从来都不到一旁回避。上朝的时候，还故意走在我身边，尤其是那个公孙捷，几次三番戏弄于我："相国，你都有我一半高啦。"

　　我三朝元老，岂能和你们一帮浑人一般见识？这下，看你们断了头、趴在地下，再来跟我比一比谁高谁矮呀？

　　再说，我何尝不是为了君上和齐国社稷着想？你们三个说自己没有异心，可是当前政治局势这么复杂，就凭你们那点智商、情商，即便没有异心就能保证不被"敌对势力"利用了？万一被忽悠了，那跟造反是不是也差不多？

　　我派田穰苴去传旨送桃，想来他也是心甘情愿的。

　　初次在田开疆府上碰见他时，他只是一个侍弄花草的园丁。恐怕这个活儿，也是他借钱买了些冰片、麝香送给管事的人，求来的吧？虽然同是田氏子弟，但那田开疆却从未对他多看过一眼，连点印象都没有，更谈不上关照了。这田穰苴平日忍气吞声，肯定早就发了狠，要混出个人样来，我派他去传旨送田开疆一程，不正是他扬眉吐气的时机吗？

　　再说，那次我偶然碰到田穰苴去田府借书，顺便跟他聊了几句，发现这个恍若"病夫"的人竟然精明强干，见识过人，真让人有点出乎意料。于是，才特许他来相府拜会。谁知几番长聊，这田穰苴竟然满腹韬略，是个绝世的将才。

　　若不是本相，他又哪来的接触最上层阶层的机会？只要他能为我所用，对我、对齐国，都不失为一件幸事。

　　这样想着，晏婴的脸上露出了笑容。猛一抬眼，正碰到齐景公寒冰一般的目光——饱含着怨毒与愤恨。

晏婴浑身一紧。赶忙收起笑脸。他明白,眼下大兵压境,无将可用,齐景公肯定是在怨他——害死大将,自毁长城。这种怨恨,足以令他前程尽毁,脑袋搬家。

不过晏婴并不慌乱。他深知,根据历史上的传统,名臣和奸臣的区别无非是:名臣害人之后能推荐更好的人才来顶替,而奸臣则只管害人却并无合适的替代人选。而事实上,在设计除掉三虎之前,他早已有了底牌。

晏婴上奏:"微臣保举一人,此人深谙韬略,乃将帅之才。他才是我们齐国一只真正的猛虎,相比之下田开疆他们,顶多只是三条狗而已。"

齐景公把酒杯往案上一放,"相国快说,此人是谁?"

"此人名叫田穰苴,虽出身低下,为田氏庶孽,但其人文能附众,武能威敌,愿君试之。"

"哦,他也姓田。快传他进来。"

田穰苴终于走进了他眺望了无数次的王宫,见到了传说中的国君。

齐景公对他的面试很成功,"与语兵事,大悦之。"当即下旨,任命田穰苴为将军,授予虎符,即日领兵出征。

"死了的人是美人。"田穰苴从没有看过这句话。

不过他脑间经常盘旋着一个影子:丹唇外朗,玉树摇风,那容貌、风度、尊荣、邪气,那一腔洒在黄土地上的鲜红滚烫少年血……

那影子名叫庄贾,乃齐景公御前第一红人。没错,连相国晏婴也没有他红。

齐景公和庄贾的相逢是有故事的。

那年,齐景公用过膳,在王宫散步,晏婴垂首跟在后面,说些国事。路过鸟舍,齐景公一扭头,发现一个俊美少年正目光灼灼地望着自己,全无半点回避的意思。依齐律,这已然犯了大不敬之罪。

齐景公大怒:"这是何人?"

四下跪倒的人回道:"是负责征集鸟羽的小官。"

齐景公本就生得相貌堂堂,特别一张脸如中秋之月,分外皎洁,这时已被看得有点发红,"原来是个羽(鸟)人,你为何盯着寡人看?"

"小人说是个死,不说也是个死。"少年这才跪下,缓缓道出惊人语,"小人偷偷喜欢君上的容颜。"

齐景公愤然跺脚:"竟对寡人起了色心!来人,拖出去,打死!嗯,打死算了……"

"君上请息怒。"晏婴说话了,"微臣听说,抗拒他人的欲望与爱慕,是不对且不祥的。又何况,即便是爱慕君上,也罪不至死。"

齐景公笑着骂道:"竟然还有这种道理。好吧,以后寡人沐浴,就让他来搓背吧!"

似乎只是一句笑话。

然而,这羽人不仅捡了一条命,还得以跟随齐景公左右,后世称之为"抱背之欢",堪比"龙阳之癖"。

整个过程,晏婴所起的作用极为关键,甚至是微妙而可疑的。这也被当成了他的成绩,写入了以他的名字所命名的文集。

这羽人正是庄贾。齐景公对他宠幸之至，不称其名，而呼之为"羽卿"。那时，美男子是受追捧的。在临淄城，庄贾频频现身各种场合，他衣华服饮美酒的身影幻化为一道风景。

正是：尘世翩翩美少年，举觞白眼望青天。

血祭少年头

刚被任命为将军的田穰苴，就向齐景公奏了一本，想请一位宠臣出任监军。

监军是干什么的？大致是临时差遣，代表朝廷协理军务，督察将帅之人。据记载，田穰苴是最早提出设立监军者之一。在此后的历史长河中，监军长期存在，一直到唐朝被制度化。再后来，演变成了类似"特派员"的角色。

"末将人微言轻，请君上明察。"田穰苴声音低沉。

他摆出了自己的理由：第一，他出身不算好；第二，他从未带过兵。虽然这将军是国君封的，但他本人在齐国却并无威望可言。

毕竟，文人们有意见，只会在背后里嘀咕几句，但那些贵族出身的将领和亡命沙场的兵卒，就不会藏着掖着了。再说，人家抛头颅洒热血那么多年，凭什么你来了就服你？一旦军队不能死心塌地听指挥，这仗还怎么打？而由国君的宠臣做监军，便能压住阵脚。

齐景公一听，乐了。

他也正有此意。一则他担心田穰苴难以驭众；二则，把倾国之兵交给一个自己并不了解的人，他也有点放心不下。

"说吧，你想请谁做监军？"

"庄贾先生。"

齐景公哈哈一笑："准奏！传羽卿。"

朝堂之上，当着齐景公的面，二人约好，次日午时在军队大营会合。

庄贾心里老大不高兴。

他不知道齐国之外怎么样，但在齐国他认为只有两类人。一类是他需要看眼色的；另一类是需要看他眼色的。齐景公和晏婴属于前者，而其余所有人都属于后者。

你田穰苴算什么，竟然给我安排工作！领兵打仗是你的事，而我有我的生活方式和个人情趣！于是，一踏出王宫的门，他就把约定之事抛到九霄云外。

田穰苴很认真。次日一早，他就来到军队大营，集合军队，立表下漏。

那时没有钟表，判断时间主要有两种方法：一是在空地插上标杆，根据太阳的影子计时；二是用漏壶，根据漏水的刻度计时。

田穰苴把这两种方法都用上了，看得出他对和庄贾的这场约会有多重视。

正午的太阳高照，漏声滴答，标杆投下漆黑的影子。午时已到，庄贾果然没有来。

时间一过，田穰苴就将标杆放倒，漏壶撤掉。传令众将，到中军大帐统一组织学习军纪。当时，军法负责人官名为军正。因条文不明、作风懒散，军正被田穰苴喝令当众打了十军棍。

庄贾赶到时，天色已至黄昏。

晚霞在天际燃烧，庄贾颀长的身材立在斜阳里，杏黄袍子大袖飘飘，一身酒气凸显了他的骄傲。

帅帐中擂响聚将鼓，众将雁列两旁。

"监军大人，你因何误了时辰？"田穰苴厉声喝问。

庄贾打了个呵欠。心道：为何？大齐长公主为我摆酒送行，跟你说得着吗？

他一言不发，看都不看田穰苴一眼，只微微抬头仰望天空。

"庄贾！"田穰苴暴喝一声，"为将者从受命之日，就要把家中老小抛诸脑后；在军中不能有亲疏之别；临敌交锋攻城拔寨，连命都不能吝惜。如今敌军长驱直入，举国震动，你看士卒们露宿餐风，战死沙场，君上寝食难安，百姓之命悬于你手。此时此刻，你他妈的还敢喝酒误事！"

这番训话犹如狮子吼，晴空一声雷，银河泻九天，诸将为之一震。尤其是那句"他妈的"可圈可点，动人心弦。众人均想：这庄贾不男不女，早就看他不顺眼了，新任的将军竟敢如此骂他，倒也不失为一个爷们儿！

庄贾心中一紧，他一时摸不着头脑，暗想，要不要跟田穰苴解释一下，这貌似也是个惹不起的主儿？

正犹豫间，却听田穰苴又道："军正何在？依军法，逾期该当何罪？"

因为刚挨了军棍，军正回答得斩钉截铁："当斩！"

田穰苴扫了一眼庄贾，冷冷道："将庄贾推出辕门，斩首示众！"

众将心中一凛,纷纷望向田穰苴。

"什么?"庄贾也吓得一哆嗦,膝盖颤了几颤,终于没有跪下来。他抬头仔细端详田穰苴。映入他眼中的,是一张冷峻而刻板的脸,在史书中,这张脸从来就没有笑过。

忽然,庄贾明白了一切,也渐渐消除了惧意。他当然不傻,能在宫中游刃有余,他岂是不知厉害的?

"你当真要斩我?哈哈哈哈。"庄贾仰天一阵长笑。

田穰苴点了点头,猛一挥手。大帐一片静悄悄,四名刀斧手,齐刷刷站到了庄贾身后。

庄贾摘下腰间佩剑,举过头顶,"这是君上赐我的当世名剑,想来你见都没有见过,还给君上吧。"一旁早有人双手捧着接过去。

又摘下一块晶莹玉佩,"此邙山古玉价值连城,你这村夫的身家性命,怕都不值其九牛一毛。可惜如此美玉,再不能得其所哉!"言罢,一把摔得粉碎,扭头大步向帐外走去。

"姓田的,斩我,你不配。只恨大好头颅,断于村夫之手!"

眼见国君的红人要人头落地,庄贾的手下都吓蒙了。他们知道,此时能救庄贾的只有齐景公,连忙飞车入朝。

齐景公闻讯也大吃一惊,心道:"田穰苴你小子搞什么?不知道羽卿是我什么人吗?我把活人借给你,不是把他脑袋借给你!"

齐景公赶紧派自己亲信使者持旌节,驾车赶到军中,来赦免庄贾的罪。

远远地,使者就看到大营辕门的高杆上悬着一人的首级。待得近些,使者只觉得一阵眩晕——不是庄贾,还能是谁?

再看那三军将士,个个站得笔直。四下鸦雀无声,唯有风吹军旗猎猎作响,旗上的"田"字陡然间扩张得比泰山还大、比黄河还广。

使者在路上的满腔怒火,转瞬烧尽,只剩一片冰冷悲戚的死灰,半点青烟都不敢冒出来。

他小步快跑进了中军大帐,向田穰苴宣旨。

田穰苴恭恭敬敬,接完旨,也未给使者看座,只说了一句话:"将在军,君令有所不受!"

据史料,这句话连同它的意思,都是田穰苴原创。

使者一下没听懂,还想说点什么。此时,又见田穰苴厉声喝问军正:"军营当中不能跑马,如今使者在营中驰骋,该当何罪?"

"当斩!"军正的回答比刚才更响亮。

"啊!"使者瞬间蒙了,心道,"我、我怎么成了庄贾第二了?"

他的两条腿抖得如筛糠一般,双肩耸起不停哆嗦,一阵风吹来,头上的帽子滚出老远,而他全无知觉。如果不是想着自己是国君派来的使者,他可能早就扑通一声跪下了。

田穰苴面沉似水,环视左右,片刻,悠悠道:"君上的使者——不能杀。"

接着,他传令将使者的马夫斩首,将车左边的马也斩首,并砍下了马车左边的立木,算是对使者做了象征性的处罚。

然后,他对呆若木鸡的使者道:"尊使请回,代我向君上奏明一切。"

使者拔腿就跑。

一刀，将国君的第一红人斩立决；一刀，将钦差大臣惊得落荒而逃。此前数千年，没有人比田穰苴杀得更霸气、更彻底。

这是震古烁今的一次亮相。

大战在即，整顿军纪的最快捷手段莫过于诛杀——最简单，也最有威慑力。

为什么要选庄贾？

第一，他是国君的红人，杀他最有传播力，也没人再敢妄动；第二，他张狂，坏不坏、冤不冤此时都已不再重要，杀他可以得人心。多少人都在想，如果不是庄贾这种腐败（享乐）分子，晋国和燕国又怎敢兴兵入犯？

如果使者足够快，能不能救下庄贾？

不能。如果放过庄贾，他迟早要报一刀之仇。凭着他和国君的亲密程度，天天耳畔吹风，田穰苴的仗还怎么打？觉还怎么睡？

这一刀举起来，就再无余地。一定要杀，杀得霸气，才能杀出气势，杀出军令如山。

田穰苴所挥出的一刀，也杀出了中国军事史上的一个传统——扬刀立威。

史上从不缺少这样的例子。田穰苴之后数年，他的山东老乡孙武向吴王阖闾要求，借用其宫女演示阵法，平时最受宠的两位被指派为队长。谁都知道，有鸡鸭的地方就有粪便，有年轻女人的地方同样就有笑声，而且从音量上来讲，一个女人顶得上五百只鸭子。操练期间，这些美女笑得花枝乱颤。孙武铁石心肠，立马杀了两位"队长"，一下举国皆惊。孙武由此在吴国得到重用，成为一代名将。

三国末期，魏国派大将钟会统兵十万伐蜀。牙门将许仪被点为先锋官，为大军逢山开路，遇水搭桥。出征不久，钟会骑马路过一座桥，桥上破了个洞，马蹄陷入洞中。钟会大怒，责许仪失职之罪，要开刀问斩。许仪是谁？他乃曹魏开国元老许褚之子。许褚是曹操心腹爱将，统帅御林军，忠心耿耿，战功赫赫，曹操称之为"虎痴"。小说里有"许褚裸衣战马超"一幕。史书记载，诸将纷纷求情，钟会不为所动，依旧将许仪斩首。于是，"诸军闻之，莫不震竦"。

而田穰苴那句"将在军，君令有所不受"，也成为军事史上最重要的原则之一。此后，孙武将之稍加改变，写入《孙子兵法》，从此名垂后世。

这就是："孙子曰：（途）有所不由，军有所不击，城有所不攻，地有所不争，君命有所不受。"

致命的酒局

一颗人头有多重？

一片江山有多重？

齐国第一红人、美少年庄贾的一颗新鲜头颅，换来了田穰苴的军令如山。

大军出征。田穰苴又拿出齐景公之前赏赐的所有财物和粮食，犒赏三军。自己则与将士同吃同住，亲自慰劳病弱者，一时军心大振。

这一切早有密探报知晋、燕两国。两国本是乘虚而入，如今得知齐国士气已振，当即着手撤军。田穰苴麾师追击，一举夺回阿、甄二城，收复黄河两岸。

田穰苴挟大胜之威，率精悍之旅，诸将皆唯他号令是从，士卒唯其马首是瞻。想想这半辈子忍气吞声，受困于柴米油盐，苟活于别人冷眼之下，如今，是不是到了该他扬眉吐气，好好舒展、放纵一下的时候了？

且慢！

事实上，对于一个主将来说，这正是一个生死攸关的时刻。

在田穰苴之后两千年，出了一个典型的反证。那就是为清世宗雍正皇帝立下汗马功劳的心腹大将年羹尧。

说起治军之严，年羹尧在史上是数得着的，甚至连雍正看了都为之变色。

盛夏，年羹尧操练阵法，精锐将士皆着牛皮铠甲，大汗淋漓。一向冷血的雍正看了都有些不忍心，传口谕让"宽衣"。将士山呼万岁，却坚立不动。雍正再说一遍，将士依旧如故。直到年羹尧手中令旗一摆，将士们才立马脱下铠甲。

正是这一幕，让雍正对自己这位死党动了杀机。此后他以"俯从群臣所请"之名，尽削年羹尧官职，开列九十二款大罪，其中应处极刑及立斩的就有三十多条。年羹尧被赐自裁，身败名裂。

为什么？军令如山是好事，但将军之上还有皇帝。如果士兵为了军令，而违抗皇命，那皇帝就要吃醋了。平民百姓吃了醋，大不了鸡零狗碎吵一架；而君主吃了醋，却是要杀人的。

传说年羹尧曾写过一首诗，其中自有一种为将者的无常与悲凉：

> 长安寺里醉春风，未到京华一品红。
> 惯看人间兴废时，不测富贵不寻穷。

出道虽晚，田穰苴却很有先见之明。他深知——功高须自疑。

无论国君有没有猜疑，自己都必须先假定他有。这是中国历史上为将者生存之不二法则。这就像一个气球，假如飞得太高，爆裂就是必然的结局。

班师回朝，田穰苴做了一件事。他在临淄城外便遣散大军，不但交出兵权，而且还与三军将士盟誓效忠于齐景公。这是一次高调而华丽的谢幕。在内容和形式都做得无懈可击之后，他才只带了几个随从进入临淄城。

田穰苴的这番举动让齐景公很满意，也终于把心放回了肚子里。

那么，自己的第一宠臣庄贾被田穰苴斩首祭旗，齐景公就不心疼吗？

历史并未明确记载。中国史书所遵循的逻辑是，感情只有在产生重大后果时，才会被写下来，否则一切都不值一提。

想来，齐景公怎能不心疼？只是，像他这般历尽权力倾轧才得以站稳脚跟的君主，自然是爱江山胜过爱美人的。他不是"只恨生在帝王家"的公子哥儿，他比谁都更懂得如何把握自己的爱恨情仇。

齐景公心潮澎湃。为表彰田穰苴为齐国立下的大功，他特意率朝中文武大臣全体迎出都门，下旨封田穰苴为大司马。

"司马"这个官名自西周始置,位置仅次于三公(相当于宰相),与六卿相当。《周礼》上说:"司马掌五兵。"虽不是国家武装力量的最高统帅(最高统帅当然是国君),但大致也相当于国防部长。而田穰苴的职务是"大司马",足见齐景公对他的倚重。于是,草民田穰苴升级成为司马穰苴。

那年秋天,"大司马府"落成,司马穰苴在府门前站了好一会儿。朦胧中,他感觉自己像一尊站在高处的巍峨石像,穿过时光遥望自己卑微的过去。

他隐隐知道,自己变成了一个能够名垂史册的人。

也许到这个地方,故事应该画一个句号。但在真实的历史上,要画出一个圆满的句号,怎一个"难"字了得!

文有晏婴安邦,武有司马定国。

两条腿走路的齐国终于安稳下来。这样又过了几年,虽然齐景公一直继续他的玩乐生涯,但此前一直衰败的齐国竟然渐有雄起之势。

齐景公心里很踏实,但也有点郁闷。

没办法,他就是这样一个"娱乐至死"的人。王宫里的生活太枯燥,而他的宠臣庄贾又被司马穰苴杀了,每想到这一点他就抓狂。

很多人不理解齐景公的这种症候:作为君主,你严肃点儿、有点责任心好不好?为什么非要当昏君呢?

举个例子,或许就容易明白这个道理。清朝的乾隆皇帝给世人留下的印象不错,他明知道和珅是奸臣,却为何偏偏不杀他,还跟他泡在一起？

只因为与栋梁之臣难求一样，八面玲珑的"狎友"也是一种稀有动物。

齐景公是个酒鬼。一日，他在宫中饮酒作乐，从中午喝到太阳落山还不尽兴。望着苍茫暮色，他胸中似有一团火在烧，也有满腔的话要说。"寡人太孤单了，寡人是千古伤心人呀！"一个声音在他脑子里大喊。

"还是去喝个痛快吧！"齐景公默默道，然后带着随从去了相国晏婴的府邸。

晏婴早早得到了消息，赶紧从后门飞也似的逃开了。他明白，这酒不能喝。

因为国君走到哪里，史官就跟到哪里，每一笔都会明白无误地记下来。任你官职再高，权势再炽，就算是国君本人，也逃不过这支铁笔的褒贬。

史官不怕死？不怕。真不怕。在古代，特别是东汉之前，史官代代相传，史书也是个人作品。直到唐太宗李世民之时，史书才由个人作品改成了"国史"——由国家组织撰写。

有段鲜血淋漓的故事可为明证：齐景公的哥哥齐庄公，被权臣崔杼弑杀，史官当即挥笔写下："崔杼弑庄公。"崔杼大怒，杀死史官。史官二弟再写"崔杼弑庄公"，也被杀。三弟又写，又被杀。四弟依旧写，写完引颈待戮。崔杼怯了，无可奈何，只好任由他写。而就在这位四弟写完回家路上，遇见另外一个史官世家的人也正在赶来——人家担心前者家族被杀绝，是来接力续写的。

正因为如此前仆后继,"头可断,史不可改",史书才让"乱臣贼子惧"。

晏婴是要当名臣的,当然不能留污点。所以,他走前叮嘱管家:"君上来时,就说我不在家。"

齐景公吃了闭门羹,心里很不爽,"那就去司马府吧。"

大司马府的正门很少开。

除去上朝和军务,司马穰苴一直待在家里。他本就不乐于交际,不像晏婴那样长袖善舞。贫贱的出身,使他不愿和贵族打成一片。

不过,他不可避免地成为贵族攀附的对象。特别是田氏一门,经常主动拜访他,希望得到提携。

那几年,司马穰苴一直在考虑一个问题:我究竟要做一个什么样的人?

田开疆等三虎的影子,经常在他眼前浮现,每次都让他感到彻骨的悲凉。还有庄贾那张狂傲的笑脸,他被自己一刀断头,牢牢钉死在耻辱柱上。

一字千金。一个字比一条命更重。这是每一个士人的共识,也是春秋那个时代的价值观。

史书究竟要怎样来写我呢?

思忖再三,他决心著书,将自己行军打仗和整顿军务的心得写下来。时空无涯复无情,我这辈子只是一根稻草,但或许这本书能留下一点什么。

这天夜里,老妻早已睡下。司马穰苴正在秉烛写书,突然门卫急报:齐景公来访!

司马穰苴大吃一惊,连忙披挂整齐,手持长戟,打开大门迎接。一开口便问:"君上星夜来访,莫非是其他诸侯国发兵来攻打我们了?"

"非也!"

"莫非是朝中大臣有人举兵造反,攻打王宫?"

"也不是。"齐景公摇了摇头,有点尴尬。

"那君上半夜来臣家,有何贵干?"

"嘿嘿,那个——"齐景公朝后面车上一指,上面载满了美酒,"寡人没别的事,想起司马军务劳苦,想跟你喝一杯。"

司马穰苴一听,心中火冒三丈,正色道:"陪君上饮酒作乐,非臣之职分,恕臣不敢从命。"

看着司马穰苴那张冷峻的脸,齐景公的满腔热情也被兜头浇了一盆冷水,拂袖而走。

回府之后,妻子心中不安,"你看君上都喝成那样了,全凭一口气撑着,再喝几杯肯定就醉了。你还惹他干什么?"

"妇人之见!我冲锋陷阵,死都不怕,还怕那几杯酒吗?"司马穰苴淡然道,"只是,假如我在家陪君上喝酒,哪怕只一杯,就成了弄臣。"

说完,他又叹口气,看了妻子一眼,"弄臣啊!你懂不懂!"

齐景公碰了钉子。

不过,愿意陪他喝酒的人可多了去了。他前脚离开大司马府,后脚一个叫梁丘据的人就主动赶来,长跪车前,把国君迎回了自己家。

二人喝了个通宵达旦。

次日上朝,晏婴与司马穰苴一齐出班进谏,说齐景公不该深夜到大臣家饮酒。

齐景公有点恼了。他道:"寡人无二卿,何以治吾国?无梁丘据,何以乐吾身?寡人不敢妨二卿之职,二卿亦勿与寡人之事也。"

这话已经说得够明白,君子有君子的用处,小人有小人的用处,谁也别碍谁的事——其实,放眼整个中国历史,能像齐景公这样在朝堂之上如此坦白的国君寥寥无几。这也是春秋时的特点,人比较本色。到了后来,绝大多数国君都遮遮掩掩,口是心非,但做起事来也还是那么一回事。

这一文一武只好退下。

国君的脸向来是一张晴雨表,只要有一丁点的变化,立刻就有人读出一场暴风雨。

一些善于揣摩上意的人开始向齐景公进谗言。

水至清则无鱼。毕竟,司马穰苴杀庄贾的事情,给所有的小人都留下了阴影——谁知道他什么时候还会再举刀呢?

当时,田氏一族本已势大,司马穰苴又司职军政,现在他居然和相国晏婴"一个鼻孔出气",这不是很危险吗?

须知,当国有外患时,上下一心金不换,但承平日久就另说了。不但将士一心招猜忌,将相一心也会让国君睡不安稳。

所以,有些精明的将相,彼此间没有隔阂也会制造一点隔阂。所以,有些猜忌的皇帝,没有奸臣也会制造几个奸臣。

谗言很有效。齐景公干脆下旨罢免了司马穰苴。

司马穰苴当然明白自己丢官的原因,但他还是感觉受了莫大的冤屈。

他不解释,也无从解释。怨气酝酿着,很快便抑郁成疾,一代奇才抱恨而亡。

在齐景公去世一百年之后,田氏诛灭齐国当权的各大家族,迁国君齐康公于东海之上。作为姜子牙的后裔,齐国的国姓本为姜,但自此之后变成了田,史称"田氏代齐"。

战国、狼与桃花

吴起

如果说春秋是乱世的话，战国则是杀机四伏的丛林。诸侯们盘踞在自己的领地，弱肉强食是唯一法则。

战国的空气是血腥的。

在春秋，一切仍然受"礼"的约束。即便生活在春秋末期的孔子，仍提倡"克己复礼"，希望恢复以往的社会秩序。诸侯国之间的征讨更像是一场场军事竞技，往往以道德的名义，又遵循一定的规则，比如年迈者不会被抓为俘虏。他们争的是霸主，战争尚未波及平民。孔子卒于公元前479年，按照传统的说法，三年后中国历史进入战国时代。

在战国，"礼"的窗户纸已然被戳破。诸侯争的不再是桂冠，而是个个张开血盆大口，时刻准备吞并他国国土。事关生死存亡，战争胜负成为压倒一切的标准，"斩首×万"频繁出现，"坑杀降卒"在所不惜。秦国、赵国之类全民皆兵的军国主义陆续出现。在春秋，孔子还可以"道不行，乘桴浮于海"，而到了战国，纵然想躲也躲无可躲。

于是，能左右战局的将领，受到列国的空前重视，被推到了风口浪尖。所以，战国出名将。

战国的空气也是自由的。

在春秋，从主政的卿相到下级官员，绝大多数都是世袭，忠诚度极高，平民百姓难有出头之日。而在战国，战争的高压使出身逐渐被淡化。一些胸怀抱负者跃跃欲试，他们绝非固定忠诚于谁，而是待价而沽，周游列国，逞绝世才华，要在天地之间、史书之上，留下自己深深的足迹。

于是，战国的名将背后，都有一个峥嵘崛起的悲欢故事。他们是风格各异的野兽，以操控战争为职业，人命是最寻常的筹码。

在这群野兽之中，吴起是最为刺眼的一个。

他是战国时代的一只狼，凶狠、机警、嗜血、孤独，只要哪里有机会，他就会干上一票，撕上一口。伦理、名声、家人，甚至自己的性命，统统都可以押上赌桌。

这头孤狼凄厉的嚎叫，穿透史册，呼啸而来。

不为将相，永不还乡

乱世出英雄。这不错，但乱世更容易出的，是赌徒。

吴起的赌性，很早就显示出来。

他是卫国左氏人。卫国虽小，却出了不少人才，除了吴起，还有一个比他晚出生四十多年的商鞅。

作为一个富家子，又是独生子，少年吴起在乡间过得逍遥自在。他聪明过人，口才又好，凡事都乐于出风头。尤其是每年春暖花开之际，他穿上鲜艳的袍子，游荡在田间街头，调笑那些采桑、赶集的女子，看她们生气而又娇羞的神态，是他的一大乐趣。

唯一的遗憾是，从小到大，他一直都很矮小。这让他敏感而又自卑。不知是否因为这一点，每当别人问他以后想干什么时，他总挥舞着拳头大喊："我要成名，我要当官。"

这本应只是小孩可爱的一幕。只是，当吴起一心一意去践行的时候，事情就变了味道，甚至可怕起来。

十六岁出门远行，吴起峨冠博带，大袖飘飘。他雇了豪华的马车到处游历，社交，觐见，宣讲，希望能引起卫国上流社会的注意，谋得一官半职。然而始终未能如愿。

不仅如此，因为他数年如一日地花钱如流水，父母又拿他毫无办法，终于导致家业破产。

曾经的花花公子，彻底沦为一个笑话。很多邻居拿他做反面教材，对好高骛远的孩子说："听着，你再这么不知天高地厚，当心变成第二个'吴起'！"

吴起的父亲愤恨交加，染病而亡。出殡前后，邻居无一人前来帮忙，他们只是远远看着，指指点点："看啊，吴起这个败家子，好好的家业被他糟蹋成这样！咱得离远点儿，免得沾了霉运！"

锦上添花者太多，却无人雪中送炭。他含泪埋葬了父亲，又卖掉大多数田产，只留下三间茅屋，五亩薄田给母亲，又踏上求官之路。

那个寒风刺骨的冬天，穿着单衣的吴起，又一次落魄而归。他知道，倘若偶遇邻居，免不了会遭遇冷眼，为让神经麻木一些，他专门喝了一些酒，硬着头皮迈向村子。

始料未及的一幕出现了——

当吴起提着那把象征士人身份的剑走近村庄时，他看见母亲正在村头等待。他的眼眶一热，快跑几步，扑通跪倒。

母亲更加苍老了，头发几乎已经全白，双眉紧锁，眼睛里有一片如山如海的愁苦。她扶起吴起，颤声道："起儿……我听人说你回来了。"

吴起搀着母亲，颤巍巍往回走。他发现母亲并没有走大路，而是兜了一个圈子。

"莫非我们搬家了？"但他很快就明白，母亲是不想遇到熟人，不愿别人对她一事无成的儿子冷嘲热讽。

只是，在弹丸大小的村子里，这样的努力是徒劳的。他们只转过了一条巷子，就看到了列队"迎接"他们的街坊。至少有三五十人，他们笑着，骂着，不时相互踢一脚，吐口唾沫，脸上写满了兴奋。

"老吴婆，接你们家宝贝儿子去了？哈哈，你家起少爷个子又长高了——啊？比村头那老榆树桩子不高半头吗！"

"这回当什么大官了？怎么不坐车回来呢？至少也得三驾马车呀！"

"哦，没钱是吧？没事儿，把吴起手里那铁片儿卖了，你再去缝个把月的衣服，就能雇个驴车，风光一下了！"

"我还以为这熊孩子讨了个王侯将相的千金回来了，想看看大家闺秀长啥样。哈哈，只怕这辈子看不着了！"

……

所有面纱都揭去，他们已全不避讳。

流言像马蜂一样扑头盖脸，在耳边盘旋，钻进脑子里去。吴起搀着母亲，她脸色蜡黄，牙关紧咬，身躯瑟瑟颤抖，如三九寒风中最后一片枯叶。

夜阑人静，流言从马蜂变成蚂蟥，悄无声息，一口一口，吮吸着吴起的心头血。

隔壁传来阵阵笑声，在苍白的月亮底下格外刺耳。听母亲说，那是吴二家白天刚杀了一头猪,听到吴起回来的消息,那些人奔走相告,然后一起去村头欣赏他的窘态。

母亲瘦骨嶙峋,似乎好久没吃过肉了。吴起心中疼痛,继而生起一股怒气。

白日里那一张张脸在他眼前掠过,全是熟悉的面孔。他清楚记得,谁曾经带着孩子一次次到自己家,来攀亲戚;谁买不起白面过不了年,来家里借钱;当收成不好,周围人都吃不上饭时,父亲曾让他打开仓库放粮施粥,那些人全都叫着:"谢谢少爷,忘不了您的大恩大德。"可这才几年,怎么就都忘了?

特别是那个吴二,将杀猪的血水全都泼在吴起家门口,说什么"反正你们也没脸出门,用不着这块地方""从小我就看这孩子不成器""还想当大官,吃屎去吧你"……

怒火越烧越旺,冲天而起。一个念头从心底萌生,他瞬间冷静了。

三更天,当吴起把匕首从吴二嘴里拔出来时,鲜血喷了他一脸。他更加清醒,那股强烈的恶心感让他知道一切并非梦境。

在角落中吐了一番后,他盯着吴二直挺挺的尸首,一种前所未有的快感充溢全身。他长吁一口气:"哼哼,猪一样的人,你这血和猪血有何区别?"

一张白天嘲笑他的名单,很快在脑子里列了出来。吴二家的杀猪刀刚刚磨过,在朦胧的月色中泛着灰茫茫的光。

那时候是真的夜不闭户,因为穷人家没什么可偷的,富人家又认为没人敢偷他们的东西。吴起就这样随风潜入夜,连杀三十余人。钢刀砍损了三把，有四家被他整个灭门。

四更天，吴老夫人起夜，发现儿子正在摸黑收拾包袱。她知道儿子白天受了别人的嘲弄，又不知如何安慰与挽留他，只好悄悄点上灯，站在儿子身边。

吴起没有提杀人的事。他说："妈，孩儿这次回来就是想看看您老人家。孩儿已经在外地朋友那里谋了一份差事，这就要趁早启程了。"

吴老夫人点了点头。她知道儿子心里自有一片天下，这个家实在太小、太窄、太破了。她挑了挑灯芯，下灶去给儿子做饭。

柴火的光照着母亲的苍颜白发，吴起泪如雨下，扑通一声跪下，磕了三个头。然后，他撸起袖管，朝自己的胳膊狠狠咬了一口，登时鲜血直流。

"妈，孩儿这次出门，如果当不上公卿将相，今生今世永不再回来了。"说完，起身便走。

吴老夫人大吃一惊，一把没拉住儿子。等她追出来时，吴起早已消失在茫茫夜色之中。

这一别竟成永诀。

那一年，吴起二十六岁。

离开家门，大步向东。

吴起知道，只要天光一亮，杀人之事便会败露，官府定会缉拿于他。于是，他白日藏身山野，晚上星夜兼程，很快便逃离了卫国。

接下来去哪里？他早有了主意，去拜曾子为师。

一般认为,这个曾子是孔子的学生曾参。他是孔子的嫡传弟子,也是孔子托孤之人,以孝著称。史载,在父亲病故时,曾参"泪如涌泉,水浆不入口者七日",以后"每读丧礼则泣下沾襟"。

事实上,吴起是来不及拜曾参为师的,在他五岁时,曾参就已去世。他此次所拜的乃是曾参之子——曾申。

吴起为什么选曾申?

他跟曾申有个共同点——两人都对猪有着深刻的记忆。他杀的第一个人吴二,是个杀猪的,而曾申也有一个天下闻名的杀猪故事。

据说,曾申小时候在街上看到卖肉的,就哭个没完,吵着要吃。曾参的妻子被哭烦了,说:"儿子你别哭了,回家杀猪给你吃。"回家后,曾参就磨刀霍霍要杀猪。

妻子急了:"你搞什么啊?跟孩子开个玩笑也当真!咱家条件你又不是不知道。"

曾参很严肃:"儿子正在学习模仿阶段,大人说话怎么能不算数呢?"说完就把猪杀了。

小曾申高高兴兴地连吃几天肉,很腻很过瘾,但接下来,就不可避免地连吃了几个月谷糠窝头,这让他很受教育。父亲的言行也在他幼小的心灵中,深深埋下了种子。

当然,吴起去拜曾申为师,还是看中了儒家"天字第一号"的招牌。

此时他已经明白,自己奔波十年一无所获,根本原因还是在于:一没有本事,二没有出身。假如放在从前,想平平凡凡过一生或许也还行,可如今有命案在身,假如再没个靠山,恐怕用不了多久就会小命不保。而当时，儒家经过三代苦心经营，隐隐已有天下第一显学之势，而当时的总舵主正是曾申，所以最好的选择莫过于入此门下。

此刻，曾申一见吴起，心中就咯噔一下。

眼前这人身材矮小，貌不惊人，但两只眼睛滴溜直转，透出一股精悍阴狠之气，绝非久居人下之人。

"只怕他会坏我门规。"曾申心中琢磨，"不留他吧，我现在正在广招门徒之际，拒人千里之外，只怕影响不好。收他吧，日后出了问题可怎么办？"

曾申略一沉吟，一个念头闪过，脸上浮现一丝憨厚的笑容，当即朗声对吴起道："好，那你就住下吧。"

吴起见曾申面现犹豫之色，正在担心，又见他开口答应，连忙跪下磕头。即日，又行拜师大礼。

就在吴起刚刚安稳下来，想学点东西时，噩耗从卫国传来：他母亲吴老夫人去世了。

吴起眼泪长流，却并未声张。

他很想立刻就回卫国奔丧，但路途遥远，回去时肯定早已下葬，根本见不了母亲一面。而且，卫国的捕快也会守株待兔，只等他回去立即上门抓人。然而，不回去又是大逆不道。根据儒家门规，父母去世不但一定要奔丧，还得守孝三年。即便是高官，也得辞官回家守孝。

儒家耳目遍及天下，曾申岂能不知？他立马召开儒门大会，当堂质问吴起：为何不奔母丧？头可断，血可流，孝道礼仪不可丢！于是，洋洋洒洒一篇宏论。

其间休息时，他又走到吴起身边小声解释：小吴啊，你也知道，这个是原则问题嘛。现在儒家虽然发展不错，但仍根基不稳，竞争对手不少。我经营这门新兴学说，难处也真是不少。所以，请多担待了……

一扭头，曾申便高调宣布：现在清理门户，将吴起逐出门墙，通告天下，以儆效尤。

吴起恍然大悟，自己竟然成了这天下第一显学宣扬门规的最佳反面教材——要遗臭万年了。

他默然不语，对四下这群巍然高坐者，投以鄙夷的一瞥："去你妈的！"

丧家犬也有春天

人各有命。每个人都应该坚信：对的人在等你，现在和未来，一直都在等你。

被逐出师门的吴起像一条丧家犬。不过，他做丧家犬已经习惯了，并没有任何自暴自弃的意思。这一天，他忽然收到一封信，邀请他去魏国西河，落款为"卜商"。

吴起心中剧震。他当然知道卜商是谁。

卜商，字子夏，卫国人，孔子弟子，七十二贤之一，时人尊其为"卜子"，亦称"卜子夏"。

论辈分，子夏比曾申还高一辈，是吴起的前师叔祖。论身份，子夏现为儒门西河分舵的舵主。"西河学派"为子夏一手所创，虽然名义上遵从总舵号令，但因子夏的性格、能力和辈分，基本自成一家。他以文学著称，又勇武过人，与子路并列为孔门两大高手。如果说曾申有点像学究的话，子夏更像一个教父。

教父找我干什么？吴起很纳闷。不过，他的心中已然生起一股强烈的冲动，急切地想与子夏见面。

一个月后，吴起来到关中平原东部，位于黄河沿岸的魏国重镇——西河。一见子夏，他就感受到一种无形威压，扑通跪倒在地。

其时，子夏已九十三岁，双目失明，挂一根黝黑的柏木杖。他有着一张比地图更有丘壑的脸，皱纹纵横罗列，须发皓然如雪，高大的身躯像一棵老槐，默然对着吴起。

"你的事，我听说了。你小子够狠。"

吴起静静听着，不敢抬头。

"我就问你一句话：愿不愿意做我的弟子？"

"愿意。"

子夏"嗯"了一声，用拐杖用力敲了敲吴起的后背。

"以后，你要给我老实一点。"

就这样，吴起拜入子夏门下，辈分凭空长了一辈。

有人跟他开玩笑："你以后若再见曾申，叫他一声'师兄'就行了。"吴起一言不发，只是瞠目对着那人。

那人赶紧跑开。

在吴起印象里,子夏每天都衣冠端正,脸上不喜不怒,终日不言,俨然一座静穆的大山。随着时日渐增,吴起对他每多了解一分,敬佩便更深一层。

原来,子夏不仅是卫国人,还跟吴起同乡。

子夏少时一贫如洗,衣不蔽体,却聪明过人,酷爱习武。后人记载:"子夏家贫,衣若悬(玄)鹑。"

当年求学,孔子对子夏另眼相看,颇为信任。每当孔子精神不振,郁郁寡欢,就会让子路和子夏在两旁侍奉,如此便能心情怡然,志通意顺。想来,孔子是从两位高手的阳刚之气中得到了好处。千年之后,传说唐太宗李世民每遇精神不佳,就会命秦琼和尉迟恭这两员大将为自己护法,大概也是受了孔子师徒的启发。

子夏与子路是两种人。子路心直口快,胸无杂念;子夏性格阴郁,工于心计。另外,子夏还通晓经书,据宋人考证,孔子去世后,《诗经》《春秋》等书,均由子夏传承。

子夏与颜回、曾参等师兄弟也是两路人。他对政治、兵法、权谋都兴趣浓厚,造诣精深。他心中的君子形象,绝非"温文尔雅""坦荡荡",而是"知权术,有心机"。

吴起还听说,子夏十四岁时,就已经敢与天下闻名的勇士公孙悄一争高下。

当年,卫国国君卫灵公卧病在床。一日,他白天被噩梦惊醒,十分害怕,派人飞车去请公孙悄。马车走得急,差点撞到一个人。车夫看时,正是儒生子夏。子夏虽然年少,却已经跟随卫灵公出使过几次。车夫认得他,连忙勒马解释。

子夏昂然问:"非公孙悁不可吗?比他更强的人行不行?"

车夫忙点头:"行!"

子夏飞身跳上马车,驰往王宫。

然而,卫灵公见了,先为子夏看坐,又对车夫怒道:"让你去找勇士,带儒生来干什么?快去找公孙悁!"

不一会儿,公孙悁闻讯赶到,他健硕身躯一震,撞翻六名卫士,随即披发仗剑而入,大吼一声:"卜商,如果你现在就滚出去,我还可留住你的项上人头!"

子夏扫了他一眼,喝道:"咄!公孙悁,收起你的剑。咱们说说谁比谁强!"

公孙悁这才意识到,自己在国君面前拔剑,已然失礼,连忙还剑入鞘,到一旁坐了下来。

"我们曾跟随君上,去见晋国大夫赵鞅。赵鞅仗着自己权重势大,全没把我们放在眼里,竟不顾礼节,披头散发,手持长矛,接见我们君上。"子夏说着,看了一眼卫灵公,只见他脸色苍白,一言不发。接着又道:"当时,我们当中有人挺身而出,对赵鞅称,诸侯相见须穿朝服,如果不去换上朝服,他就要把自己脖子上的血,溅到姓赵的身上。赵鞅这才乖乖去换了朝服。公孙先生,你还记不记得,那次挺身而出的,是你还是我?"

"是你!"公孙悁老实回答。

"我们还曾去见齐国国君。齐君为显示比我们君上高一等,故意坐了两个坐垫。是谁上前让他撤去一个坐垫?"

"也是你!"公孙悁声音矮了一截。

"我们有次跟随君上狩猎,有两个贼寇从后面紧追不舍,有人拔出长矛,将他们打退。那个人是你还是我?"

公孙悁无言以对。

子夏看了看他,又朗声道:"身为士人,上不畏万乘之君,下不惧亡命之民,外能捍卫国家尊严,内能平息贼寇侵扰,这才是君子之勇。假如只是仗着身强体壮欺负弱者,凭借人多势众不守国法,凌辱无罪之人,那不是勇士,而是人人得而诛之的败类!《诗经》曰:'人而无仪,不死何为!'这样的人有什么资格在君上面前谈论'勇'字!"

这一番话如惊雷急雨,说得公孙悁面无人色。

连卫灵公也赶紧挣扎起来,对子夏行礼道:"寡人虽然愚钝,但也知道先生才是真正的勇者。"

"师父究竟看上我哪一点呢?"

吴起心里琢磨:在子夏这样级别的人看来,自己不学无术,毫不勇武,简直和只蚂蚁没有两样,他为什么要千里传书给我?

他苦想不出,也就不再想,同时也明白,自己的事恐怕已尽人皆知,注定是遭人唾弃之人。只是,他依旧没有忘记自己的志向:要出人头地,成为公卿将相。

在西河,吴起没有朋友。好在,那里藏书甚丰,他每天只是拼命读书,但读来读去,最感兴趣的还是《春秋》。

他也开始习武,练得筋肉累累,黝黑结实。

这一日,子夏派人叫吴起过去。先问了几个问题,吴起对答如流。子夏微微点了点头,"你倒也用功,不过,我知道你不是做学问的材料。"

吴起默默点了点头。

"非但如此,你还是杀人逃犯、不孝之子、我儒门弃徒,简直是败类之中的败类。"

吴起冷汗直流,一声不敢吭。

"那你知道我为何还要叫你来西河吗?"

吴起摇摇头,"徒儿不知。"

子夏一声冷笑:"我西河门下人才辈出,连魏国国君魏斯(魏文侯)都拜我为师。你师兄李悝在魏国主持变法,行古之未有之事,传诵一时。另外两个师兄田子方、段干木,都是当世有名的贤者。你吴起和他们比起来有几斤几两?"

吴起羞愧难当。子夏又道:"听着,我选你不是因为你好。而是因为你有野心,够狠辣!"

吴起心中一动,抬起头来,但见子夏脸色泛红,竟似有几分激动。

"好人遍地都是,聪明人我也不稀罕。李悝乃是大才,田子方、段干木等人也各有成就。如果百姓是羊的话,他们都是很好的牧羊人。然而,当今天下大乱,列国纷争,不能只有牧羊人,还要有狼——孤绝之狼,以其尖牙厉爪,嗜血之性,狼子之心,行我卜商澄清天下之志!"

"师父莫非想说,徒儿就是那只狼?"

"哼哼,你现在连条狗都算不上。"

子夏说完,把几卷书丢给吴起,"这个,你拿回去看看。三天后再来见我。"

这些书吴起从未见过，上面记载了诸侯国之间的会盟、征伐、婚丧、篡弑等，正好与《春秋》相辅相成，包含了诸多王室档案。他沉浸其中，只觉前事历历在目，那些封侯拜将，权力纷争，鲜血横流，尸横枕藉，人命如草……只看得他肝胆俱裂，却又有一种兴奋如野草般蔓延。

三日后，子夏又为他一一讲解其中疑点，详解重大战事。这一切如醍醐灌顶，让吴起眼界大开。而后又拿了几卷书回来。

如此周而复始，吴起渐渐觉得，自己虽然只在书本和子夏的教训中沉浮，却俨然看到了各个诸侯国的轮廓。尤其是对行军布阵，越来越有心得。

这天夜里，他从屋里出来，天上群星如沸，直照得明月无光。

吴起仰天自语："当今天下，强者争锋，其中一颗星定然是我吴起！"

次年，春暖花开。

这一日，吴起在西河城东五里外练武，忽然一阵急雨，将他浑身浇透，待乌云散去，冷风一吹，不觉战栗。

这时节本不该有这样的急雨。吴起一边想着，一边拧了拧头发和衣服上的水。

空中仍细雨纷飞。"春雨贵如油啊。"他叹口气，想起了母亲，假如她老人家还在世，看到这春雨落在庄稼地里，定然又要欣喜若狂了。

他决定四下走走，趁着这风雨，看看周围的风景，也清洗一下数年来胸中的积郁。

走不多远，前方红影摇曳，竟是一片桃林。吴起快走几步，只看到数百株桃树开得正盛，如雪如火，如腻如醉，在风雨中弥漫着酒一般的浓香。

吴起漫步桃花间，不觉笑了。他已许久未笑过，想起自己年少时，每到花开之日，就去调戏那些游春的姑娘——她们穿戴一新，莺声燕语，桃腮粉面，那是他此生最快乐的时刻。

前方不远处，依稀有一座茅屋，他也觉得冷了。"去看看，这雨不知几时能停，能避一阵也好。"

吴起推门而入，屋内狭小，却陈设有章，其中只有一女子。

女子一袭红衣，年方妙龄，正手持一卷书在读。见吴起进来，初始有些惊讶，但看见他腰间象征身份的佩剑，就迅速镇静下来，"先生擅闯寒舍，有何贵干？"

"本想避雨而已，打搅了。"吴起说着，便要出门。

"且慢。"少女道，"先生是西河城中的士子？"

"在下乃卜子门下，吴起是也。"

"原来是卜子夏先生的高足。吴先生请稍坐，以避风雨。小女子正有几个问题想请教。"少女说着，躬身请吴起上座。

吴起见少女生得美貌，本不欲走，听她挽留，便顺势坐了下来。与她相对，只闻到一股幽香，不觉有些迷狂。

少女问了些《春秋》《易经》等书上的问题，吴起开始尚能随口应答，望着对面绮艳的红衣皓腕有些走神，但后来，就不免要停顿一下。再后来,竟然需一番苦思,才能应对。

少女神色不变,一副孜孜以求的样子。吴起却已暗暗心惊,不禁正襟危坐,无暇做任何非分之想。

少女所言,出入于儒道之间,却又非儒非道,时时闪现机锋,隐隐有刀兵之气。若非这数月以来,吴起拼命用功,又经子夏亲自点拨,早已方寸大乱,弃甲曳兵。

不觉天色已晚,少女起身长揖,"果然名师出高徒,吴先生真乃当世俊才,小女子受益匪浅,佩服之至!"

吴起连忙还礼,心中羞愧,已不知自己脸上神色如何。

便要往外走,只听少女又道:"依吴先生所见,何为'仁战'之道?"

吴起一愣,不知作何回答。

"先生不妨回去稍作思考,改日再来赐教。小女子在桃林恭候大驾。"

吴起默默出门,走出二十余步,回头看时,那少女正站在门口望着他。淡淡暮霭之中,她窈窕的身影像极了一树桃花。

他猛然想起当年母亲送他出门之时的样子,眼眶一热,噙满泪水,颤声笑道:"你,你叫什么名字?"

"夭夭。"少女的声音像从梦的谷底传来,"'桃之夭夭'的夭。"

次日,天晴。茅屋里燃了一炉香,香烟袅袅娜娜,若舞者之姿。

吴起屏气凝神,如对大敌,如临深渊。除去对师父子夏,他从未有过如此从内到外的礼敬。

"何为'仁战'之道?"昨日,他回城之后,苦思夭夭问他的问题，一夜辗转反侧，虽想出几种答案，但总觉得不好。次日，便又来桃林。

天天比他高出一截，身着粉色衣裙，一根月白的玉笄，斜插于如云黑发上，更显明艳无方。只听她轻启朱唇道：

"古者，以仁为本，以义治之之谓正。正不获意，则权；权出于战，不出于中人。是故杀人安人，杀之可也；攻其国，爱其民，攻之可也；以战止战，虽战可也。"

这番话从她口中吐出，清脆悦耳，对吴起却不啻于晴天霹雳，将他原本所学所感瞬间震得四分五裂。

特别是那句"是故杀人安人，杀之可也；攻其国，爱其民，攻之可也"，更让吴起瞠目结舌，缓了缓神，又佩服得五体投地。

儒家"仁"字当头，"和为贵"，子夏虽然身负绝学，笃力拓展，却始终在儒的范围内，牵绊者多。即便是子夏说的"以狼子之心，行澄清天下之志"，也更多只像一种个人野心。但天天所言则大为不同，既符合道家所言的"天地不仁"，又与仁义相契合，更重要的是，全然不落窠臼，字字力劈华山，有千钧之力。

"她小小年纪，怎能有此超绝见识？"吴起心道，他隐隐有一种直觉，这断然不是天天自己所悟。

天天见他一脸疑惑，咯咯笑了起来。

"吴先生，要不要小女子再讲两句？"

吴起点了点头。

"凡战，击其微静，避其强静；击其疲劳，避其闲窕；击其大惧，避其小惧，自古之政也。"

吴起静静听着,一字一字咀嚼这些话。她是说:两军对阵,要攻击兵力微弱而故作镇静之敌,避开兵力强大而镇静之敌;要攻击疲劳沮丧之敌,避开安闲轻锐之敌;攻击畏战之敌,避开有所戒备之敌,这些都是古来治军作战之道。

吴起更相信自己的判断,这些话俨然出自一位身经百战的将军。因为,这道理不是悟出来的,而是杀出来的。

他对夭夭深施一礼,"原来夭夭小姐是名门之后,请宽恕吴起失敬之罪!"

夭夭又笑,笑容里有一种凄凉。

她忽而道:"吴兄,我请你喝酒!"

这酒分外香甜,倾入数月不曾饮的枯喉中,听到咕咚一声闷响。

吴起坐在桃树底下,咧嘴笑了。看一眼夭夭,她也擎了一杯,斜倚着一棵桃树出神。那树桃花就要谢了,细小的嫩叶已露头。

"夭夭小姐,来,喝酒!"

"吴兄,敬你!"

吴起饮了数杯,只觉春阳如火,照得脸上滚烫。再喝下去,眼前的桃林,也洇成粉红而模糊的一片。

"夭夭,你生得真是和桃花一样美!"

"当真?哈哈。来,喝酒!"

"敬桃花,喝!"

"敬春天!"

"敬无家可归的人!"

"敬这生灵涂炭的乱世!"
……

血染的虎符

这天,是子夏授课的日子。吴起不敢怠慢,一早赶去。

子夏似乎心情不错,谈锋极健,吴起却觉得煎熬,一颗心如有蚂蚁在爬。当然,他不敢有丝毫表示,他清楚,子夏不是他能惹得起的。

终于,盼来了黑夜,又盼来了天明。

红日升起时,他人已在桃林,手里拎着一坛酒。一日不见,桃花竟全都萎谢了。

吴起忽然有些担心。再往前走,更是大惊失色。那座茅屋已成废墟,焦黑中一片断壁残垣,看情形是经历了一场大火。废墟中,没有夭夭的影子。

"夭夭小姐!夭夭!"他嘶喊几声。四野茫茫,毫无声息。他疯了一般在西河城内城外寻找,又哪有她的一丝人影?

吴起感觉自己整个胸膛都被掏空了。他失魂落魄地坐在桃林中,田埂里落红片片,像撒了一地的纸钱。

月亮升起来,他人已冷透,所有念头都成灰。

夭夭定然出事了。

西河，地处魏国与秦国交界，流民众多。当今年成不好，又是乱世，少不了贼寇横行，恶人当道。她一个孤女，又生得美貌，在这荒郊野外，四邻不接，为人所掳、所杀，又有什么意外？

冷月无言，树影横斜如群丑乱舞。吴起怔怔地望着，他恨这个世道，恨自己。

天色泛青的时候，他的泪水已干。晨风吹拂，他感觉自己往下陷，就要陷入土里、泥里，他双目紧闭，不愿再看这肮脏的世界一眼……

"吴兄！"

一个声音传来，似乎是在梦的深处。吴起笑笑，仍未睁眼。如果能梦到她，就多梦一会儿。

"吴大哥！"

吴起缓缓睁开眼睛，看到一双秀足，再往上看，不是天天又是谁？一身最为寻常的粗布衣裳，外罩黑色袍子，两眼汪汪正望着他。

吴起爬起来，一把抱住她。天天也紧紧抱住他——樱唇几乎碰着了他的鼻子。

一会儿，天天笑了："你也不怕我是坏人——"

吴起并不松开，"我也不是好人。"说着，便去狠狠吻她。

天天又笑，却不抗拒。

一袭黑袍委顿在地。

吴起长跪于子夏面前。子夏眉头微蹙，看不出喜怒，只隐隐透出一种威严。

许久，子夏方道："我让你读的书，都读完了？"

吴起恭敬回道："是，徒儿已细细读过，师父也讲解过了。"

"说吧，你要娶的是谁家女子？"

吴起沉吟，还未想好如何回答，只听子夏接着问：

"是不是城东桃林中的那个小姑娘？"

吴起惊愕，却也只是点了点头。

"你知道她是何人？是何来历吗？"

"徒儿知道。"

"她被强仇追杀，你知道吗？"

"知道。"

子夏嘿嘿一笑，点了点头，"你们打算去哪里？如果留在魏国的话，我的面子君上还是要给的，你师兄李悝又手握重权，你要谋个一官半职倒也不难。只是，君上宣扬'仁义'，李悝以公正严明著称，魏国又不乏战将，你身无寸功，又背负恶名，只怕会沉于下僚，永无出头之日。"

"徒儿想去鲁国。"

"鲁国？嗯，鲁国素无将才，一旦有战事来临，倒有不少机会。只不过，鲁国是儒家根基所在，曾申地位无人可撼，身为他的弃徒，你就不怕处处碰壁，遭人排挤吗？"

吴起仰起头，望着子夏，昂然道："那又怎样？"

"唉，只怕又有悲剧发生！"

"师父，吴起以我之心力，行我之志向，纵与天下为敌，为天地不容,那又怎样?"

子夏仰天长笑,连声道:"好!好……"

天地苍黄。黄河卷着泥沙,打着旋,怒吼着,向南而下。吴起背着包袱,与天天一起,大步而行。

壮志凌云的吴起,在鲁国做了一名小吏。

这份差事让他勉强可以维持自己和妻子的生计。新婚燕尔,日子倒也和美,二人有时谈论兵法,有时也聊些闲话。

这日,天天问:"曾申与子夏先生均是当世名儒,他们二人高下如何?"

吴起笑道:"曾申严于律己,以儒门正统自居,公道而言,的确是一股清流,然而清则清矣,却只是一条小溪,望而见底。而子夏先生兼容并包,乃是千里汪洋,澄之不清,激之不浊,喑呜叱咤,气象万千。二人焉能比较?"

"真羡慕吴郎,能以如此渊博的人物为师。我家先人便仰慕鲁国礼乐千秋,一心想来此地学习,是以代代以此为志。现在想想,吴郎为了我而来到鲁国,受此冷遇,辜负大好年华,真让我愧疚万分。"

吴起缓声道:"天天你说到哪里去了!你我二人何分彼此!吴起自有出头之日,只是时机未到而已。"

转眼便过了一年。吴起一无所有,天天本来有些首饰,也变卖得差不多了。二人只能靠他微薄的俸禄为生,愈渐困窘。

吴起并非没有穷过,但从未如此安稳地穷过。日复一日为柴米油盐煎熬，让他感觉自己胸中的鸿鹄之志与十万甲兵，被一点点消磨殆尽，像被春蚕日夜啃咬的桑叶。

他开始憎恶自己，像一头无处释放的野兽。

看夭夭在家中操劳，他时常生起一种强烈的自责，乃至自卑。他自幼不务稼穑，夭夭更是贵族后裔，怎能将日子过得如此死寂？这使他性情乖戾，动辄积郁。有时，他又充满了感激，有夭夭在身边，他像口里含了一颗定风珠，在乱世的狂风暴雨、飘蓬流离中，能够感受到一丝安稳、一缕温柔。

这年秋天，齐国兴兵伐鲁。

鲁国和齐国同样历史悠久，其第一代统治者乃是周武王御弟周公旦之子伯禽，向来齐鲁并称。后世，人们也把山东叫作齐鲁大地，但历史上它们从来都不是实力对等的国家。如果说齐国是一条鲨鱼的话，鲁国顶多算是一只海豚。

不过，海豚也是要反抗的。在此之前，鲁国也曾有过典型的反击。

一次是长勺之战。曹刿是其中的关键人物。"一鼓作气，再而衰，三而竭。彼竭我盈，故克之。"这句话已成为鼓舞士气的著名论断。

另一次，鲁国不战而胜。齐国权臣田常一直有谋反之心，他担心国内以晏婴之子晏圉为代表的四大家族，对他不利。于是田常打算攻打鲁国，借机拥兵自重。危急关头，孔子高徒子贡主动请缨，要以三寸不烂之舌，消弭鲁国这场兵灾。

子贡出马，先劝田常按兵不动；随后赴吴国，劝吴王夫差伐齐；

又赴越国，劝越王勾践假意发兵助吴，实乃伺机复仇；最后又到晋国，劝晋国国君在边境屯兵，以待齐军。

子贡这次出行，引发连锁反应。先是吴齐两国大战，夫差击败田常，却不肯见好就收，又逼近晋国，被晋国打败。而吴国后方的越王勾践闻讯，偷袭吴军，一举逼死夫差，灭掉吴国，成为春秋最后的霸主。

史书写道："子贡一出，存鲁，乱齐，破吴，强晋而霸越。"可见孔子这位弟子的威力。

齐军大兵压境。当世已无子贡。

此时，鲁国国君是鲁缪公。他想到了孔子的再传弟子——吴起。

"寡人想用吴起为将，以御齐军，诸卿以为如何？"鲁缪公在朝堂上问。

大臣议论纷纷。有人说，那吴起我知道，他可不是什么好东西，都说远亲不如近邻，他倒好，一下就杀了三十多个邻居，而且母亲死了也不奔丧，这哪里是人，分明是禽兽！有人说，吴起早已被我师曾申逐出门墙，后来虽然被子夏收留，但绝对不是儒门正统，他有什么资格做领兵之将？有人说，我鲁国乃礼仪之邦，就算亡国也不能用这种败类……

鲁缪公脸上不动声色，心中却早已大骂：你们这帮废物，有本事你们去领兵打仗啊！眼下要亡的是我的江山，就算换成齐国统治，你们还能照样当官，我可就全完了！

这时又有人说话，"吴起确有将才。不过，微臣听说，其妻田氏乃齐国贵族之女。两军阵前，生死决于一瞬。倘若吴起受其妻子所左右，抑或顾忌妻子家人安危，彼时，我鲁国将有灭顶之灾！"

鲁缪公大吃一惊，这番话句句说到他心里，不能不听。然而，眼下着实无将可用，于是，他当即传旨，派使者去和吴起谈谈。

吴起缓步走在回家的路上。愤怒、焦灼、绝望……百感交集。

怒的是，疑人不用，用人不疑，你鲁缪公要选的是将军，与我妻子老家在哪国何干？急的是，眼下正是千载难逢之机，一旦错过何时再来？而绝望则在于，我吴起已二十八岁，空负一身绝学，如此苟活与死何异！

推开家门，天天刚刚收拾出准备过冬的被子。红色的粗布被面上，几枝粉红色的桃花，是她刚刚绣上的。

"天冷了，你多穿件衣服。"天天轻声道。

吴起不语，摘下佩剑往墙上的铁钩一挂。

"吴郎，我温了酒。我们喝几杯吧。"天天说着，去厨房端了酒来。

吴起依旧闷闷不语，抬头看了妻子一眼。她微微笑着，笑容里有一种凄凉。

二人对饮几杯。天天擎起酒壶，给他满满斟了一杯，微微笑道："吴郎……当日你曾答应为妻之事，千万莫要忘了。"

吴起不觉怔住，天天这一笑，竟是一种令人断肠的绝艳。

还剑入鞘。吴起看了一眼铜镜中的自己，那是一张扭曲的脸，两行清泪从血红的眼睛中流了下来。

吴起大步走在通往王宫的路上，无人敢挡。人们像躲避瘟疫一样躲开这个男人。这个双手捧着结发妻子头颅的小个子男人。

鲁缪公很震惊，他想不到吴起会用如此极端的手段化解这一难题。当然，他也很满意，于是任命吴起为将军，率军与齐国作战。

历史没有记住这个可怜女人的名字，史官只写下了六个字：

"起杀妻以求将。"

没有人能否认，吴起是一个天生就适合领兵打仗的人。他率领鲁军到达前线后，没有立即同齐军开战，而是恭恭敬敬地表示愿意讲和。

这绝不是因为他受儒家文化影响，讲究先礼后兵，而是他要向齐军示弱。不仅如此，他还专门从鲁国带来了五百名老弱残兵，手持破烂的刀枪，在中军营寨外驻守。

齐国兵将都笑岔了气，都知道你鲁国国小兵微，但让这么多老头上前线，这是要感化我们呢，还是想激发我们的敬老之心？看来，我们压根就不用拿鲁军当盘菜。

齐军士卒骄心四起，警备懈怠。将军更是夜夜宴饮，就等着吴起割地求和了。

时机已然来临，吴起迅速证明：自己不仅是一盘菜，而且是一盘齐国的胃口消化不了的硬菜。

那一夜遍地青霜，冷泠月光如流水，处处都是刀光。

冷风亦如刀。鲁军精兵个个手持短刀，衔枚疾进，直捣齐军中军大寨。那完全是一场屠杀，齐军还没缓过神来，就已伤亡过半，尸横遍野。

只一战,打垮齐军主力,鲁国大获全胜。这是吴起的成名之战。

吴起站立城头,数百名齐军俘虏跪在城下。两名刀斧手,将齐军将军押了上来。

吴起一脸肃穆,纵声叫道:"齐国人听着,有件事你们都给我记住——此番击败你们的不是我吴起,而是司马穰苴司马公的兵法!这是你们欠司马家族的血债!"

一字一字,声如狼嚎,直上云端。

他挥一挥手,刀光闪动,鲜血迸溅,齐国将军的人头飞落城下。

"其余俘虏,放他们走!"

出名要趁早。

不过,也得看出的是什么名。在以弱胜强击败齐国之后,吴起非但没像司马穰苴那样靠知识改变命运,反而陷入了困局。

在一个宣扬道德至上的国家,道德向来是最称手的凶器,道德审判也是很多人的拿手好戏。一旦天下太平,吴起立刻成了鲁国群臣的眼中钉、肉中刺,流言像苍蝇一样飞来飞去,遮天蔽日。

总有一些人,在讲故事方面颇有天赋,通常这种人心肠并不好。他们在鲁缪公面前反复说吴起是个"猜忍之人",多疑而残忍。他们很卖力地讲述了吴起的斑斑劣迹,还义务添加了很多情节。

让鲁缪公相信这些其实一点都不难。因为吴起捧着妻子血淋淋头颅的那一幕,已经成为他最频繁的噩梦场景。这样一个毫无底线的人,谁能预料他将来会做出什么事来?而且,讲故事的人除了动之以情,更会晓之以理。他们说:君上您想,鲁国只是一个小国,这下把齐国都打败了,那邻国会不会感觉到威胁?是不是更想灭掉鲁国了?

噩梦很可怕,威胁君位更可怕。鲁国国君疑心大起,立马收回了吴起的虎符。而鲁国也彻底失去了最后一次重新崛起的机会。

顺便说一下,"鲁缪公"是后人给这位鲁国国君起的谥号——一个人活着的时候,是绝不会被称呼谥号的。"缪"这个字的意思是:"名与实爽曰缪;伤人蔽贤曰缪;蔽仁伤善曰缪。"显然,这不是个好词。

吴起咬牙切齿,不过他并没有失落,更不曾解释一句。他知道,他的名字已经在各诸侯国流传。在那个烽烟四起的年代,还有什么人才比名将更抢手呢?

他悄悄收拾好行李,来到了妻子的坟前。

那已然是一座魏然高耸的大墓。他提着一壶暖酒、一枝梅花,在墓碑前恭恭敬敬摆好了酒杯。叫一声"夭夭",两泪滂沱,滴滴答答落在杯里,像那年春天桃林中的雨。

墓碑上六个大字:司马夭夭之墓。

吃的不是饭,是气

吴起来到了魏国。其时,子夏虽已过世,但还有李悝等师兄在那里。

李悝,又名李克,他的名字在中国历史上不常被提到。然而事实上,李悝是孔子与孟子两个时代之间的重要人物,有六篇《法经》传世,堪称"法家第一人"。

魏文侯(魏斯)乃魏国的开国君主,他重用李悝,推行变法。

魏文侯曾问李悝如何治理国家,李悝道:"夺淫民之禄,以来四方之士。"这里的"淫民",指的是那些躺在祖辈功劳簿上,乘车马,衣美裘,纸醉金迷,不求进取,不念民生劳苦之辈。而"士"当然是人才。在盛行世袭制的当时,这些话可谓石破天惊。然而魏文侯一一准奏,实行了历史上最早的"计划经济"。于是,魏国迅速强盛。

"近水楼台"就在那里,但是吴起并未去拜见李悝,而选择了另一位重臣——翟璜。

为何如此?一方面,是因为吴起的傲气,他已经厌倦了丧家犬似的仰人鼻息的卑微;另一方面,则是吴起明白,他与李悝,看似近,实则远。

李悝是魏文侯面前第一红人,但他自矜功劳,爱惜羽毛,像吴起这种恶名昭彰之人,他不躲着走就不错了。吴起若去见李悝,好的结局是李悝看在同门面子上,给他一个闲职;而坏的结局则可能是,李悝将吴起一顿训斥,扫地出门,就像曾申一样,通过侮辱吴起来增加自己的美名。

翟璜水平有限,全凭举荐人才之功才坐到今天的位置。他一生曾举荐了任座、乐羊、西门豹等贤才,就连李悝也是他举荐给魏文侯的。如果吴起去找翟璜,被拒绝的可能性很小。其一,以翟璜之眼光,当然知道吴起是人才,论公应当举荐。其二,他会揣测是否是李悝让吴起前来,假如是,这面子不能不给;假如不是,当魏文侯问李悝意见时,皮球就到了李悝脚下,怎么踢,随他。所以,论私,不能不荐。

吴起素非奸诈之人,但他熟读兵书,《孙子兵法》中的"以迂为直",不正是如此吗?

再说,世上往往就是这样,当你身处危难,所有人都认为某某人天经地义会帮你时,你却要冷静下来好好想想,是否真是那么回事?

魏文侯果然悄悄和李悝商议:"你觉得吴起这个人怎么样?"

李悝嘿嘿笑道:"回禀君上,就人品而言,这个吴起贪功好色,不值一哂。但若论用兵,他比司马穰苴有过之而无不及。"

魏文侯认真考虑了一夜,第二天就任命吴起为将军,派他率军攻打秦国。吴起一举攻克河西五座城池。这五座城池战略位置非同小可,可遥遥控制崤函古道,乃秦国东进中原的门户。如此一来,秦国只能退守洛水,沿河修建防御工事,筑重泉城以固守。

魏文侯大喜,设西河郡,任命吴起为西河守将,独抗秦国和韩国。

此后多年,吴起连连对秦国等诸侯国用兵,《吴子兵法》称:"曾与诸侯大战七十六,全胜六十四,余则钧解(不分胜负),辟土四面,拓地千里。"

吴起此生最骄傲的一战,发生在他五十一岁的时候。

那一年,秦国被压制得忍无可忍,调集五十万大军,兵锋直指魏国要塞阴晋,在城外布下百里连营。五十万,一次战役动员如此庞大的部队,在中国历史上大约是首次出现。这对于此时的秦国,已是倾国之兵。

阴晋濒临千年古渡口——风陵渡，这里从来不乏传说，更是兵家必争之地。一旦秦军攻克阴晋，占据中条山与黄河之间的狭长通道，不仅中原门户大开，河西五城也将唾手可得，一举扭转多年来被魏国压制的局面。

吴起早已屯兵以待。夜晚，他登上城楼观看，但见秦军营火如萤，星星点点，四野一片通明。

此刻，阴晋城内所驻扎的魏军只有数万人。吴起忽然笑了，这是一种欢快的笑，但在杀气腾腾的气氛中，一如夜枭，让人不寒而栗。

吴起早已无比明了，他身体里住着一个好战的灵魂。无论朝廷重臣还是平民百姓，永远都不会比麾下将士和对面死敌给予他的尊重更多。在战场上，没有一个人胆敢轻视他一分一毫。在生死间不容发的一瞬，所有的虚伪和俗套都将烟消云散。在这里，他是神亦是魔。

对眼下这一战，吴起不仅有信心，而且有底牌。阴晋城中的五万多人，乃是他一手打造起来的精锐——魏武卒。

史书记载："魏氏之武卒，以度取之，衣三属之甲，操十二石之弩，负矢五十，置戈其上，冠胄带剑，赢三日之粮，日中而趋百里。中试则复其户，利其田宅。"

可见，魏武卒乃重型步兵，其选拔极为严苛，不是想当就能当。入选者需身披三层重铠，戴头盔，扛长戈，配利剑，背五十支箭，携三日军粮，还须会操作三百五十四千克的强弩——推测为床弩，半日之内跑四十一点五公里路。

这样的兵卒，身体条件可谓百里挑一，训练也极严酷。不过，一旦成为魏武卒，便能享受优厚待遇，不仅可免除全家赋税徭役，还可获赠良田和房屋，也就意味着一个人可以改变全家的命运。

选将方面，吴起最注重"忠诚"与"指挥若定"这两点，进有重赏，退有重刑，行之有信，违令者定斩不赦。

吴起还明白一件事：永远不要指望士兵为一个整日高高在上的人卖命。他本人律己之严，到了难以想象的地步。与最下层士卒同衣同食，睡觉时不铺席子，行军时不骑马坐车，还自己亲自背干粮。有的士兵背上长恶疮，腥臭难闻，路人掩鼻而过，吴起却用嘴为他吸出脓液，治好伤口——吴起的这一系列做法，成为后世名将的标杆，不知多少人曾效法于他。

吴起之吮，是偷心术，也是死亡之吮。有一个士兵被吴起吸过脓液，其母闻讯伏地大哭。别人安慰她："你儿子只是一个小兵，人家吴大将军亲自为他吸脓，您哭什么呢？"这位母亲一脸绝望："往年，吴公为我夫吸过脓，我夫奋勇杀敌，身受重伤十余处，仍战不旋踵，至死方休。现在吴公又为我儿子吸脓，我不知道他哪一天又会战死……"

身体彪悍，训练有素，装备精良，赏罚严明，将士归心，人人用命……这一切，使得魏武卒成为战国初期一支赫赫有名的虎狼之师，也是吴起在魏国最强硬的底牌。

在探知秦军即将大举进攻阴晋之前，吴起并未举行什么誓师大会，而是精心策划了一场饭局。

这是一场声势浩大、震动全国的饭局,吴起专门请来了魏国的国君魏文侯。显然,这一场庆功宴是国宴的标准。

没错,就是庆功宴。虽然大战还没开始,但宴席要先吃。

吴起让所有将士分三排就坐。第一排,坐的是以往历次战役中立过大功者,使用金、银、铜等各类贵重餐具,猪、牛、羊三牲俱全,美酒佳肴可任意取用。第二排,坐的是立过小功者,贵重餐具适当减少,伸长胳膊就能吃到前面桌上的宴席。最后一排,坐的则是无功者,不得用贵重餐具,胳膊伸得再长也够不着桌上的菜。

宴会结束之后,魏文侯还在大门外对有功将士的父母、妻子等家属论功行赏。并对死难将士的家属,专程派使者慰问并给予赏赐,以示不忘。

这顿饭,有功者吃得得意扬扬、威风八面,连全家人一起都感觉风光无限;而无功者则个个灰头土脸,恨不得找条地缝钻进去,在整个家族面前也抬不起头来。

这一顿,吃的不是饭,而是气,一股"知耻而后勇"的积聚之气。所谓"养兵千日,用兵一时",吴起在用兵之外,还加上了激将。通过一场超大规模的激将法,他将士兵的表现与家族的荣誉捏合到一起,这在"重名轻生"的当时,无疑形成了最大的动力。

当秦军来袭的消息一公开,魏国三军踊跃请战,特别是那些无功之人,来不及穿上甲胄,便纷纷报名上前线。吴起大喜,但他只挑选了五万名无功的将士。此外,还调来战车五百乘和骑兵三千人。

魏文侯依旧忐忑。这一战直接关系魏国的生死存亡,他怎能不担心?只是,面对这位战功赫赫的将军,魏文侯又不便当面质疑,只是满腹狐疑地看着他。

吴起冷冷一笑:"君上,你听没听说过,一个亡命徒在旷野中逃命,一千个人也不敢靠近他。为什么?因为每个人都怕他突然暴起和自己拼命。我有五万个亡命之徒,放眼天下,谁人能敌!"

事实上,吴起所凭借的绝不只是人心,他还有战法。他组织起一个以步兵为主体、战车和骑兵为策应的作战编队,这就是史上著名的魏武卒方阵。他严令:步兵、战车和骑兵,各归其位,不遵将令者,纵使斩杀敌人也不录军功,而且还要严加治罪。

当战鼓如雷霆般敲响,秦军才发现,他们遇到的根本就不是一群人,而是一群狼。魏武卒嗷嗷嚎叫着,滚动着,碾压着,很快就把素以阵容严整而著称的秦军冲得七零八落,伏尸百里,流血漂橹。

五万魏军完胜五十万秦军,这一战让吴起的名字牢牢载入史书。后人称其,"吴起之用兵也,不过五万","有提七万之众,而天下莫当者谁?曰吴起也。"

熟读历史的人也知道,在对抗秦国的战争史上,魏国能占得一点便宜的除吴起之外,也仅剩下一个人,那就是"战国四大公子"中的信陵君魏无忌。

这些年,吴起极少喝酒,因为只要几杯酒下肚,他就觉得自己的心要跳出来。

这一日,他却故意多喝了几杯。擎着酒杯走到院里,其时已是深秋,落日正沉入西山,红彤彤似一团冷火。

"夭夭。"他念道。这个念了无数次的名字,一到喝酒的时候,就会变成一只火红的蝴蝶在脑袋里蹦跶,一闪一闪,全都是她。

"今天,我终于为你的《司马法》又找到了传人。他便是名将乐羊,虽然老了些,但他是个难得的将才,定能将此兵书代代传承下去。你看行吗?"

吴起在院子里坐下来。他早已斥退了侍卫和仆役,也只有此刻在醉意朦胧中,他才敢回忆那个充满血色的日子,他和夭夭最后一次的绝命对饮。

"吴郎。"夭夭的声音永远是那样脆冷,像深秋严霜下的梨子,"你的剑穗又脏成这样了!"她说着,从壁上的铜钩摘下吴起的佩剑,起身进了厨房。

吴起瞥了一眼,心里木木的,只一杯一杯,兀自饮酒。

许久,不见夭夭回来,心猛然一跳,连忙跑去推开厨房的门。

一股血腥味扑面而来。夭夭已然躺倒在地,四溢的鲜血,沾满了柴草,又流到了土墙根。

吴起眼前一黑,几乎栽倒在地。他睁开眼睛,"哇"的一声,连酒带血喷吐而出。

"夭夭,你何苦如此!"他咬碎了牙齿,泪眼朦胧中,看到灶台上摆着一封信,正是夭夭的亲笔。字迹工整,竟不似仓促间所写。

莫非——

吴起不忍、不敢再想下去。

信中,夭夭详述了她的家世生平。自司马穰苴谢世后,后人便谨遵其遗训,远离齐国朝廷。然而,齐国君主始终对司马家处处提防。田氏一族坐大后，深知齐国百姓仍不忘司马穰苴之盖世战功和卓绝品行，便想让司马家挑头，率众造反，他们再趁机弑君，取而代之。

孰料，司马家始终不为所动。田氏又探知司马穰苴传下一部兵书，名曰《司马法》，记录其一生所学所悟。倘若得到这部兵书，即便没有司马家襄助，亦可横行无阻。于是，他们先是软硬兼施，继而痛下杀手，将司马家几近灭门，然而终未得到兵书。

夭夭正是司马穰苴的后裔，为保住《司马法》，她的父母在赵国遇刺，兄长在中山国被杀。她独自一人亡命天涯，这期间也渐渐明白，如此下去终究难免死于刺客剑下。若想保住兵书，最好的方法莫过于将其传于一位有志之士，待其功成名就，为大国名将，那时又何惧齐国的刺客？

她听闻子夏学冠中原，自儒家之中隐隐开出兵家一派，便来到西河。住下后，却又担心他与齐国暗通款曲，尚未决定是否前去拜会，便先遇到了吴起。

吴起又惊又痛，心道：凭夭夭的经历与见识，怎会不知道我以往的劣迹？可她还是选择了我。这是一种怎样的相怜与相知，亦是怎样的恩重如山！

那封信的最后写道："请斩夭夭首级，奉之于鲁君，则吴郎可为将矣。夭夭自到之事，莫使邻人知之，果尔，徒增鲁君疑虑，使夭夭枉死一场。吴郎莫惜莫痛，夭夭一生悲苦，早已活得够了！"

这几句话，字字有剜心之痛。隔了二十多年的时间回望，吴起的眼睛仍笼罩在那片血光之中，手上的黏稠与血腥让他彻夜难眠。

和夭夭相比，我吴起又算得了什么。她才是一只孤狼，从未在心底里倚仗过谁，也从未真正获得过温暖，反而以如此决绝的方式成就了一代名将。

她一介弱女子，却用自己的头颅，称出了这个乱世的斤两。

万箭穿心亦温柔

一朝天子一朝臣。这句话是总结，更是预警。

魏文侯死后，吴起继续效力于他的儿子魏武侯（魏击）。和刚刚即位的年轻君主一样，魏武侯既踌躇满志又毫无想法，既想当明君又心生叛逆。过度分泌的荷尔蒙常常使他无所适从。

经魏文侯多年苦心经营，魏国一派生机勃勃。经阴晋之战，吴起又彻底击败秦国，此时的魏国不仅确立强国地位，而且隐隐已有称霸中原之势。

那年春天，魏武侯与吴起一起乘舟沿黄河南下。船到中流，魏武侯看到如此险要地形，只觉豪气干云，很想吟诗，但张开嘴之后才意识到自己不会作诗，便感慨道："奇哉！壮哉！锦绣河山，美如画卷，固若金汤，真乃我魏国之重宝！"

吴起手捻胡须，瞥了一眼这位比他高半头的莽撞国君。他认为，自己很有必要对这位年轻人进行一番思想道德教育。

"国家最宝贵的乃是君主之德行，而非地形险要。君上，你忘了书上怎么说的吗？夏桀和商纣之国土，哪一个不是地势险要，还不都为人所灭？切记，假如君主不修德行，即便是我们今天这同一条船上的人，也很有可能去转投敌国。"

言辞犀利，有理有据，不愧儒家出身。吴起这一番话，让船上众人连连点头。他自己也很满意，脸色分外红润。

"有理。"魏武侯只淡淡地说了一句。

这位年轻君主努力压制住心头那股强烈的厌恶感。面前这位小个子将军直视过来，他觉得自己瞬间变成稀薄的空气，吴起倨傲的目光早已穿过他，投向了浩浩汤汤的河水。

他心中默默道："吴起啊吴起，扯什么仁义道德，你的丑事天下谁人不知？一个禽兽不如之人，竟敢当众教训我，摆什么老臣架子！这条船上，最可能投敌的，那就是你！"

像很多有功的重臣一样，吴起并未意识到，自己已然犯了一个致命的错误——不能在大庭广众之下教训国君，尤其是年轻、敏感的新君。

一句话可以融化一块冰，也可以筑起一道墙，甚至引来刀兵之祸。

关于如何劝人，吴起应该跟另一位重臣翟璜学学。当年，翟璜巧谏魏文侯的做法，堪称经典。

彼时，魏文侯派大将乐羊，攻取中山国，封长子魏击——后来的魏武侯——为中山君。这一日，魏文侯同几位士大夫宴饮，席间道："诸位爱卿都说说，寡人是个怎样的君主？照实说就行，寡人要听真话！"

众人称智、称仁、称善，全是褒扬之词。轮到任座，他却道："君上，您是不贤之主。为何？攻下了中山国，不封您的弟弟，却封您的儿子,此乃私心作祟,是以不贤!"

魏文侯闻言大怒,瞬间变了脸色,任座见势不妙,赶忙小步跑了出去。

众人均知,任座闯了大祸。客观来看,魏文侯的确是一位贤君,平时也听得进逆耳之言。但任座所言,戳中了他的痛处。封子不封弟,看似只是一个爵位问题,背后隐藏的却是,以后究竟要把魏国传给自己的儿子,还是传给弟弟。一旦牵涉到这一点,便成了最致命的问题。任何君主都不想听到不同声音,尤其是在自己毫无思想准备的时候。

四下瞬间安静下来,接下来,任座就要被降罪了。

关键时刻,翟璜站了出来。"君上自然是仁君,而且是古来少有的仁君!"

"何以知之?"魏文侯没好气地看了翟璜一眼,心说这任座就是你举荐给寡人的。

"微臣素来听说'君仁则臣直'。刚才任座所言可谓率直、耿直,古来稀有,微臣是以知道君上乃是仁君。"

魏文侯闻言大喜,命翟璜将任座请回来,并亲自下堂迎接,请其坐于上座。

一番话救了任座。假如吴起能懂这种讲话艺术,自然不会引魏武侯反感。只不过,老臣与新君之间,素来都有一种紧张而微妙的关系。所以,吴起最好的选择,还是不说话。

顺便提及另外一点,古人常说"文死谏,武死战",看似一种职分,其实也是规则。文臣以死相谏,君主听不听,都会感念一片忠心。而武将一旦死谏,君主就会琢磨:你是不是拥兵自重,要挟于我?新君更会忌惮,乃至猜疑:你哪里是忠心,分明是欺负我!那时,问题就严重了。

只可惜,吴起不是翟璜。他早已习惯了两军对阵、刀头舐血的生涯,至于朝廷里的明枪暗箭、含沙射影,他不懂,更不屑。

吴起镇守西河,战功赫赫,又得军心,俨然已是魏国之柱石。

这一年,魏国要任用一位新丞相,很多人认为非吴起莫属。然而,魏武侯最终用的却是贵戚田文——当然,历史上另有一位田文,战国四公子之一的孟尝君,那是近百年后的人物。

吴起心中不服,去找田文,"来,你先跟我比比功劳吧。"

田文答应:"好。"

"第一,统领三军,使士卒用命,敌国不敢来犯;第二,管理各级官吏,使百姓归心,增加财赋;第三,坐镇西河,让秦国不敢东向扩张,赵国韩国俯首听命。这三点你哪样比得了我?"

"我都不如你。"

吴起见田文回答得如此老实,更火了,"你都不如我,可你的官却比我大,凭什么?"

田文看着吴起,心平气和道:"吴将军,我也问你个问题:如今君上年少,君臣关系紧张,举国不安。你说这个时候,是你当丞相合适,还是我合适?"

吴起沉默许久,不得不承认:"还是你合适。"

直到这一刻,吴起才明白,自己竟然真的不如田文。也直到此时，吴起才懂得，原来还有比统兵打仗更重要的事，就是保一国之安稳。

他的恶名早已是附骨之蛆，堵塞了上升之路。一如后人所言："打天下唯才是举，坐天下唯德是能。"唐代魏徵也说："天下未定，则专取其才，不考其行；丧乱既平，则非才行兼备不可用也。"

数年后，田文去世。公叔痤继任丞相，其妻正是魏国公主。

这个公叔痤很有才干，只是对官位无比看重，他很不放心吴起，整天担心他会来抢自己的丞相之位。手下谋士悄悄献计："除掉吴起太容易了。"

公叔痤听了欣喜若狂，立即去求见魏武侯。二人本就是一家人，当然不用太客套。

公叔痤故作满面愁容状，"我现在很担心一件事。"

魏武侯眉毛一挑，"什么事？"

"吴起的能力太强，这么多年一直也没当上丞相，心里肯定有意见。咱们魏国是小国，西与强秦接壤。依我看，吴起恐怕不想长期留在魏国。假如他一旦去了秦国，那对魏国绝对是一场灾难。"

"那可如何是好？"

"君上可以许配一位公主给他，他如果想留在魏国，肯定会欣然接受。如果不愿意留下，必然会断然拒绝。这样，我们就能摸准他的真正想法了。"公叔痤说完，又加上一句，"如果吴起真要走，决不能让他活着离开魏国。"

"这个……"魏武侯虽然很不愿意把公主许给吴起——毕竟杀妻

之事天下皆知，但他实在想不出更好的办法，只好勉强答应。

丝竹声声，红灯帐暖。相府之中，虽然一干人等全力劝酒，吴起也仅仅饮了数杯。

公叔痤见时候已到，便起身道："我夫人近来身体欠安，我进去看看。她这人脾气不好——吴兄请先慢用。"

吴起点点头，端着酒杯独自静默。这些年，他努力重建自己的名声，不再争功，还撰写了讲述自己战争生涯的兵书《吴子》，一如当年的司马穰苴所撰的《司马法》。他没有娶妻，无数个夜里，一闭眼就看到亡妻天天。

过了好一阵子，公叔痤才出来。头上新缠了一圈白布，隐隐透出些血迹。

吴起问怎么了。

公叔痤长叹一口气："吴兄有所不知，我夫人乃魏国公主，脾气暴烈，动辄对我拳脚相加，刚刚又用灯台砸破了我的头……说什么贵戚，其实就是奴隶。这样的老婆，打又不敢打，休也不敢休。"

吴起宽慰了他几句，心中生出几分快意。

没过几天，魏武侯便向吴起提亲，要把一个公主嫁给他。吴起本就决意不再娶，又想到公叔痤的惨状，立刻断然拒绝。不过，他也很快发觉，魏武侯脸色越来越难看，眼里还时常闪现杀机。

吴起静下来一想，便明白了自己的危险处境。他不等魏武侯和公叔痤动手，连夜南下，逃往楚国。

需要说的是，吴起南奔楚国，也成为魏国国势的一个重大转折点。

自此，魏国不仅失去了最得力的大将，原本的称霸之梦也逐渐灰飞烟灭。不到二十年，秦国收复河西五城，魏国被迫从安邑（山西夏县）迁都大梁（河南开封）；不到三十年，秦国攻占魏国整个河西故地。魏武侯及其子魏惠王，一改魏文侯联韩赵抗秦之战略，四面树敌，国力虚耗。

吴起耗费多年心血打造的精锐魏武卒，后来在桂陵之战和马陵之战中，遭遇齐国大将孙膑的伏击，伤亡殆尽。

而长期担任魏国丞相的公叔痤，在他临死之时，举荐了一个人才，那就是担任自己侍从的商鞅。他对魏惠王建议，商鞅熟知魏国的一切，要么对其委以重任，以国政相托付；要么就杀了他，以免为敌国所用。可惜，魏惠王认为他老糊涂了，二者都没有听取。

恰恰是这个商鞅，西出秦国，将李悝的法令、富国之策以及吴起的治军之道，统统应用于秦国变法之中，致使秦国迅猛崛起，成为魏国最终的掘墓人。

当然，这都是后话。

楚国是一片全新的天地。这里弥漫着蛮荒色彩，也酝酿着阴谋诡计。这里崇尚的是力量，仁义道德的空气稀薄很多。

吴起只经历了一个小小的过渡，便被任命为丞相。国君楚悼王十分看重吴起，希望他能让楚国脱胎换骨，重振雄风。

要知道，楚国原本实力雄厚，屡屡北上问鼎中原，楚庄王为春秋五霸之一。后来伍子胥为父报仇，引吴兵来攻，致使楚国元气大伤。但瘦死的骆驼比马大，战国初期，楚国仍是领土最大的国家。

只是政治腐败，积弊缠身，社会动荡，楚悼王的父亲楚声王，就是为乱民所杀。

楚悼王一即位，就接连遭到魏赵韩三晋联军的进攻，丧失了大片土地，西面又紧邻强秦。楚国被欺负得抬不起头来。

而今，人算不如天算，名震天下的吴起来了。楚悼王很清楚吴起熟悉三晋，对秦国又极具威慑作用，正好让他替自己扬眉吐气。

终于坐上丞相之位的吴起，将半生积聚的幽恨迸射出来。他果断实施改革，严明法令，裁掉不急需的官吏，废除远支的贵族，把节省下的钱全都花在了军备上。当时，游走于诸侯之间的纵横家很走红，但吴起压根瞧不起他们，认为那些把戏不能治本。于是，在吴起的铁腕政策下，楚国也变成了一个军国主义国家。

吴起从来就不相信有小康之治，更不相信天下太平。他最擅长战争，也只相信战争，坚信只有打垮敌人，才能真正强大起来。

一年中，楚国向南平定百越，向北兼并陈国和蔡国，把妄图扩张的三晋大军打得落花流水。至于秦国，吴起也将其教训了一顿。一个强大的楚国破土重生，诸侯战栗，都在盘算如何除掉吴起。

随着楚国越来越强，不光诸侯睡不着，就连很多楚国贵族，也越来越不能容忍。吴起让楚国转型太快，很多原本属于贵族的利益被剥夺，收归军队所有。贵族们暗暗结盟，商量应对之策。只不过有楚悼王在那儿，暂时没人敢动吴起。

这一切，吴起绝非不知。他心中既不屑又愤怒。不屑是因为他瞧不起那些贵族，他们背后像苍蝇一样聚在一起嘤嘤嗡嗡，见了面却只会巧言令色，曲意逢迎，那嘴脸让他觉得恶心。愤怒则是因为，他呕心沥血把楚国治理得越来越好,这些贵族为什么就不能考虑一下大局?

这正是改革者的悲哀。

那年三月的清晨,吴起正在江边漫步。

正行走间,他忽见路边有一树桃花,凄凄艳艳,宁静而寂寞地开着。那枝干很纤细,远看如女人之手臂,颜色却比普通的桃花深了好多,花上有晨露,俨然女人之泪珠。他忽觉脊背发冷,往日在这里走,从来没见有桃树啊。

正昏昏沉沉,忽然有人飞车来报:"启禀相国,大事不好,君上昨夜薨了。"

吴起闻言大惊,他知道楚悼王最近重病缠身,但怎么也没想到,他竟然死得如此之快。他赶忙回府,准备去宫中吊唁。

一夜之间,王宫如同下了一场大雪,四下白茫茫的一片。宫门、过道,连同院子里的树上都挂满了帷幔和白纱。

吴起缓步走着,他想起魏文侯死了之后,自己在魏国的前途尽毁。现在楚悼王又死了,新即位的国君又会怎样对他?

吴起祭拜完起身,忽然发现灵堂中连一个重臣都没有,只有一些太子府的卫士。白色的丧服底下,隐隐还罩着贴身软甲。

吴起心知不妙。灵堂内杀机弥漫,一阵冷风拂起帷幔,后面竟已站满成排的刀斧手、弓箭手。

卫士们早已接奉太子之号令,诛杀吴起,但这个小个子将军威名远扬,别有一种渊渟岳峙的宗师气度,一直无人敢动。直至事已败露，不得不发，卫士们才刀出鞘，箭上弦。

四顾无所依傍，吴起一个箭步蹿到楚悼王遗体前，将遗体挡在身前，厉声怒喝："你们谁敢上前，依大楚律例，擅动大王遗体者灭族。"

卫士们面面相觑，无人敢动，只将吴起团团围住。吴起望着眼前的数百支箭头，自知大限已至。

双方就这样僵持着。上午的阳光照进灵堂中，无数粉红的灰尘在空气里飞，一如人世的三千尘梦。

吴起想起清晨看到的那一树桃花，那不是天天在被面上绣过的桃花吗？染了她的血迹，自然更红一点。定是她来为自己招魂了。他仿佛又看见离家时母亲被灶火映红的脸……

忽觉左肩一震，原来是卫士长怕太子怪罪，挥剑砍倒了身边一个犹豫不决的卫士，并率先发箭。随着一声"射"，吴起瞬间就被射成了刺猬。楚悼王的遗体和他紧紧钉在一起，血肉模糊。

吴起死了。楚国太子楚肃王即位。因为射杀吴起时伤及楚悼王尸身，所有参与射杀的卫士全部斩首，很多贵族遭到株连。史官写下："坐射起而夷宗死者七十余家"。

据说，这一向以戾气阴冷而著称的将军，死时竟一脸温柔，若回家般释然。

白衣飘飘的将门

乐毅

在刀光隐现的史册中，有一个熠熠闪光的词，叫作"将门"。

"将门必有将，相门必有相"，这是因循千年的说法。而"将门"与"虎子"更是家喻户晓的固定搭配。

唐宋之后，将门常常和精忠联系在一起，最著名的便是岳飞，另有被拔高了的杨家将。而呼延赞则把家训刺在儿孙耳朵后面作文身："出门忘家为国，临阵忘死为主"。

但是，在雄才辈出的战国，将门绝非一个"忠"字可以概括的。他们的血脉之中，涌动着膨胀的野心、不羁的个性、杀戮的欲望和利益的驱动。

在战国，如同杀人只是杀手的生计一样，战争也仅是名将的职业。虽然后者的能量，是前者的千倍万倍。

那是一个形势瞬息万变，人才急速流动的时代，名将也辗转于各国之间，不独君主求将，将亦求明主。他们要为自己的才华寻一个最佳买主。换言之，名将也跳槽。

而在灿若星河的跳槽将领之中，从成就之著与跳槽范围之广来看，吴起和乐毅堪称代表人物。当然，他们二人虽同样身负盖世奇才，却又有着截然不同的命运。

吴起步步坎坷，处处碰壁；乐毅却游刃有余，神闲气定。吴起行遍天下，尽皆起谤，身败名裂；乐毅却风生水起，逢凶化吉，百代流芳。

就连目空天下的诸葛亮，也每每"自比于管仲、乐毅"，将乐毅奉为偶像。

如果说吴起是史册中的一阵阴风煞气，乐毅就是庙宇里一座鎏金神像。如果说吴起是喋血孤狼诛心人，乐毅就是浊世翩翩佳公子。

乐毅连同他所在的将门，是一个巨大的谜团，混杂了光荣与梦想、理智与情感，也有阴谋与暧昧……

食人者的后裔

名字是人的另一张脸，尤其是对喜欢文字的中国人来说。

乐毅，这名字一看便有几分喜气。所以，就连这个学堂里新来的先生，点名时也故意多喊了两遍，喊完之后就笑。

一位十岁左右的白衣少年站起来。那是一张稚气未脱的脸，眉清目秀，皮肤白皙，在上午的阳光下，俨然一棵开花的小树。

"你叫乐毅？"

"是，夫子。"

"你祖上也是狄人吧。"

先生这样说是有依据的。狄，乃少数民族。春秋时，晋文公与一位狄女，生下一个儿子，即公子乐，其后裔世世代代以"乐"为姓。况且，这里是中山国，最初就是白狄建立的国家。只是在多年前，中山为魏国所攻取，从独立的国家变成了魏国的附属国。

然而，眼前的少年沉默了。

先生以为这少年太羞涩，抑或太敏感，便讲了个笑话，想缓解一下紧张的气氛，然而少年依旧沉默。

"乐毅，你为什么不笑？"

少年低眉，不语，伫立在那里，仿佛凝固了时光。

忽然，四下传来小伙伴的哄笑声："夫子啊夫子，乐毅的祖爷爷，吃了他的爷爷，所以呀——乐毅根本不会笑。"

先生的心中仿佛被针刺了一下："呀！他是名将乐羊的后人！"

乐羊，白狄中山国人。在历史上，他也被称为乐羊子，传下来的主要是美名。

早年乐羊外出求学，半路捡了一块金子，就美滋滋地回来了。妻子很生气："这金子花完之后，我们怎么办？还不一样挨饿受冻？等你学了知识，做了大官，便一辈子荣华富贵享之不尽！"听了妻子的训斥，乐羊什么也没说，重新踏上求学为官之路。

——就此看，他似乎有一点"妻管严"。

还有一件事。乐羊做大将后，在外三年没回老家。回家时却发现妻子怀孕了。这时，他没有吼叫，没有质疑，也没有去照镜子，看自己头上是否青翠欲滴，而是乐呵呵地认下了这个莫名其妙的儿子。他说妻子怀念自己，日思夜想感动上苍，此乃天赐之子。

——就此看，他除了"妻管严"之外，还会装糊涂。

不过，让乐羊真正名震史册的，是另一件事。

魏文侯任命乐羊为大将，讨伐中山国。出征前，有人提醒魏文侯："乐羊就是中山国人，他长子还在那里做将军，君上派他去，放心吗？"魏文侯笑了笑，没有听。

这一战足足打了三年。刚刚逃到魏国的吴起，就曾作为乐羊的部将，参加了这场战争。也就是这一次，吴起发现乐羊和自己一样，也是一个狠人。也许正是因此，多年之后，吴起才会将那部性命一般珍贵的《司马法》，传给了乐羊。

三年过去，魏国朝中大哗，群臣纷纷上奏，直指乐羊有通敌之心。而此时，中山国也到了崩溃边缘，他们想出一条毒计，杀了乐羊的儿子，炖成肉汤，将肉汤连同首级一起，大张旗鼓地给乐羊送去。（这位不幸的儿子，正史中并未留下名字，明末小说家冯梦龙在《东周列国志》中称其为"乐舒"。）

按照他们的计划，只要乐羊不吃这碗肉汤，就说明他挂念着中山国内的妻儿，也会佐证他有通敌之心。那么，魏国很可能临阵换将。如此，中山国便可趁机发动反攻。

乐羊显然很明白这个道理，于是，他默默地吃完肉汤，还把空碗交给中山国使者带了回去。然后，从容指挥攻城，一举灭掉了中山国。

捷报传来，魏文侯环顾众人："你们说乐羊不忠心，可他为了我，连自己儿子的肉都吃（乐羊以我之故，食其子之肉）。"众人默然不语，也有人小声道："儿子的肉都吃，谁的肉他还不吃（其子之肉尚食之，其谁不食）！"

这一句话，在魏文侯心里埋下一根刺。

班师回朝之后，魏文侯论功行赏，将乐羊的官职封在了中山国都城灵寿。

而仔细分析会明白，乐羊这官是越封越小，名为封赏，实为罢黜。显然，魏文侯想让他离自己远远的，免生不测。

对此，史官写下："乐羊食子以自信""文侯赏其功而疑其心"。

灵寿，是一座西依太行山、东临平原的城池，乐羊之后，乐家几代定居于此。

当年，乐羊回到灵寿之后，主要做了两件事：一件是剿灭白狄中山王室的残余势力；另一件则是纳妾，尽一切可能生儿育女。据说，他的晚年活在恐惧之中。

乐羊的妻子睿智而大气，家中又有《司马法》和丈夫丰富的实战经验做教材，所以乐家的家庭教育很扎实，代代都有出类拔萃之人，终于成为闻名遐迩的将门。

除去乐羊和那位被炖汤的不幸儿子两代为将之外，其孙子辈中还有一个乐池，也是赫赫有名的人物。史书记载，乐池曾在秦国和中山国做过丞相，也做过赵国的大将。

在灵寿，世世代代流传一句民谣："中原一将，灵寿乐羊。子尚食之，其谁不食？"

乐毅也是乐羊的孙辈。他从小生长在那座深宅大院之中。青灰的瓦，粉白的墙，院子里种满了丁香树。每年春天花开，一片一片，千朵万朵，笼罩在海一般的香气中，让人愁绪百结，肝肠寸断。

乐毅的身上有一股阴气，仿佛经年累月晒不到阳光。而他从小又喜着白衣，从头到脚一尘不染。只是这种白，非但不能给人以明亮，反而更像一片茫茫的混沌。

在孩子们眼中，乐毅是老实的玩伴，几乎从不生气，永远温和。但在大人们看来，他却惊人地早熟，话虽不多，却每每切中要害。他从不随其他孩子打闹，常常一个人静静地站着，像一泓无风不起皱的湖水。

乐羊食子之事，乐家从来没有人说起，但也没有人可以隐瞒，更没有人能够忘记。

乐毅早早洞察了一切，这个家族人员众多，但人情淡漠，总有一根弦紧紧绷着。即便没有外人在场，起坐也皆合礼仪。刚开始，他还以为这是一种齐家之道，直到多年后才明白，这是乐羊所遗下的一股阴寒之气，相隔几代依旧无法驱散。

母亲对乐毅的期许是像那位族兄乐池一样，"出将入相，方不愧对乐家列祖列宗"。

事实上，乐池比乐毅大了整整四十岁，被中山国罢相之后，一怒而转投赵国。乐毅虽不喜欢这位族兄，但并不妨碍他在七岁那年，跟随乐池一同去觐见了赵武灵王（赵雍）。

当时，赵武灵王这位年轻英主正为一件事头疼。当时，赵国东北面的燕国大乱，强盛的齐国乘虚而入。赵国大臣分为两派：一派认为，应乘乱分一杯羹，以免齐国势力独大，危及赵国；另一派认为，应隔岸观火，以免激怒齐国，引火烧身。

就在大臣们争执不下之际，乐毅忽然说了一句，清脆的嗓音在大殿中回荡：

"不如伐齐存燕。"

赵武灵王吃惊地望着这个孩子，重重拍了一下案几："诸位卿家，你们的见识还不如一位七岁的孺子！燕赵两国向来唇齿相依，唇亡而齿寒，坐视齐国灭燕，则赵国危在旦夕。寡人心意已决，伐齐而存燕！"

接下来，赵国施展一系列外交手段，南联魏楚，共同伐齐，又暗中支持燕王一个儿子——公子职,设计引来秦军,终于大败齐国。这样一来,既保住了燕国,也避免齐国坐大,威胁赵国的安危。

其间,乐毅"将门神童"的美名,也在赵国流传开来。

乐毅十三岁那年,乐家举家从中山国迁至赵国。

二十岁,乐毅弱冠。此时的他,已出落成一个清朗俊逸的美少年,星眸电射,顾盼神飞。像一把绝世宝剑,他已经在鞘中低调了二十年,一朝出鞘作龙吟,定然要震动四面八方。

乐池依旧在为赵国奔走,不时前往各国出使,同时,他一次又一次鼓动赵武灵王,不可放过曾有负于自己的中山国。

乐毅此时已看得明白,赵武灵王真乃一代雄主,其"胡服骑射"使赵国军力大增,北逐戎狄占领榆中,更是隐隐打通了直抵秦都咸阳的一条通道。当然,赵武灵王也的确视中山国为心腹大患,只不过,其真正倚仗的仍然是丞相肥义等旧臣,垂垂老矣的乐池,根本不可能得到重用。

然而,这位已过花甲之年的族兄,似乎还不"知命"。

乐毅对于讨伐中山国,也并无兴趣。因为他牢牢记住了祖父乐羊为魏国伐灭中山的教训——自食其子而伐灭母邦,赏其功而疑其心。这覆辙岂可重蹈?

生逢雄主,却又不能、不愿为其所用,这何尝不是一种悲哀。

可是,悲哀总比后悔好。

那些日子,乐毅所做的就是在邯郸开坛讲学。数年间,他成为天下最著名的青年才俊,谈兵讲武,听者如云。男男女女们摩肩接踵而来，一睹其名士风采。

在他们眼里，这才是将门虎子，国士无双。

蹉跎时节药与酒

白衣有一种超尘出世之姿，然而当白衣久了成为白丁，情形便大不一样。

乐毅在邯郸讲学之后，还乡过起了隐居生活。那是一座偏僻的小宅，可读书，抚琴，静观天下大势。

乡间素来安静，开门便是阡陌交通，桑田野树，水流风生。然而一旦久了，乡间又最不平静，如同鸡犬相闻一般，总有一些人如乌鸦一般，散播着各种流言：

"我看老乐家要败了。乐池死了，乐毅那小子颜值的确很高，可惜没本事。在邯郸那么多年，连个小官都没混上。"

"听说乐毅好像也有那么一丁点儿本事，只不过眼高于顶，志大才疏，还喜欢言过其实，肯定把大王给惹恼了，否则为什么不用他？"

"我们大王英明神武，连秦国都怕他三分。乐毅居然惹恼了大王，那还了得，我看老乐家说不定要灭族！"

"嘘……当心被人听到，人家可是将门，咱惹不起呀！"

……

流言声声入耳。

家人愤愤不平，乐毅默然不语。那天晚上，他想到了吴起夜杀三十多个邻居的血腥往事，禁不住冷笑几声。

他也想起赵武灵王，其一手打造的胡服骑兵已是精锐之师，堪比吴起当年的魏武卒，放眼天下只有秦国锐士堪为敌手。历经十二年征战，赵国终于灭掉楼烦国，荡平西北戎狄，也吞并了心腹大患中山国。

对赵武灵王的雄才大略，乐毅一向服膺。此前多年，他不肯出仕，主要是不愿参与攻打故国中山的战争。而今中山已灭，他再不会背上骂名，那还在等什么呢？

乐毅仍顾虑重重。他敏感地觉察到，赵国已深埋祸患。他不想卷入乱局，以一条性命博一段前程。

因为，早在四年前，尚在壮年的赵武灵王就已退位，提前当起了"主父（太上皇）"。对赵武灵王来说，这本是一番苦心，因他常年御驾亲征，担心刀枪无眼，一旦阵亡会便会造成赵国大乱，提前传位只希望平稳过渡。没了后顾之忧，他就可以全心投入战争。

问题在于，赵武灵王传位的对象，并非年长的太子赵章，而是他新宠幸的美女吴娃之子赵何。赵何（赵惠文王）即位时年仅九岁。如此废长立幼，乃一大败笔。随着时间流逝，矛盾日益尖锐。

事实也验证了乐毅的先见之明。在战争平息仅一年后，赵武灵王先是在两个儿子间游移不定，而后又想重新夺回王位，终于引发兵变。"乱军"攻入赵武灵王位于沙丘（在今河北广宗）的行宫，杀死赵章，尔后围而不攻，将一代雄主武灵王活活饿死宫中。

噩耗传来，乐毅半晌无言，心中波澜起伏。他深深感觉到一种浸入骨子里的悲凉，这世上，不管是谁，一旦沉湎于感情都会智商清零,即便雄才大略如赵武灵王者,也难免昏招迭出,进退维谷,终致大祸。

事实上,隔着两千多年的尘埃回望,赵武灵王在主动退位的那一刻,就已大错特错。在中国历史上,他是极少的完全主动要当"太上皇"的君主。后世,无论是唐代李渊、李旦、李隆基,还是明代朱祁镇,都是迫于无奈而"被太上皇"。这一过程,少不了刀光剑影,躲不过凄风苦雨。或许,另一个例外是乾隆皇帝弘历,而他也只是表面潇洒,聊充谈资罢了。

权力是一艘巨大的贼船,有一整套丝丝入扣的机制,数不尽的人和欲望在背后拼命角力。这贼船,岂是想下就能下来的!

蛰伏太久,也是一把刮骨钢刀,消磨斗志,泯灭自信。

是不是要等赵国政局安稳了,然后再出山?

不。就在那一年,一位来自魏国的使者,用华丽无匹的马车,将乐毅请回了大梁城。

大梁是魏国的都城。在那里,乐毅享受到夹道欢迎的礼遇,数不尽的百姓从巷子里出来,争相观看名闻天下的将门虎子,到底是个什么样子。一片嘈杂声中,他听到有人喊:"乐先生,欢迎回魏国老家。"

乐毅淡然一笑,继而生出几分如浮萍般的幽幽恨意。

老家,哪里才是我的老家?我祖居白狄中山国,但白狄中山被先祖乐羊所灭。我生在魏属中山,但魏属中山又被赵国所灭。我先祖是魏国名将,但成名后却被魏国永久雪藏……我乐毅已二十六岁,至今尚未出仕,这漫长的一生,又怎知归于何处?

刚刚即位的魏昭王,对乐毅甚为恭敬,二人相谈甚欢。当天,魏昭王便任命乐毅为大夫,赐予一座精美田宅,名曰"乐府",请其住了下来。

乐毅很快便发现,自己得到的其实只是一份闲职,除去偶尔去王宫接受魏昭王咨询之外,并无具体工作,更遑论什么大权。他仔细分析了一下,认为主要有三种可能:

其一,魏昭王只想博取一个招贤、爱才的名声,而压根不想重用自己。

其二,魏昭王仍旧忘不了乐羊食子之事,认为以魏文侯之英明神武,尚且不敢信任乐羊,他又怎敢重用乐羊的后裔?谁能担保乐毅不会遗传祖宗的冷血基因?

其三,魏昭王想先观察、了解一下乐毅,作为一个"超级备胎计划",等到事关紧急再请乐毅出马。

然而,无论是哪一种情况,乐毅都必须要面对一段空虚而迷茫的日子。

是的,以前他从未陷入过迷茫。但一入大梁,他忽然沮丧地发现,自己再也读不进书,仁义道德已然看透,兵书战策也早就翻遍。如何与这个家门外的世界相处,他还没有头绪。

从乐府出来,走五十步,左转折上大街,再走一百二十步,便是一家酒肆。

乐毅喜欢二楼临街的位置,每次只喝二两杜康。他极少说话,常常端着酒杯,看太阳变成血红血红的一团,一寸一寸落下去,冷冽的月亮升起来,清泠泠照着这片尘世。

在客人眼中,这个穿白衣的年轻人似乎成了这家酒肆的一个符号。他从夏入秋,每天固定出现在这一位置,不言不语,却又不怒自威。一柄装饰华贵的宝剑斜放在酒桌上,剑穗像一条火样的蛇。而每当有人想上前要求换位置,都会被酒保拉住,轻声说一声"灵寿乐家的",来人便会乖乖停下。

对于一个声名远播的新人,所有聪明人都不愿轻易去冒犯。因为谁都不知道他未来会到哪一步。

酒楼对面是一家药铺,药铺里有一个姑娘,姑娘是老板的女儿,常常把中药搬到门口来晒。姑娘偶尔一抬头,会恰好和乐毅的目光撞在一起。她总是笑笑,低头继续忙别的。

不知怎么,乐毅很喜欢那些阳光下的药材,虽然只有淡淡的味道飘来,但那感觉很明亮,很温暖。

那年,雪下得早。乐毅顶着寒风去酒肆。姑娘穿一件大红棉袄,头上是白茫茫的雪花,小脸冻得红扑扑。两个人差点撞到一起,她却只问一句:"喝酒去啊?"

那天,乐毅不知不觉间竟然醉了。这是他平生第一次醉酒,眼前飘来飘去都是红棉袄的影子。

那一年,魏国接连为秦国所败,襄城失守。然而,魏昭王并没有起用乐毅的意思。

一个希望的水泡破灭了。

乐毅迷上了这家酒肆的杜康。每次坐在那个位置,白亮的阳光照进来，落到酒杯里，他就感觉很温暖。

中药铺的姑娘也已熟悉，楼上楼下眼神碰撞的机会渐多。偶尔，二人还会在药铺门口聊几句。

这个让他感觉温暖的女子，竟然叫阿冰。

酒醉后次日的煎熬，不足为外人道也。

通常，上午会十分懊恼，苦思前一天酒后是否做过丑事；中午则万念俱灰，痛恨自己直到咬牙切齿，捶胸顿足；下午则会感慨虚度光阴，蹉跎岁月；到了晚上，则忍不住想再喝一杯，聊作自遣。

这是一个痛苦而无法自拔的循环。

人生从未经历这个循环，或许有点遗憾。但假如长期陷身于此，则要小心再小心了。

好在，乐毅向来都是个理智的人。他适时得知了一个消息，从遥远北方的燕国传来。

燕国国君燕昭王求贤若渴，不仅慧眼识才，还能才尽其用。他专门修筑了一座高台，上布楼宇精舍，内有黄金万镒，请英才居于其上，以示尊崇。据说，很多有志之士都已快马加鞭赶去。

乐毅决心去燕国看看。不过，以何种身份前往是一个问题。

他心中暗暗盘算：燕国地处偏僻，我乐毅之名，不知道燕昭王听说过几分？我如果以普通士人的身份前往，是否会被那燕昭王看轻？倘若他也是一个叶公好龙之辈，也只给我一个闲职又当如何？赵国那边暂且不能回去，如若再开罪魏国，又得不到燕国重用，我的前途可就凶险了。

乐毅从来都不是一个不留退路的人。思索再三，他决定向魏昭王上表，称自己来魏国已久，空享俸禄而寸功未立，心中惭愧。而今听闻燕昭王广招人才，不知是否要对魏国不利，自己想一探虚实，以报魏王知遇之恩。

魏昭王很高兴，当即任命乐毅为特使，择日出使燕国。

离开之前的那天，乐毅去见阿冰。

这是他第一次走进那家药铺的门。各种药材干涩的清香在空中飘舞，往日的温暖而今却成为一种肃杀。他忽然明白她为什么叫阿冰——或许就是因为这种冷香吧。

阿冰正在写字，见乐毅进来，忽地便把笔藏到身后。乐毅看她忸怩神色，禁不住心中一荡。再看那案上有几排木牍，上面有墨迹未干的字，正是《诗经》中的几句：

南有乔木，不可休思；

汉有游女，不可求思。

汉之广矣，不可泳思；

江之永矣，不可方思。

呀！这是一首透着几分绝望的情诗。

乐毅感觉自己猛然被撞了一下，脸上发热，轻声道："我明日便要去燕国出使了，跟你道个别。"说完，又看一眼对面的酒肆，叹口气，"这一去，我会想念这里的杜康……"

阿冰一怔，旋即道："好呀！只是，天寒地冻，路途遥远，乐先生可要多多保重。"

说着,她默默抓了一包药,递给乐毅,说路上或许有用。

乐毅直直盯着她望,那一对眸子,乌黑而清澈,像水仙盆里的石子。

一种悲戚从心底升腾而起。他迅速从腰间解下一块玉虎,那是中山国祖传之物,轻轻塞于阿冰手中,转身便走。

这一路飘飘忽忽,像失了魂魄。

回府之后,他连忙打开药包,竟是一包当归。

"当归,当归……"乐毅喃喃道,"可惜我身在江湖,又怎知归与不归?"

他斟满了一杯酒。窗台上,一盆水仙亭亭而立,颜色青青。

报君黄金台上意

一个爱喝酒,却永远不喝醉的人,不应该是一个好朋友。

一个恋爱后,却永远不曾昏头的人,也不值得托付一生。

当乐毅乘马车离开大梁那天,是个半阴不晴的日子。天上有半个太阳,却又纷纷扬扬下着雪,像满城飘飞的柳絮。

柳色留客,愁人絮语,而今却是冬日。

乐毅上了车,就不曾再拉开帘子。他知道会路过那滋润了他枯肠的酒肆,温暖了他目光的药铺,或许那位好姑娘阿冰也会出门来送他。但他更明白,在马蹄与车轮声中,大梁的日子已经到头了。

从魏国到燕国,路途不远也不近,中间还要途经赵国的部分土地。车外寒风嘶吼,乐毅擎着一壶暖酒,裹紧了身上的白袍。这一路,他得好好整理一下闲了半年多的脑子。

此行所要去见的燕昭王,是一个苦大仇深的人物。

如果说战国是凄风苦雨的人间,那么燕昭王则是在被诅咒的地狱里长大的。中国历史上,没有哪个王族像他家这般坦诚而又悲惨,冤屈而又荒腔走板。这一切,全拜那些巧舌如簧的纵横家所赐。

燕国创始人乃是召公,姬姓,与周武王、周公旦同辈。他辅佐武王灭商后,受封于蓟,建立燕国。传至战国时期,燕文公求贤若渴。当年,鬼谷子的高徒苏秦一下山,便慕名来到燕国。当时苏秦正年少,匹马黑貂裘,凭风度学识,迷得燕文公神魂颠倒,五体投地。

于是,燕国出千金,资助苏秦游说各国。苏秦亦不负所望,抖擞精神,将三寸不烂之舌抖出万朵枪花,深得燕、赵、魏、韩、楚、齐等六国倚重,合纵抗秦。他那瘦削的黑色身影站成了史书中的一个传奇。

燕文公去世,燕易王刚即位,苏秦与新寡太后有染之丑闻便暴露出来。虽然燕易王没降罪,但苏秦又羞又惧,主动要求去邻邦齐国做"间谍",承诺搅乱邻邦齐国之朝政,以解燕国之忧。在齐国,苏秦活着时隐藏得很好,但死后身份被曝光。自此,齐国国君齐宣王深恨燕国。

燕易王之子是燕王哙(燕哙),他的人生因一场诡异的"禅位"而沦为闹剧。

苏秦死后，其弟苏代并未受到株连，继续在齐国任职。苏代也是个厉害角色，但他对燕国没什么感情，只是一心想帮自己那位名叫"子之"的亲戚，后者的身份是燕国丞相。

一次，苏代出使燕国，同燕王哙进行了一场简短而又危险的对话。

燕王哙问："苏先生，依您看，齐王能不能称霸？"

"肯定不能！"苏代的回答掷地有声，"因为他根本就不信任他的大臣。"

一向对治国之道昏昏沉沉的燕王哙，闻言如醍醐灌顶，很快就放权给丞相子之，并对其言听计从。

子之大权到手，仍不满足。随后，燕王哙又听取了一个更大胆的方案：把王位禅让给子之。谏言者称：大王就是再怎么让位，子之他也肯定不敢接受，这样您既表现出了对大臣的信任，还能获得直追尧舜的美名。

然而，计划中的一出好戏，到上演时却走了样——子之根本没客气，直接笑纳了王位。到这一步，燕王哙仍执迷不悟，还把俸禄三百石以上大臣的印绶全部收回，让子之重新任命。

后来，等转过味儿来时，燕王哙蒙了，燕国的江山竟然就这样拱手让人！他本想当一个"名君"，结果变成了一个笑话。

当然，子之像很多权力欲膨胀的人一样，除了权力欲之外，一无所长。他在位三年，燕国大乱。

齐宣王认为，报复燕国的时机到了。他派人求见燕太子平（燕平），承诺全力助他夺回王位，"我齐国虽然不大，但唯太子之令是从"。

太子平信以为真，与一位名叫"市被"的将军合谋，率众攻击子之。双方展开巷战，一时难分难解。战至酣处，市被忽而反攻太子平。这一战数月不止，几万人身死，燕国上下乱作一团。

至此，齐国才发兵，趁火打劫，攻入燕都蓟城，杀死燕王哙，又将子之剁为肉酱，一举灭了燕国。

史书记载，此刻，主张"以仁为本"的孟子正在临淄，他劝齐宣王将燕国宗庙重器送回蓟城，为其另立新君，然后撤兵。然而，齐宣王哪会将他看在眼里？一笑置之。

燕国被灭，震动邻国，尤其是赵国。七岁乐毅的一句"不如伐齐存燕"，触动了赵武灵王唇亡齿寒的危机感。于是，赵国暗中支持燕王哙的另一个儿子——流亡韩国的公子职（燕职），又通过一系列外交手段，赶走齐军，助燕国复国。

这位公子职就是燕昭王。

马车离蓟城二十里，远远看到一座高台，矗立在荒芜的平原上。

"这定是黄金台了。"乐毅喃喃道。

遥遥望去，此台除巍然高耸之外，似乎并无多少奇异之处。但近些年来，它已然成为天下士人心中最著名的楼台。而其中之关键，无非是"求贤"二字。

这又哪里是黄金台，分明是乱世里每一个不甘平凡者的欲望舞台！

乐毅九岁那年，燕昭王在一片废墟之中即位。多年血与火的经历，使得他勤勉务实，一心想治理好国家，以报齐宣王杀父破国之仇。

苦于身边没有人才，燕昭王想大举招贤纳士。但在战国白热化的"抢人大战"中，对于燕国这样一个实力衰微的小国来说，如何招来一流人才是一大难题。为此,燕昭王闷闷不乐,脑袋都快想炸了。

这一日,一位名叫郭隗的人给他讲了一个故事:

"古时候,有位国君最爱千里马,求之三年而不得。后来,他听说西域出现一匹千里马,便派侍臣持千金去买。侍臣到时,马已病死,便花五百金买回了马骨。国君一见大怒:'千里马已死,买回马骨何用?'侍臣娓娓道来:'世人若知大王重金买马骨,定知大王爱马如狂。人皆好利,到时自会有人主动将千里马送来。'果然,数年之内,这位国君就得到了好几匹千里马。"

因为祖上吃过太多亏,燕昭王对好逞口舌之利的儒生素无好感。但他还是静静听郭隗讲完,才问:"郭先生,你到底想对寡人说什么?"

郭隗呵呵一笑,"大王,郭某虽然能力有限,但还稍微有一点儿名声。如果大王能待我如同马骨,消息自会流传出去,那些比我强得多的人,必然会闻风而来。"

燕昭王苦思一番,认为郭隗所言有理,便待之以国士之礼,还为其建造宫殿。后来,为了让求贤之名响彻云霄,燕昭王还在蓟城十里之外,兴建了一座高台,台上放黄金万镒,专门赏赐前来燕国的人才。

果然,如此一来,燕昭王求贤之名迅速传遍天下,一时应者如云。

燕昭王小心收揽人心,吊死问孤,与百姓同甘共苦,经十七年励精图治,燕国渐渐恢复元气。

乐毅进入蓟城,已是午后。

他本打算先住下,择日再拜见燕昭王。然而一进城门,便有几名燕国内侍笑脸相迎,当先一人口称:"乐大人,我们大王恭候多时了。"

内侍前头带路,乐毅在后跟随。奇怪的是,他们去的并非城中的燕王宫,而是城外的黄金台。

乐毅暗忖:"作为魏国使者,燕王怎会在那里见我?莫非他已看出我此行的目的?"

马车到得黄金台下,一高瘦老者临风而立。内侍忙施礼退下,乐毅见那老者两眼眯成一条缝,仿佛时时在笑。一通名姓,竟是郭隗。

乐毅一揖到地,"久仰郭老先生大名,晚生乐毅有礼。"

郭隗连忙还礼,笑道:"'中原将门,灵寿乐家',乐先生名满天下,老朽得见,三生有幸。"

郭隗在前,乐毅大步跟在后面。眼见这座黄金台远不如世人传言的那样华丽,反而处处彰显着一股凝重沉稳之气。台高约二十丈,由土石筑成。台上房屋多按最结实、最简单的式样建造。石阶两旁,松树亭亭如盖,栏杆亦无雕栏玉砌。守台皆是少壮精兵,一色黑盔黑甲,枪戟林立,气魄夺人。

台顶一座巍峨大殿,上有三个鎏金大字:聚贤殿。殿门外早有人等候,当先一位紫衣王者,头戴金冠,体态魁伟,目光炯炯直望向乐毅,自是燕昭王了。

乐毅连忙行礼。燕昭王一把拉住,哈哈大笑:"素闻乐先生乃当今国士。方才寡人见那一片森然冷寂中,先生大袖飘飘而来,漫山遍野都是白衣身影,真如上仙下凡一般。"

乐毅微微一笑,随众人进殿,却见酒宴已经排好,更觉意外。会见他国使者,未谈国事,岂能先行宴饮?这燕昭王行事也太不合常理了吧!

果然,甫一落座,燕昭王便道:"乐先生作为魏国使者,当在王宫接见。但寡人素仰先生大名,又知先生爱酒,便决意先行接风,今日只管畅饮,明日再论国事,如何?"

"我们大王得知乐先生前来,一入燕国之境,便命探马时时通报先生行程。今日这场宴席,是大王昨日便已安排好了的。"郭隗笑道。

乐毅只好欠身道:"谨遵王命。"

再看自己对面坐了三人,除郭隗之外,另有一文一武,均气度非凡。通过姓名,那儒雅文士名叫邹衍,乃当今有名的阴阳家,本是齐国人。另一人虬髯黑脸,名为剧辛,有将才,乃赵国人。乐毅对这二人闻名已久,见他们已被燕昭王招入麾下,暗暗心惊。

燕昭王连连敬酒,却极少说话。看来不善于言辞,却别有一派王者之风。

倒是郭隗等三人开口闭口,总聊些治国方略、行军布阵、赋税钱粮等事,还不时问一问乐毅。乐毅随口应答。三人话语渐少,举杯次数渐多,郭、邹二人很快便酒力不支,恹恹欲睡。

乐毅却越饮越清醒。他知道,这里绝不是纵酒的地方。他留心观察燕昭王,对方眼睛里有一种令人无法拒绝的诚恳,目光一触,禁不住心头灼热。

这一日宾主尽欢。当晚,乐毅下榻大殿后院馆舍——招贤馆。

次日,燕昭王依旧设宴款待,仍未论及国事。乐毅自然不好主动开口询问,但管饮酒。

日出饮到日落,剧辛已现疲态。燕昭王依旧酒量如海,与乐毅对饮三四十杯不醉。

乐毅饮到酣时，看着酒杯中自己的倒影，心头生起几分悲怆。燕昭王则长啸当歌，声震屋瓦。

这一日酣畅淋漓。

令乐毅怎么都想不到，一连七天，燕昭王日日设宴，却连自己为何来燕国出使都一句未问。从第四日起，每次宴饮刚到一半，郭隗等三人总是退去，只剩下燕昭王和自己，二人一边把盏言欢，一边纵论天下，甚为投机——原来，他并非不善言辞。

第七日宴罢，正值黄昏，乐毅提出要与燕昭王谈谈。

二人进入内堂。乐毅说自己在燕国逗留已久，此次前来主要是代表魏王进行一次常规拜会，并无其他要事，感谢大王盛情款待。

这一番客套话却使燕昭王沉默，许久方道："寡人与先生日日饮酒，不谈国事，正是因为怕先生说完便走。"说罢，低头蹙眉，面上一片沮丧之气，"寡人舍不得先生走。"

乐毅单刀直入："乐某素闻大王雄才大略，五年前击破东胡，拓地千里。再观此台构建，便知大王体恤民力，不图奢靡之乐。这几日深谈，更觉大王实乃当今一代明主。只是这些天，大王日日在台上饮酒，难道不挂念燕国朝政和黎民百姓吗？"

燕昭王喟然长叹："寡人在此七日，一切只为先生。"说罢，他一把扯开窗前的重重帷幕，蓟城全景尽收眼底。斜阳之下，乐毅所见乃是一片寥落萧疏，比之大梁城实在逊色得多。

"先生也看到了，寡人的城池比起魏国来，恐怕还差了不少，更何况与秦国和齐国相比。每次在黄金台上俯瞰蓟城，寡人都羞愤欲死。这些年,寡人也算勤于政事,但苦于内无贤臣,未有勃兴之望。先生身负经天纬地之才,却在魏国身居闲职,岂非浪掷青春,虚耗才华?如蒙不弃,寡人愿举国相托,敢问先生之意?"

乐毅不答反问:"这些年,大王最想做的事情是什么?"

"报仇!"燕昭王冲口而出,"燕国至今国力衰微,全拜齐国所赐,破国杀父之仇,夜夜噬我心肝。寡人早已立誓与齐王不共戴天。燕国富强之日,便是兵发齐国之时。"

乐毅起身拱手道:"大王文有邹衍,武有剧辛,还有郭隗招贤纳士,相信燕国富强指日可待。乐某身受魏王恩典,况又学浅才疏,论能力难堪大任,论年龄资历也不足以服众。乐某深怕辜负大王之恩义,明日自当回魏国去了。"

燕昭王苦苦相劝,乐毅只是不从,转身回了招贤馆。

华灯初上,乐毅在馆中独酌。

燕昭王一片赤诚之心,令他感动不已。但他仍然认为,拒绝是必须的。

一者,就为臣之道而言,他若轻易答应燕昭王,便显得自己见利忘义。既辜负了魏昭王,也有失使节身份。同时,燕昭王也难免会轻视于他,乃至防他几分,以免他日后背叛燕国。

二者,就资历而论,他初来乍到,一旦官居郭隗等人之上,恐怕会树敌无数,日后更会处处掣肘,阻力重重。况且,燕国王室被大臣戏弄的悲惨历史,早已深植记忆,要真想让燕昭王放权,也只能以退为进。

果然，两个时辰后，便有人口称奉燕昭王之命，前来拜见。来人是个黑衣少女，不卑不媚，肃然捧了一只漆金长盒。

"莫非，这便到了要赠我黄金的时候？"乐毅这样想着，打开了盒子。盒内并无黄金，只有长剑一柄、书信一封。

信上写道："此剑名唤'玉龙'，乃我燕国镇国之器。先生剑不离身，自是爱剑之人，寡人愿将此剑相赠。先生若为燕相，此剑当为尚方剑，可行诛杀之权。先生若还魏国，便以宝剑赠壮士，聊充薄礼。寡人观先生正如此剑：不动如玉，谦谦君子；动则如神，天下莫敌。"

乐毅拔剑出鞘，剑身果有"玉龙"二字。剑窄而薄，望之如温玉，信手一挥，寒气摄人魂。

那黑衣少女随手取出一片轻纱，往剑刃凭虚一放，轻纱瞬间断为两截。

乐毅胸中热血奔涌，想不到燕昭王竟以传国之宝相赠。且不说自己这二十几年来，便纵观百代古人，又有谁受此恩遇？当下再无二话，携剑跟随那黑衣女子去见燕昭王，进门便拜倒在地。

"士为知己者死，大王待乐毅如此，敢不效犬马之劳？"

燕昭王连忙扶起，纵声长笑："寡人既得先生，国恨家仇何愁不雪，但求先生有朝一日，持此玉龙剑，断齐王首级，遂寡人平生之志。"

笑声在大殿激荡。乐毅分明看到，燕昭王两行热泪滚滚而下。

这君臣二人黄金台七日之会，改变了燕国历史，更为苦觅良主而不得的后世文人，立下了一个不朽标杆。

唐人李贺有诗赞曰："报君黄金台上意，提携玉龙为君死。"

匣中明月剑，枕边黑衣人

魏都大梁，跟着乐毅出使燕国的随从带回了消息："乐大人被燕王扣留在燕国了……"

"乐大人？哪个乐大人？"魏国的重臣们眼皮动了一下，"哦，你说的是那个乐毅呀！"

魏昭王只淡淡地笑了笑，没说什么。

这人生就像一场宴席，有时候你冷了、馁了、倒了，都不会有人多看一眼，然而换到另一桌，却可能变成压轴大菜。炎凉二字，此之谓也。

乐毅就这样留在了燕国，燕昭王以其为"亚卿"。根据当时官制，卿分上、中、下三级，次者为中卿，又称亚卿。丞相应为上卿。是燕昭王食言了吗？

非也。中国是个太讲资历的国家。绝大多数时候，一个人即便再有能力，再受重视，初来乍到，最好也别官职太高，只要有实权就好。如此不会太扎眼，以免招人嫉恨，待其他人习以为常，自然也就息了非分之想。

乐毅是哪一年做的丞相，历史并未记载，总之时间不会太长。那段日子太过平稳、忙碌，而又按部就班，所以史官并未多写一笔。

那也是一段夙兴夜寐，追逐光荣与梦想的岁月。乐毅用事实证明，他在高谈阔论之外，也绝非浪得虚名之辈。这一对君臣协力，厉行改革，将燕国治理得蒸蒸日上，百姓殷富，士马强盛。

三十而立，那年乐毅终于成了亲。妻子便是当年黄金台上，燕昭王派去给他送玉龙宝剑的那位黑衣女。她的名字叫燕寒，乃燕昭王流亡韩国时收留的孤女，并收其为义女。

对于这门亲事，燕昭王极其看重，不仅亲自赐婚，在黄金台大摆筵席，还下旨赐百姓酒食，令燕国百姓普天同庆，一时传为美谈。

反倒乐毅本人，较为淡定。岁月不饶人，婚是必须要结的。他也会想起远在大梁的阿冰，山长水远，却不知她怎样了。

妻子燕寒，真是人如其名，性格中有几分凛冽，如金铁之锐。

她人生得美，体态轻盈，行走无声，终日素面，即便大婚那天，也只是淡扫蛾眉。天生皓齿明眸，却绝不故作柔媚，举手投足间，有一种掩不住的英气。她极少笑，笑亦无声。她与四季的百花都不同，乃是冷月之下的一片雪花。

她又偏偏喜着黑衣，窄袄细袴，衣衫俨然一把刀鞘，与身穿飘逸白衣的乐毅站在一起，一个夜晚，一个白昼。

他们很快有了一个儿子，名叫乐间。

乐毅的一个侄子也从赵国来到蓟城，与小乐间一同读书，名叫乐乘。

这夫妻二人相敬如宾，日子倒也和顺。乐毅终日忙于国事，妻子相夫教子。日月如梭，不知不觉，便是十一年。

战国的风起云涌，从来都不曾停止。

此时，秦国经商鞅变法已五十年，国力强盛。一代将才白起已然出道，在伊阙之战中歼灭韩魏联军二十四万，取得空前胜利。韩魏两国精锐尽失，被迫割地。楚国在楚怀王被诱执，客死秦国之后，受困于秦的军事外交，只能俯首帖耳。而赵国，虽然渐渐从赵武灵王之死的阴影中走出，但已盛况不再。

至于齐国，燕昭王恨不得食其肉、寝其皮的齐宣王已去世多年，其子齐湣王（田地）即位。这个齐湣王虽然名叫田地，却有着一颗不接地气的心。他为人倨傲，沿袭了其父亲对秦的政策，曾与秦王相约为东西二帝。与楚魏联合，灭掉宋国而三分其地。瓜分不久，齐国又先后击败楚魏，整个独占了宋国国土。不仅如此，齐湣王还一度想要灭掉周天子，自为天子。这一来，突破了各国的底线，使得邻国不安，天怒人怨。

燕昭王暗暗盘算，认为报仇的时机到了。

这一日，燕昭王在黄金台上设宴，在座的除了乐毅、剧辛、邹衍等人之外，还有常年镇守辽东的老将秦开，当年也正是他扫灭东胡，为燕国拓地千里。

酒过三巡后，燕昭王令人将窗户全部打开，起身眺望，蓟城景致尽收眼底。相比于十一年前的萧条冷寂，如今城池早已脱胎换骨，百业兴旺，热闹非凡。

燕昭王伫立良久，忽道："丞相，玉龙剑可还锋利？"

乐毅摘下腰间剑，双手捧起，恭恭敬敬奉上，"微臣时时拂拭，不敢倦怠，玉龙剑依旧吹毛断发，锐不可当。"

燕昭王拔剑在手，抖起数点寒星。他注视乐毅，双目精光四射："能断齐王头否？"

乐毅心头大震，剧辛、邹衍面面相觑。

却听燕昭王又道："寡人身负被齐王破国杀父之仇，至今即位已足足二十八年。这二十八年，无日不想踏破临淄，将齐国宗庙夷为平地，拿齐王的狗头来祭祀先王，是以虚心求贤，发愤图强。"

说罢，他看了一眼乐毅，"丞相十一年前自魏入燕，还记得寡人说'望丞相能持此玉龙剑，断齐王首级'吗？"

乐毅翻身拜倒。这些年来，他已数次阻止了燕昭王复仇之举，而这一次他意识到已经阻拦不住了。只好道："臣怎敢忘记？依臣之见，如今齐国可伐。但至于如何来伐，如何发兵，还请大王三思。"

剧辛、邹衍也跟着拜倒，连称"大王三思"。

燕昭王命诸人平身，继续商议。

"微臣以为，由燕国单独出兵伐齐，绝非上策。"乐毅仔细分析了当今的形势：

第一，"瘦死的骆驼比马大"，即便齐国国力有所衰弱，但仍地大人众。燕国纵使侥幸取胜，也会元气大伤，如何确保临近的赵、魏、韩、楚四国不分一杯羹，坐收渔人之利？

第二，赵国与燕国接壤，若趁燕国以倾国之兵伐齐之际，乘虚而入直捣蓟城，那更将是一场灾难。

可见，最好联合赵、魏、韩、楚四国一同伐齐，让谁都有利可图，谁也腾不出手来攻击我们。

只不过，还有第三个问题，秦国在四国背后；若秦国不参与伐齐，四国必不敢动，所以，最好也能把秦国拉进来。

燕昭王连连点头，"丞相深谋远虑，真乃我燕国之福！"言罢，大笑。接着，分派使节，前往楚、魏，联络发兵伐齐之事。

剧辛道:"大王,赵国与我燕国比邻数百里,休戚相关,必须派心腹之士,说服赵王,辨其真伪,以免其口蜜腹剑,置我于腹背受敌之绝境。"

燕昭王看了一眼乐毅。乐毅微微一笑:"还是臣亲自走一趟邯郸吧。"

"寡人也正有此意。不过,至于由谁来出使秦国,寡人还未有上佳人选,尚需好好物色。"

"那韩国呢?"

"丞相,寡人想有劳尊夫人走一趟。"燕昭王缓声道,"燕寒对韩国风物极为熟稔,由她出使,定然马到成功。"

乐毅点头称是,面不改色,心中却着实有些吃惊。

离开邯郸十数年,乐毅又回来了。

他所面见的赵惠文王,正是当年赵武灵王的幼子,此时虽只有二十余岁,却已做了十五年君主,年轻而又稳重。

二人一见如故。赵惠文王对乐毅显然不是一般的看好,不仅答应出兵,还将赵国丞相之印授予乐毅,让其以赵国丞相之名统领赵军。这可谓天大的信任。

二人谈了些什么,史书并未记载。后人推测,其中少不了的一个问题就是——乐毅当年为何不为赵国效力?

关于这个问题的答案,或许可以从乐毅最著名的粉丝——诸葛亮那里获得一些启示。

裴松之注《三国志·蜀书·诸葛亮传》时,引用了《袁子》中的记载:"张子布荐诸葛亮于孙权,亮不肯留。人问其故,曰:孙将军可谓人主,然观其度,能贤亮而不能尽亮,吾是以不留。"

这段话是说,东吴重臣张昭向孙权举荐诸葛亮,被诸葛亮断然拒绝,理由是:"孙将军能用我,但不能给我施展全部才华的空间。"后来,还有人要向刘表举荐,也被诸葛亮拒绝,理由是刘表抱残守缺,难成大事。

乐毅当年的处境,岂非正是如此?他想做官并不难,难的是寻一个能尽展平生所学的舞台,一个"不仅用我,更能尽我"的明君。

在邯郸,乐毅还做成了另一件事。当时,他得知秦国的使臣也在邯郸,就请赵惠文王出面劝说秦国参与伐齐。而此时的秦昭襄王(嬴稷)也认为齐国的力量太强,其灭宋之后已侵入中原,对秦不利,于是欣然答应,加入联军。

乐毅回到蓟城,燕昭王大喜。而此时的燕寒也已赶回,同样不辱使命,而且还带来了韩国的相印。

望着乐毅,她倏忽一笑。乐毅忽然想到匣中玉龙宝剑的离合神光。

如何当诸葛亮的偶像

这一年猎猎秋风劲吹,燕都蓟城之南草色枯黄。

燕昭王征召倾国之兵,一色的黑盔黑甲铺满了整个平原,剑戟似林立,杀气作阵云。他登台誓师,慷慨激昂,如雷怒吼。只是,秋风不声不响,就将这一番豪言壮语吹得支离破碎。

乐毅被任命为上将军，统领三军，即日率兵伐齐。

乐毅微微眯缝着双眼，眼前的一幕让他感动。十一年呕心沥血，燕国才有今日之盛况。这个偏僻小国如此规模的发兵，在燕国历史上乃是空前绝后的一次。然而，此情此景，他一点都振奋不起来，更遑论沙场秋点兵般的热血奔涌。他只是觉得苍凉，这些年轻的生命，即将在帝王的恩怨纠葛中轻易赴死，这是怎样一种宿命。

燕军在与其他国家的军队会合之前，就先与齐军交锋两次。

与以往争战不同的是，这是两场"间谍战"。前文曾经提及一个人——苏秦的弟弟苏代，他曾计激燕昭王之父燕王哙重用丞相子之，而使燕国大权旁落，陷入重重劫难。而燕国崛起之后，苏代又悄悄联络燕昭王，表示愿意助其复仇。

乐毅强忍住心中的鄙夷。这苏代，好一双翻云覆雨手。假如老天真有好生之德，就少给这种人一点才华，那么世上也将会少一些干戈！

当然，此刻的战国，早已过了讲求规则的时代，胜负二字足以压倒一切。

燕军压境，顿兵不前。苏代先暗中派人对齐湣王道："燕兵迟疑不进，说明其兵力不强，主帅无谋。大王何不派苏代领兵拒敌，以苏代之贤，必能破燕。"齐湣王大喜，用苏代为大将。苏代故作推脱，声称自己不会带兵，带兵必败。齐湣王岂肯理会？于是苏代出战，两军战于晋下，齐军折兵两万。齐湣王既心疼又窝火，然而苏代有言在先，也只好道："此寡人之过也，子无以为罪。"

乐毅再攻阳城和狸城。又有人对齐湣王献策，仍派苏代出战。苏代连连推辞,却依旧"被迫"出战,再折兵三万。两战过后,齐军主力已被斩首五万,流言又起,自此,军心动摇。

也许,这两战太像儿戏,显得齐湣王过于愚蠢,真实性存疑。但齐国此刻的君臣离心,已是不争的事实。

齐国与赵国边境,燕、赵、秦、韩和魏等五国聚集人马二十余万。楚兵迟迟未至,只是屯兵淮南,瞄准了齐国淮北之地,随时准备趁火打劫。

五国联军与齐军主力相遇于济水之西(今山东济南西北方)。乐毅银盔银甲素罗袍,手持紫金令旗,端然坐于帅旗之下,在乌压压的万军之中煞是夺目。诸将望去,竞相服膺——这才是一代儒将风姿。

然而乐毅心里明白,如此装束,看似吸睛,实则冒险,易遭敌军神箭手狙杀。只不过,这一战事关燕国生死存亡,不得不拼死一搏。

齐军有十万余众,但齐湣王为迫使将士死战,以挖祖坟、行杀戮等手段相威胁,更使将士离心,斗志消沉。乐毅先令骑兵从两翼冲散齐军阵型,继而挥师掩杀。齐军一触即溃,四散奔逃,残部败回都城临淄。

五国联军大胜之后,旋即出现分歧。赵、魏、韩、秦等四国认为,经此一战,齐国损兵折将,无法再威胁邻国,原有秩序恢复,目的达到可以撤兵。但乐毅深知燕昭王恨齐国入骨,岂肯如此善罢甘休?

于是,乐毅考虑到秦、韩两国路途遥远,即便占据齐国土地也无法固守，便拿出大批战利品，分赠两国军队，遣其回国。再分派魏军攻打此前被齐国夺走的宋国土地；派赵军攻打与中山国相邻的河间之地。这两处也正是魏、赵觊觎已久的地方。

将利益分配完毕之后，乐毅指挥燕军，乘胜直捣临淄。

事实上，即便燕国内部，此时也有不同声音。老将剧辛就苦劝乐毅："启禀丞相，齐大而燕小，燕国独力攻齐，无异于以蛇吞象。末将以为，当今之计，应逼齐王将边境城池割让给燕国，如此才能收长久之利。否则，我们兵力有限，悬军深入，对城池攻而不占，无损于齐，无益于燕，若结怨太深，更将后悔莫及。"

剧辛所说，言之有理，乐毅岂会不知？只是，他更了解燕昭王，这位在仇恨中浸泡了一辈子的国君，早已把话说得掷地有声——灭齐宗庙，断齐王头。

此时的齐湣王早已是惊弓之鸟，只做了一场象征性的抵抗，就狼狈逃往莒城（今山东日照莒县附近）。

乐毅率军杀入临淄。就像三十年前齐军对燕国所做的一样，燕军也将齐国金银财宝连同宗庙重器，统统装到车上，源源不断地运回了蓟城。

然后分兵五路，攻取齐国各地。左军杀向东莱（今胶东半岛）；右军沿黄河屯兵阿鄄（鲁西南），以连魏军；前军从泰山以东，攻打琅琊，直到东海；后军扫荡北海、千乘（今高青、昌乐等地），直到渤海；中军坐镇临淄。

身在莒城的齐湣王慌忙向楚国求救。此时，一直首鼠两端的楚顷襄王（熊横），终于等来了机会。他派淖齿为将，打着救齐的旗号，趁机占领了原属齐国的淮北大片土地。

随后，淖齿更是深入莒城。齐湣王本想抓住这根救命稻草，却没想到人家根本不是来救命，而是来要命的。淖齿的目的是想和燕国平分齐国疆土。不久，齐湣王便死在了楚国人手中。

至此，齐国已破，齐王已死。消息传来，燕昭王在祖庙中仰天长啸，继而痛哭流涕。卧薪尝胆二十八年，破国杀父之仇终于报了。

乐毅是当之无愧的头号功臣。然而，历史演进到此处，史官对他的态度却开始暧昧起来。

据《史记》的说法，燕昭王听闻大捷，喜不自胜，亲自到济水之滨犒赏三军，并封乐毅为昌国君，封地于昌国（今山东临朐）。至此，乐毅的功名已胜过其先祖乐羊。随后，燕昭王又命乐毅继续攻击。

《资治通鉴》写得比《史记》详细很多。其中记载，攻破临淄后，乐毅兵威之下，齐城望风而溃。随后，乐毅的一系列做法，证明了他绝非普通的名将，高出得也不是一点半点。

第一，他约束三军，禁止劫掠凌侮百姓，消除他们的恐惧心理，并废除了齐湣王的横征暴敛。生命无忧，负担骤减，齐国百姓皆大欢喜。

第二，寻访齐国名士，举贤任能，二十多人获取爵位。只要有能力就有官当，造反的自然也就少了。

第三，他还在临淄城郊祭祀齐桓公和管仲，以表敬意。这一招最狠，看似怀柔，实为诛心，给很多仇恨正炽的贵族降了温。

一系列的措施，让齐国上下归心于乐毅。也正是在这种情况下，燕军才会只用六个月,便攻下七十多座城池,并顺利将其纳为燕国郡县。

整个齐国,未能攻下的只剩下莒城和即墨两地。

莒城仍由齐国王室占据。楚将淖齿弑杀齐湣王后没几天,齐国王孙田贾,便率四百人诛杀淖齿,立齐湣王之子田法章为王,昭告天下,是为齐襄王。镇守即墨的则是齐国王室的一个远亲,田单。

这个田单不简单,他在历史上留下了重重的一笔。

当燕军兵临临淄城下时,他还只是一个市掾(yuàn),即管理市场的小官。眼看临淄陷落,贵族们争相出逃。田单却没有慌,他先让同宗中人在马车的车轴上裹以铁皮,然后再走。

之后燕军追来,其他贵族只顾狂奔,很快车轴就跑断了,难逃当俘虏的命运。而只有田单一族全部脱险,顺利逃入即墨城。燕军将即墨团团围住,守城的即墨大夫率军出战,兵败而死。即墨城中之人听说田单一族因为他的计策而得以脱险,对他刮目相看,随后又发现,他知兵法,有韬略,于是纷纷推举田单做了守城的主将。

田单见燕军兵多将广,并不出战,而是死守即墨。即墨城高地广,万众一心,燕军的攻坚战遭到顽强狙击。也是直到此刻,乐毅才遇到了真正的对手。

久攻不下,乐毅改变策略,命燕军离城九里安营扎寨。他还下令:"如果城中百姓出来,可以放他们走。看到穷人,就发给盘缠。此为攻心之法。"这一来又是三年。

此时,燕国已流言四起。一位侍臣还向燕昭王上奏:"大王,乐毅很轻松就攻下了七十多座城，为什么剩两座城就攻不下来了？其实，不是攻不下，而是他不愿攻，攻下之后他不就得班师回朝了吗？他根本是想收买人心，以便自己当齐王。这几年乐毅没反，是挂念着自己在燕国的妻儿。可齐国美女众多，他也快把妻儿忘了……"

这种话最狠毒。放眼中国历史，你会发现，若想扳倒某位重臣，最有用的方法就是在皇帝面前说他可能要造反。即便"莫须有"，即便皇帝是明君，也会立刻就拿放大镜来观察你，只要有一点蛛丝马迹，就会痛下杀手。

也正是在这一背景下，燕昭王才亲往济水之滨犒赏三军。

济水浩浩荡荡，向西北而流，其时正是暮春，暖风如醉。

这对君臣经年未见。乐毅看燕昭王虽豪气不减，但身体已呈龙钟之态。燕昭王眼中的乐毅，也不复当年的白衣秀士，这些年鞍马劳顿，已过不惑之年的他两鬓染霜，衰老得厉害。

二人心中感喟，却并不多言，只是对饮，不觉便喝了二十余杯。刚要稍事休息，燕昭王忽然站起身，暴喝一声，令那个上书称乐毅要反的侍臣出来。

他厉声喝道："你们都给我听好了，燕国历代之王从未贪图将土地留给子孙！先王就曾将国家拱手让人，只可惜所托之人心怀不轨，齐国又兴兵为祸，害死先王。寡人对齐国恨之入骨，是以筑黄金台招贤纳士。寡人早已决心，事成之后，愿与贤臣共掌燕国社稷。而今，乐丞相替寡人破齐，将其宗庙夷为平地，为寡人报仇雪恨。齐国本就该归丞相所有。试想，若丞相与燕国结盟，共抗诸侯，这对燕国是福而非祸,这竖子竟敢妄言离间之语。来人,将其推出辕门,斩首!"

这一番话迅如疾雨,那名侍臣还没明白怎么回事,已经被推出斩首。首级由兵卒呈了上来。

乐毅诚惶诚恐,慌忙拜倒。

接着,燕昭王又下诏,赐乐毅之妻王后之服,其子公子之服,并赐车马,由内侍呈给乐毅,欲立其为齐王。

乐毅慌忙拜倒在地,连称自己一心忠于燕昭王,誓死不当齐王,请收回成命。

于是,史官写道:"由是齐人服其义,诸侯畏其信,莫敢复有谋者。"

这一刻,乐毅的心中究竟想的是什么呢?

现在,我们不妨分析一下,为何同一次犒军,《史记》与《资治通鉴》记载相差如此之大?这里面隐含着一个重大问题,就是如何评价乐毅。

或许,如同未曾介绍"乐羊食子"这一家族背景一样,历史传记作家司马迁对乐毅深有好感,他有一种"为贤者讳"的想法。而一度为副宰相的司马光最主要的目的却是告诉皇帝:当心权臣。

当我们看到乐毅拒绝燕昭王立其为齐王的时候,不能不想起五百年后的熟悉一幕。那时,刘备为东吴大将陆逊所败,僵卧于白帝城中。一向视乐毅为偶像的诸葛亮,在面对刘备托孤之际,也有类似的表现。

《三国志·蜀书·诸葛亮传》中记载,刘备临终对诸葛亮说:"君才十倍曹丕，必能安国，终定大事。若嗣子（刘禅）可辅，辅之；如其不才，君可自取。"诸葛亮涕泗横流："臣敢竭股肱之力，效忠贞之节，继之以死！"

隔了千年回望，人们看到的往往只是两代明主忠臣的佳话。然而，此情此景，声泪俱下、誓死效忠的背后，不知掩盖了多少冷汗和恐惧。

这是不是一次引蛇出洞的"阳谋"？那层层帷幕之后，有没有刀出鞘、箭上弦的刀斧手？

历史的角落中，吴起那具冰冷的尸首，一直躺在那里，躺在每一个功高震主的名将心底。

即墨之战，血与哀愁

瓦罐不离井边破，将军难免阵前亡。

这是为将者的悲哀。然而作为名将，长寿往往又会有麻烦。因为名将一旦比明君活得久，危机便会接踵而至，比如，楚悼王一死，吴起便被太子诛杀。

如何与新君相处，是摆在所有老将面前的一道难题。

"济水之会"后又过了五年，燕昭王在蓟城病逝。至死，他终未等到攻下莒城和即墨的捷报，好在前头有齐湣王在黄泉引路，他也不算死不瞑目了。

在此，也不能不说一个困扰后世两千年的谜团——乐毅为何多年攻不下即墨城？

要知道，中国历史上从来都不缺乏围城战。断粮道、占水源、掘长壕、引河水、挖地洞、投毒药等数之不尽的方法，一一被记录在册。无论是战国初年的智伯率韩魏联军围晋阳，还是唐代安史之乱中叛军围睢阳，都用不了一年，城中便会出现"易子相食"的惨剧，老鼠的身价飙升堪比黄金。然而即墨城却岿然不动，这是为什么？

这一点，还能从后来的"火牛阵"中看出来。战国时期，牛耕尚未普及，能从一座城中"得牛千余"，这难免让人揣测这座城中到底藏了多少人力物力？别的不说，这千余头牛是如何养活的？需要多少粮草？

所以，仔细分析的话大概有三种可能：

第一，即墨城的确很大，很难攻破。即墨城为齐国重镇，一向殷富，防卫严密，内外城之间应该有大片土地，可供耕作。这是不怕围城的原因之一。

第二，燕军真正围城的时间并不长。一方面，燕军总共十万左右，驻守齐国七十余城后，还要分兵攻莒城。所以即墨城下机动兵力并不多。另一方面，乐毅的战略就是怀柔，围城仅一年，便解围，距即墨城九里扎营，驻军处如今仍有"乐毅城遗址"之说。而怀柔，则是因为燕国以蛇吞象之势，悬军深入，意在一个"化"字，不想围城过于惨烈，激起城外齐国百姓同仇敌忾之心，陷入四面受敌之境。这一"化"便是很多年。

第三，乐毅的军事攻坚能力是否有限？他会不会像正史中的诸葛亮一样，只擅长治国和管理，而不擅长行军打仗，尤其是决机于两军阵前？假如有白起之类名将，会不会是另一种结果？

对此，后人只能想象，乃至可以怀疑他的忠心。

燕国太子即位，是为燕惠王。

死守即墨的田单，认为机会终于来了。他早已听说，燕惠王做太子时与乐毅就有矛盾。于是，立刻派人前往蓟城，离间这对君臣。

在中国历史上，这是较早记载和最成功的反间计之一。随后几十年，它被频繁应用于战场，战国四大名将之中有三个深受其害，其中两个丢了性命。

反间计程序一般是这样：先派间谍深入敌国都城，持重金收买某个宠臣。然后由宠臣向国君进谗言，说前方主将有反心或不称职，建议诛杀或改派他人。己方借此机会获得喘息，直至一举扭转战局。

田单也是如此。被收买的燕国宠臣对燕惠王道："即墨与莒城至今没攻下来，正是因为乐毅与大王有矛盾。他想在齐国称王，这一点在齐国尽人皆知。一旦大王改派别的将领，齐国的末日就要到了。"

燕惠王果然中计，立即派另一个宠臣骑劫前去代替乐毅，并下旨召乐毅回蓟城。

中军大帐，乐毅接到诏书久久不语。因为连年征战，四十几岁的他已两鬓如霜，妻子和儿子的影子更是数年未见。在燕军之中，乐毅从未像吴起那样为士卒吮脓吸疮，但士卒归心于他，都知道丞相勇略过人，多年未强攻即墨和莒城，还不是怕伤亡太重？还有什么比珍惜将士性命更能得人心？

能被国君看重的人，通常都不傻。骑劫虽然平日轻狂，但踏入乐毅大营前，他还是反复拍打自己那张白嫩的脸，"一定要当心一点呀！"

虽有王命在身，他仍然对乐毅毕恭毕敬——他清楚自己的资历，更害怕乐毅那柄已经成为传说的玉龙剑。那是先王所赐的镇国之宝，有诛杀大权，他可不想让自己脖子试其锋芒。

乐毅并不多言，将兵符交于骑劫之后，他立刻便整理行囊，带着几名亲兵离开大营，乘车向北而去。

那一日，芦荻萧萧。三军将士望着乐毅苍老的背影，纷纷垂泪。他们慨叹"一朝天子一朝臣"的无情，也在为自己担心，把性命交给这位骑劫将军手中，究竟胜算几何？

燕军将士的担心并不多余。那个在乐毅时代只知死守的田单，等骑劫一上任便瞬间活了过来，并亲手密织一面天罗地网。而骑劫则一头钻进了田单所设的计谋当中。

一场震古烁今的大战即将上演。后人迄今仍在惊叹，一个此前只做市掾的人，在没有智囊团的情况下，何以能制定出如此严谨而周详的作战方案？

第一步，对外迷惑敌人，对内树立信仰。

田单命即墨城中之人，每次吃饭前要先祭祖，于是便有很多鸟飞来觅食。城外的燕军觉得奇怪，田单便宣称："有仙人在教我们操练兵马。"

某日，有个士兵操练累了，想偷懒，便大喊："我是神仙。"说完发足狂奔,跑回营睡觉。田单得知后,连忙将他请入官衙,口称他为"神师"。

士兵慌了,忙道:"大人饶命,小的是骗您的。"

田单把眼一瞪:"我说你是你就是,再敢说不是,我把你满门抄斩。"

接着,亲授其一本《演员的自我修养》,让其当一个合格的"神仙"。此后,田单每次巡营时,都带着这个士兵,尊他为神师,称天佑齐国,定将取胜。

第二步,不择手段,进行仇恨教育。

田单派人到城外散布消息:"齐国人都很爱美,假如燕军把俘虏鼻子割掉,逼其走在队伍前面,守军就吓死了,即墨城必破。"

骑劫闻讯大喜,照此行之。齐军见如此暴行,众皆大怒,拼死守城,誓死不当俘虏。

田单又宣扬:"齐国人最重宗族,最怕燕国人把城外的祖坟掘了,这样一来,守军人心就散了。"

骑劫又照葫芦画瓢,令燕军把齐人祖坟挖了个遍,并纵火焚烧死人。齐军从城头望见,个个咬牙切齿,泪流满面,纷纷请战,誓与燕军决一死战。

第三步,不惜一切代价,鼓舞士气。

这里需要提及的是,齐国人有习武之传统,荀子就曾提及"齐人隆技击",单兵作战能力强,但协同作战能力较弱。

田单亲自持兵器与士卒一起操练,还把自己的娇妻美妾也编入军队之中,将城中所有粮食平均发放给全体士卒,共同进退,同仇敌忾。

第四步，故意示弱，让敌人放松警惕。

田单命令精壮士卒全部隐藏，只让老弱残兵和妇女守城。还收集即墨城中的金银细软，谎称富豪想投降，把财物送给燕军，以保家人免遭屠戮。骑劫大喜过望，燕军更加松懈。

第五步，祭出杀招，布下"火牛阵"。

这也是田单的一大创举。他收集城中的千余头牛，给其穿上红色缯衣，并在牛角上绑上尖刀，在牛尾拴上芦苇，芦苇涂油。

那天夜里，他命人将城墙凿出数十个大洞，点燃牛尾上的芦苇。千余头火牛冲向燕军大营，人逢人倒，马碰马亡。本就松懈的燕军被冲了个七零八落。五千精兵紧随火牛之后，顺势掩杀，杀得燕军血流成河，骑劫也横尸疆场。

此后，田单乘胜追击，一举将燕军赶出齐境，赴莒城迎回齐襄王，七十多座城池重归齐国所有。

对燕国而言，燕昭王和乐毅数十年的苦心经营，攻城略地，所有努力转眼之间灰飞烟灭。

对齐国而言，这场立国以来最大的浩劫也终于结束，幸有田单，幸有莒城，才使其香火得以延续。后来，"勿忘在莒"变成很多人自警自励的座右铭。

再说乐毅，他是否回了蓟城？燕惠王又是如何对待他的呢？

事实上，离开燕军大营不久，乐毅便接到了妻子燕寒从蓟城发来的信。那信写得极短，并未叙说分别之情，而是一针见血地指出：乐毅一旦回蓟城，便会背上莫须有的罪名，百口难辩，凶多吉少。

这一点，乐毅怎会不知？他望着熟悉的笔迹，眼前浮现了妻子的身影：那袭黑衣之中包裹着清瘦躯体，那双眼睛里永远有一分冷静，她如此寡言，却又洞悉一切。她派人送出了这封性命攸关的信，讲明了危险，却未给他任何建议。

乐毅苦涩一笑。一切她都懂，但她就是不说。

他用沙哑的嗓音吩咐车夫："不回蓟城，改道邯郸，大王命我赴赵国出使。"

赵惠文王见乐毅前来投靠，大喜过望，当即封他为"望诸君"，封地在关津。燕昭王曾封乐毅为"昌国君"，从这一封号可以看出，赵惠文王给他也是不错的待遇。

赵惠文王很清楚，只要乐毅在这里，无论燕国还是齐国，以后想打赵国的主意，那都得先称一称自己的斤两。

当田单用"火牛阵"大破燕军的消息传到赵国时，乐毅呆坐良久。

他命人端上一壶酒，自斟自饮，一直喝到弦月挂上枝头，方才幽幽叹了一口气。他向来都不是一个放不下的人，也懂得花自飘零水自流。这一叹，是为了苦大仇深的燕昭王，也为了自己消磨在庙堂与鞍马之上的锦瑟年华。乐毅知道，自己用心血写下的那一页史书已然翻过去了。

身在邯郸，乐毅给燕寒写信，希望她能带着孩子来赵国。妻子的回信却使他怅望久之。信中写道：

"夫君放心，间儿、乘儿在蓟城安好。大王不满君离燕赴赵，但妾自会护儿周全。妾受先王重恩，实不敢再有负先王。山长水远，君且自珍重。"

乐毅又如何放心？但他知道，这就是燕寒。他们从来都不曾改变对方。

不过，乐毅很快就收到了另一封信，写信的是燕惠王。

"先王举国而委将军，将军为燕破齐，报先王之雠（chóu），天下莫不震动，寡人岂敢一日而忘将军之功哉！会先王弃群臣，寡人新即位，左右误寡人。寡人之使骑劫代将军，为将军久暴露于外，故召将军且休计事。将军过听，以与寡人有隙，遂捐燕归赵。将军自为计则可矣，而亦何以报先王之所以遇将军之意乎？"

信中，既为自己误听谗言，召回乐毅而辩解，又责怪乐毅对不起燕昭王。

乐毅笑了，他一眼便看穿了燕惠王的外强中干。这封信问罪是假，想讨好自己倒是真的，目的还不是怕他趁燕国新败，率赵兵前去趁火打劫？他当即回了一封信：

"臣听说，'善作者不必善成，善始者不必善终'。过去，伍子胥辅佐吴王阖闾，立下盖世奇功。而阖闾死后，夫差即位，伍子胥却因直言进谏而被赐死。夫差是否忘了伍子胥的大功？为何赐死功臣一点都不后悔？依臣看，这都怪伍子胥没想明白，两代君主的度量是不一样的。

"臣来赵国，委曲求全，不单是为保住性命，也是为先王着想。假如臣回蓟城，遭诽谤而被赐死，那对先王将是一种侮辱。岂非说他没有知人之明？再者，臣死之后，大王接着就见到骑劫之败，那将使您背上昏君之名，对您也是一种侮辱。依大王看，臣抽身远走，是否比伍子胥的愚忠高明一点?

"大王放心,虽然您此前对不起臣,但趁燕国新败而引兵报复,此等不义之事,乐毅断然不为。"

直到两千年之后,人们都必须承认,乐毅不仅能治国平天下,写文章同样是绝世高手。他不仅把自己弃燕投赵的罪名推得一干二净,还把燕惠王好好教训了一顿。最后再给他吃一颗定心丸,借此能保自己在燕国的妻儿平安无虞。

燕惠王看完信后,脸上一阵阵发烧,但他终于放下心来。他下诏,让乐毅之子乐间,承袭其昌国君的爵位和封地。

赵国和燕国还分别封乐毅为客卿,一头白发的他游走于两国之间,充当和平使者,并在赵国寿终正寝。

因为妻儿都在燕国,乐毅死时孑然一身。几个仆人从他冷了的尸身上,发现了一只丝绣暗袋,拆开来,竟是几片当归。

那是无人知晓的青春心事,太阳底下,一缕暖香。

乐毅的故事,至此已经说完。

翻回头来看,乐毅的人生着实斑斓。他从赵国一鸣惊人,到魏国担任大夫,在燕国做到丞相,率军横扫齐国,最后又卒于赵国。一个圈子下来,虽然大起大落,却无大悲大喜。他有理想,但不为理想所累;他有抱负,但不为抱负涉险;他有感情,但不为感情所迷;他有家庭,但不为家庭所羁绊。他穿越了大半个天下,最终成就了自己。

这就是他,一个懂得尽责,但更懂责任有限的人。他所做的一切理由充足,不会过于纠结难于取舍,他比谁都知道,在战国的乱世里,任何不必要的羞涩和内疚都可能致命。

在重重史册中,乐毅成为一个超级偶像。而在漫漫人生里,谁又会问,他有怎样的悲喜?

后来,燕赵交兵。乐乘、乐间相继来到赵国,成为赵国名将,并在此传宗接代。

直到汉高祖刘邦路过赵国,还专门寻访乐毅后人并授予官职。纵观浩瀚的历史人物,能让刘邦路过时还能问起的,只不过寥寥数人,除了乐毅之外,大约只有一个信陵君魏无忌了。

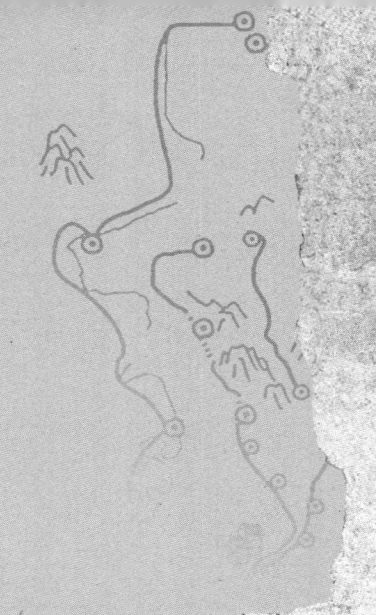

刀头上的绝响

王翦

后人论"战国四大名将",提到的是四个人:白起、廉颇、李牧和王翦。

为什么是他们?

与这四将相比,吴起长于兵法韬略,乐毅强在治国外交,但若论决机于两军阵前,破军杀将,或稍逊之。

关键之处还在于,四将所处的是战国中晚期,此时面临的已不是桂冠之争,不是理想抱负,也不是报仇雪恨,而是赤裸裸的杀人之战。攻者有王命在身,一心要歼敌有生力量,直至吞并敌国;守者要保江山社稷,一寸河山一寸血。

他们无法选择,无路可退,无处可逃。他们一脸血污,两手血腥,浑身血债。

在诸侯和平民眼中,他们都不再是活生生的人,而是泛着冷光、血光的武器。然而他们偏偏又是个性太过鲜明的人,铁骨铮铮,任性使气。

他们的是非恩怨,生死荣辱,欢笑眼泪,是芸芸众生之中最雄浑的绝唱,也是战国这一"星河时代"最凄厉的挽歌。

而四将当中,王翦正处于这个时代的尾巴上,也是整个战国大幕的关键拉幕人。

这个西北汉子,以他极具张力的一生贯穿起一部六国消亡史,而他自己饱蘸血泪的生存智慧,直到今天仍然给我们启示。

活就活在战场上

昏黄的天，赭黄的地，广袤的黄土高原上行走着一支身穿黑黄色甲胄的军马。

看得出，这是一支精锐之师，他们走得并不快，但步伐一致，就像一群归巢途中的狼，放松而又蓄积着杀气。

当先一匹黄骠马，马上的将军个子不高，腰杆笔挺，身材健硕。一张瘦黄脸，布满了刀斫斧劈般的纹理。那双眼睛也是浑浊的，似乎被这关中平原的风磨糙了。但在偶然间双目一横，眉峰微蹙，隐隐射出几分虎威。

在这一片黄色的天地里，一杆黑色大旗在寒风中呼呼啦啦飞舞，上书一个斗大的"王"字。

此将正是王翦。这也是他的名字第一次出现在史册中，率领秦军攻打赵国要塞阏与，也就是今天的山西黎城县东北一带，攻拔九座城池，一战成名。

将士们很放松，有的甚至扯着嗓子吼起了秦腔，让更多的人想起家来。端坐在马上的王翦感慨万千，还有谁比他对这条大路更熟悉呢？在这片黄土高原上，他前前后后已经出征了数十次。

王翦老家在频阳东乡（今陕西富平），家世并不显赫，史书也未留下任何记载。像很多出身庶民的秦国将领一样，他只是商鞅变法百余年之后，从寻常百姓之中杀出的一头猛兽。

他自幼习武，喜欢行军布阵，青少年时曾行走四方，只为看一看黄土地外面的这片天下，也将山川、河流、地形、民风一并藏入胸中。

他弱冠之年从军，彼时，秦国国君还是秦昭襄王，名将白起刚刚过世一年，王龁等大将正率秦军一步步蚕食各诸侯国疆土。

王翦自幼便视白起为偶像。印象里，白起永远都站在大胜之后班师回朝的战车上，在咸阳城中接受百姓的如雷欢呼。他向百姓挥手，灰白头发在风中飏起，目光似冰雪之刃。

王翦能清楚说出白起横行天下近四十年中的每一战。其中，他最欣赏的两场大战，乃伊阙之战和长平之战。

在伊阙，白起避实击虚、先弱后强。悄悄将秦军主力绕至韩魏联军之后方，多次击破联军分队及后方留守之军，逐渐将联军主力包围于伊阙，最终歼敌二十四万人。自此，韩魏两国精锐尽失。

在长平，白起后退诱敌，分割围歼。在正面战场故意示弱，暗中派兵奇袭赵军最后一道防线。前方看似节节败退，实际却张开双翼，派奇兵将赵军团团围住。随后，赵军统帅赵括意识到粮道被断，陷入重围，便死命突围，又被白起截为三段。最终，赵括突围之中被射杀，赵军投降，据说有四十万降卒惨遭坑杀。自此，赵国损失了一代青壮年男子。

"这才是战神！"王翦由衷地感叹。

只不过，刚从军时，他认定白起不可能"坑杀四十万降卒"，并以这一"发现"而沾沾自喜。其一，他游历过赵国，根据其国力和人口估算，即便发倾国之兵，也只有二十余万，无论如何达不到四十万人；其二，从粮草供给来看，长平之战发生于青黄不接的四月，前线赵军根本不可能从人口有限的上党盆地就地取食。而以赵国的运输能力，也根本无力跨越"山岭高深"的太行山脉，为四十万赵军提供粮草。

然而，随着年岁渐长，久经战阵，他觉得这个问题越来越不值一哂。"四十万"不就是一个数字吗？反正绝对不止四万。一个数字，能让秦国人士气大振，让赵国人闻风丧胆，有什么不好？他也不替白起感到委屈，毕竟他坑杀了太多人，杀孽太重，即便数字夸张了点，又能委屈他几分？

王翦也曾梦想像白起那样横空出世，而现实却将他牢牢按在了地上。

腥风血雨中，他长久沉沦下僚。足足用了二十年，才凭一口金背开山大刀，从士卒杀成了能独自领军出征的将军。

二十年，流光暗转，屈指堪惊。

此时，秦王嬴政已经在王位上坐了十一年。其他诸侯国早已无力与秦国争锋。自从乐毅破齐之后，齐、燕两国均元气大伤。五年前，楚、赵、魏、韩、卫等五国联军伐秦，主帅是"战国四公子"中的春申君黄歇，大军浩浩荡荡杀到函谷关外。然而秦军主力一出，立即击溃五国联军，那阵势，直如摧枯拉朽一般。

而对于秦王嬴政，王翦则有一种很复杂的感情。这不同于千里马遇到伯乐的感激和敬意，而是更复杂，更有几分恐惧和兴奋。

王翦亲眼见证了嬴政的威力。他十三岁即位，旋即以惊人的速度成熟，让所有轻视他的人惨遭灭顶之灾。二十一岁那年，他杀死了造反的亲弟弟成蟜；二十二岁击杀母亲的情人嫪毐；二十三岁罢免了一向专权的相国吕不韦，命其举家迁蜀，随后因恐惧而饮鸩自尽。坊间传言称，吕不韦正是他的亲生父亲。

也正是嬴政，让已届不惑之年的王翦第一次当上了主将。王翦甚至觉得，嬴政注意自己已经很久了，但不知为何此刻才委以重任，还派桓齮、杨端和这二人充当副将。要知道，桓、杨二将被封为将军明明是在自己之前的呀。

"莫非，大王疑心我是吕不韦的人？"他有些忐忑，但很快又否定了这个猜测。

像绝大多数草根出身的人，王翦万事都很喜欢琢磨一番。

商鞅变法定下的制度，成为秦国立国之本，正因为不计出身，赏罚严明，秦军战斗力才会冠绝天下。然而，秦国的政治斗争丝毫不逊于其他国家，甚至比其他各国更复杂、更残酷。从天下聚集而来的人才，挤到同一屋檐底下争权夺利，各逞心计，步步惊雷。嬴政幼年即位，大权曾一时旁落，大臣结党自重之风，于是更甚于往昔。

王翦不想参与其中，他知道一不小心就可能成为斗争的牺牲品。那些明枪暗箭、含沙射影，让有背景的人都战战兢兢，何况他这种毫无背景的。

他也暗暗下定决心："活，就活在战场上，那里更安全一些；死，也死在战场上，那里更干净一点。"

每当想起政治、权谋之类事情，王翦也会想到一个人——尉缭。

这是中国历史上极神秘的一个名字。《史记》及其他正史中，关于尉缭的记载仅只言片语。然而到了北宋，尉缭所著兵书《尉缭子》，却与《司马法》《孙子兵法》《吴子兵法》等一起被列为《武经七书》，这也是中国古代第一部军事教科丛书。

一年前，来自魏国都城大梁的尉缭走入了嬴政的视野。他向嬴政献上一策："以当今秦国之强大，诸侯俨然已是郡县之君，老朽所担心的是诸侯'合纵'，他们联合起来，出其不意，就能对大王构成威胁。希望大王不要吝惜财物，以重金去贿赂各国权臣，以扰乱其谋略。如此，不过损失三十万金，而诸侯则可以尽数消灭。"

嬴政"从其计"，将尉缭留在身边。为显示尊崇，还让尉缭享受与自己相同的衣服饮食，每次见他，总是很谦卑。

一日，王翦正在他位于咸阳的小宅院中练武，忽然家人通报：有客来了，正在前厅。

"是谁呢？"王翦虽在军中不乏患难与共的兄弟，但在咸阳城并无多少熟人。他官职卑微，又小心谨慎，极少和其他人来往。

来人一袭平民装束，瘦小干枯，一双凤眼却颇为有神。不待王翦发问，他先开口道："老朽尉缭，见过王兄。"

王翦大惊，一边施礼一边纳闷：他可是大王御前红人，怎么到我家里来了？

尉缭大大方方坐下，笑道："王兄，我们难得一见，小酌一杯可好？"

"好，好，先生大驾光临，王某求之不得。"王翦连忙命人办来几样酒菜，与尉缭对饮起来。

那日的酒喝得极畅快。开始，王翦尚小心翼翼，唯唯不敢多言，尔后渐渐放松下来——毕竟是在自己家中，而且主要是尉缭说话。

"王兄，你可知大王因何用我？"

"定是先生一策千金，令大王茅塞顿开，是以待先生以国士之礼。"

"陈词滥调！"

"是，王翦读书甚少，见识浅陋，只会说些陈词滥调，先生莫怪。"

"老朽是说，拜见大王那日，我所说的都是陈词滥调！"尉缭哈哈一笑。

"先生真是过谦了！"王翦跟着笑了笑。

"王兄是觉得我虚伪呢，还是认为我在诋毁大王的判断力？"尉缭抿了一口酒，沉声道："事实上，那日我才真正见识了大王的厉害。我本想搪塞他几句，胡乱混碗饭吃。孰料大王不仅能分辨那些陈词滥调，而且还不以为意，仍然留我、用我、尊我。只因他一眼便已看出：我尉缭日后对他会有用处。"

"先生深藏不露，大王更是慧眼识才。"王翦说着，向尉缭高高举起酒杯。

尉缭一口喝了杯中酒，"在老朽面前，王兄何必如此客套！"

王翦嘿嘿一笑，默默将酒喝了，低头不语。

"依老朽看，王兄身经百战，武艺超群，假以时日，前途不可限量！"

"先生此言差矣。王某半生戎马，至今也只是一个裨将而已，庸庸碌碌二十载，又有何前途可言！别的且不说，多少将军早住上了深宅大院，而像王某这种小门小户，咸阳城不知有几千几万家……"

"那是因为时候未到。我看大王年纪虽轻，却有并吞天下之心。当今秦国诸将，论武功心智，何人能与王兄匹敌？相信用不了多久，他定会起用王兄。"

王翦脸上微红，两眼放光，"先生当真如此认为？"

尉缭看了一眼王翦："王兄沉稳低调，诚实笃厚，老朽才敢与兄交往。再说了，我会白白喝你的酒吗？"

尉缭所料果然不错。那场酒喝完之后仅一年，王翦便被嬴政任命为将军，率军攻打赵国。

这一战，秦军兵分左中右三路，王翦名义上虽为主将，但实际率领的只是中路人马。

左路军由杨端和率领，进攻鄡阳（今山西左权一带）；右路军由桓齮率领，进攻邺邑、安阳；中路军由王翦率领，进攻阏与。王翦所率的中路军是主力之一，而任务无疑也是最艰难的。

这阏与地势极为险要，乃赵国都城邯郸的西方门户，也是极少数曾让秦军折戟沉沙的关口之一。早在王翦出兵之前的三十多年，秦军就曾在此遭遇大败。

当年，秦军出奇兵围攻阏与，赵惠文王召集诸将商议，问能否前去救援。先问大将廉颇，廉颇回道："道远险狭，难救。"再问乐乘，乐乘的回答和廉颇一样。赵惠文王许久无言，又问赵奢。此时，赵奢还无多少名气，乃是"战国四公子"中的平原君赵胜推荐给赵惠文王的，只因他在征税时展露出非凡才华。但赵奢的回答与众不同——"其道远险狭，譬之犹两鼠于穴中，将勇者胜。"

一句"将勇者胜"，鼓舞了赵惠文王，于是他任用赵奢为将。赵奢先设疑兵之计，而后昼夜兼程，距阏与五十里，扎稳营垒，占据高点，以逸待劳，大败秦军，自此一战成名，被封为马服君。秦军次年再攻阏与，仍无功而返，只好改变策略，决心先攻上党。于是，才会有日后的长平之战。

四十岁才初次单独领军的王翦,第一战就要打阏与。没有人比他更明白此战的重要性,这是他用了二十年才等到的机会,容不得任何闪失,无论如何都输不起。

王翦深思熟虑后,认为阏与在太行群山之中,行军运粮极为困难,所以兵贵精不贵多。拿到兵符的第十八天,他便将俸禄不满百石的校尉统统裁撤,精简军官;又从每十名士兵当中挑选两人,其他人打发回家。如此,组建了一支精兵,然后一举袭取阏与,攻下九座城池。

"这一战虽胜得不易,但到底也是胜了。大王对我的表现,是不是满意呢……"在班师回咸阳的路上,王翦习惯性地沉思着。

天色渐渐暗下来,王翦的儿子王贲也从后军赶上来,和父亲并辔而行。王贲二十多岁,体态魁伟,比父亲高出半个头。他虽年龄不大,但跟随父亲南征北战已有五六年。

见父亲脸上并无多少喜悦,王贲忍不住嘟囔了一句:"爹,这次要不是碰到那个李牧,咱们说不定就直捣邯郸了……"

王翦抬眼看了看儿子,咧嘴笑了一笑,胸中涌起一股暖流。

一轮满月从头上升起,士卒的刀枪在月光下闪着凛凛寒光。王翦心想,此刻,咸阳城中,花白头发的妻子肯定正在小院里张灯结彩,准备迎接自己和儿子凯旋了。

我所思兮在雁门

我所思兮在雁门,欲往从之雪雾雾。

黑漆漆的城，黑黢黢的山，一轮冷月照在月白色的披风上。城楼上的将军，一袭银盔银甲，傲然而立，任霜雪在头发上结成苍茫一片。

此人正是李牧，他成名比王翦要早十余年，在雁门城头已站成了一个符号。

雁门关名震天下，但这一名称始自唐朝，战国只有雁门郡，《吕氏春秋》称之为"九塞之首"。往昔赵武灵王胡服骑射，大破林胡、楼烦之后，设雁门、代郡、云中等郡。

关于"雁门"二字之来由，后人写道："代山高峻，鸟飞不越，中有一缺，其形如门，鸿雁往来……因以名焉。"由此，亦可知雁门之险。

雁门向来英雄辈出，而李牧可算第一个，也是名头最响、最名副其实的一个。后来的抵御辽国的杨家将有夸大之嫌，断箭自戕的大侠乔峰更纯属虚构。

这是苦寒之地，也是死亡之所。

关外便是塞外，此时匈奴势力已成，铁骑如风，时常劫掠人畜，袭杀官吏，无事时，还将关外的赵国人当活箭靶。而此时的赵军也早非赵武灵王时期的精锐，自长平之战后赵军实力大减，已难与匈奴骑兵抗衡。守军出战，每战必败，边境人心惶惶，束手无策。

赵国君主赵孝成王（赵丹）无奈之下，命熟知此地情况的大将李牧镇守雁门。

在一向讲究出身的赵国，李牧绝对是一个另类。他出身寒微，没有任何背景，甚至连健全的身体都没有——天生右手萎缩，臂上装了一支铁钩。然而即便如此,他依旧东征西杀,凭着一腔热血和满腹韬略,杀成了赵国的一员悍将。

除去铁血作风之外,李牧还有宁折不弯的性格。他一向执拗,固执己见,从不轻易对人低头,为了执行自己的既定战略意图,屡次抗命。

和绝大多数君主一样,赵孝成王对李牧既爱又恨,恨多于爱。只要还有其他选择,他就不愿用李牧为主将,但而今只希望借李牧这一身铮铮铁骨,挡住匈奴的强弩铁骑。

李牧坐镇雁门,先向赵孝成王要来了属地人事权和财权。一面减租减息,厚待边关的黎民百姓,一面将所有税收等财源充为军费,修缮烽火台,完善情报系统。

针对匈奴骑兵来去如飞、只重劫掠的特点,李牧明令坚壁清野,每当匈奴寇边,他就下令士兵和百姓收拾物资入城固守,从不出战。

而且,在雁门城楼之上,李牧对所有守军将士下了一道死命令:

"这道命令,诸位都要听进耳朵里,刻到心头上——从今往后,匈奴来犯,无论官职高低,敢言战者,定斩不饶!"

赵军将士面面相觑,个个诧异。他们素闻李牧悍勇,绝非浪得虚名之辈,本以为由他镇守雁门,可以率众打几场干净利落的翻身仗,自此扬眉吐气,谁知,他竟说出如此令人"羞耻"之语,而且还作为最严军令,这岂非荒唐透顶!

当然,不服归不服,守军也知道李牧军令如山,有意见也只能咽下去。

如此几年下来,赵军无伤亡,财物无损失,匈奴亦无所得。然而，长年不出战，给了匈奴人最致命的一样东西——骄气。

他们有时也不列阵，赤裸上身，连日到关前大骂赵军，在一箭之外的地方敞开肚皮睡觉。晚上则点起篝火，围着火堆喝酒跳舞，喝醉之后继续辱骂。有时，他们还穿上女人的衣服，在关前追逐嬉戏，讥讽赵军怯懦无能，如同女人一般，不敢出关应战。

守军将士恨得牙痒痒，心头如同火烤，怨气越来越大。史书就此写道："匈奴以李牧为怯，虽赵边兵亦以为吾将怯。"

然而李牧从不解释，依旧每日早晚巡视，严格操练队伍。诸将愤愤不平，他也只是发下一些碎布，让众人塞住耳朵。

这一日，两员贵族出身的年轻裨将，忍无可忍，一同找到李牧请战。李牧也不多言，传令擂起聚将鼓。众将鱼贯而入，雁列两旁。

"本将军此前明令'敢言战者，定斩不饶'，尔等可曾知晓？"

"我二人世代将门出身，来此边关，只图建功立业。大王命将军镇守雁门，宜早定计，调拨军马，分头征进，讨平匈奴，替大王分忧。而今只令坚守勿战，忽忽数年，又是何意？若能坐待老天杀贼，又要我等将士何用？我二人不是贪生怕死之人，特请兵出战，宁可战死沙场，也不做这乌龟将军！"

二将这番话说得慷慨激昂，掷地有声。众将连连点头，火一般的急切目光，齐刷刷望向李牧。

李牧面沉似水，"你二人，近前一步说话！"

二将心中一凛，对视一眼，向前迈出几步。

李牧月白色的披风一抖，九尺高的身形如山一般忽地挺起，二目如刀，从尚带稚气的脸到身上华丽的铠甲，一寸一寸割着二将。

"我只问一句,尔等可是藐视本将军?"

二将为他气势所慑,不敢抬头,低声道:"属下不敢!"

李牧一声冷笑,"尔等明知故犯,置我军令于何地?来人,推出去,斩!"

左右刀斧手,将二将推出辕门,便要开刀。诸将慌忙跪倒求情,皆称愿替二人受罚。

李牧冷冷一笑,令诸将签字画押,做出担保,倘若再有任何一人违犯军令,便要一并问罪。如此,才免去二人死罪,各打一百军棍,直打得皮开肉绽,方才作罢。

这样一来,诸将虽愤愤不平,却也无人敢提出战之事。

消息传到朝中,赵孝成王大为不满,立马派使者前来责问李牧,命令出战。李牧默然不语,使者走后,依旧紧闭城门。

赵孝成王闻讯大怒,下诏召李牧回朝,改派其他将领镇守雁门。对于这一命令,李牧同样一句话都没解释,当即收拾行李,回到邯郸。

对于李牧,赵孝成王表现出了一定的度量,并未追究其抗命之罪。李牧在邯郸的这段日子很清闲,其间还奉命临时客串了一次丞相,替性如烈火的廉颇出使,与秦国订立盟约,接回了在秦国充当人质的一位公子。

李牧的不解释,于他也许只是不屑于解释;无怨言,也许只是不屑于出怨言。但用今天的眼光看来,这虽非上策,却也是孤高耿介者的一种生存之道。因为不发怨言,才有再次被起用的可能。

假如拿李牧与其前辈廉颇相对比的话,他着实是个好说话的老实人。

在雁门,顶替李牧的主将奉旨多次出战匈奴,依旧每战必败,伤亡惨重。

赵孝成王万般无奈,只好再请李牧出山。谁知李牧闭门不出,称自己卧病在床。赵孝成王只好亲自前往,软硬兼施,强令李牧领兵,李牧只说了一句话:"王必用臣,臣如前,乃敢奉令。"

这一次,赵孝成王答应了。

重回雁门,李牧故技重施,婴城自守,而匈奴骄气更盛。李牧置之不理,不仅如此,他在刻苦训练士卒之后,还时常杀牛宰羊,犒赏三军。

经过此前血的教训之后,守军将士也终于明白,李牧坚壁清野,严令避战,也并非没有道理。

此时,邯郸忽然传来噩耗。赵孝成王不幸病逝,其子赵偃即位,是为赵悼襄王。

纵观赵孝成王这一生,堪称是一位称职的君主,他发掘出了李牧,又重新重用廉颇,多次击败燕国进攻。当然,他这辈子有一个最大的失误,就是不顾蔺相如等人的苦谏,在长平之战用赵括代替廉颇,终于酿成一场毁灭式的惨败,将赵国推到了悬崖边上。

当然,长平之败或许也不能过于苛责赵括"纸上谈兵"。一方面,赵括本来就不是白起的对手,对此他也有自知之明;另一方面,赵国无论是国力、军力,还是对长平前线的运输补给能力,都不如秦国。所以,此战换作廉颇也许同样会败,只是败不了如此之快、如此之彻底。

李牧在雁门闻讯,甚为悲痛。他当然明白,最好的祭奠莫过于一场大捷，但事关重大，不能操之过急。

又过一年，李牧认为时机终于成熟。经多年休养生息，雁门以及附近几个郡，不仅府库充盈，还积攒起了一支雄兵。这支军队在李牧的操练之下，已具有较为可观的战斗力，连番犒赏也使他们急切地想证明自己。而更大的动力还在于，匈奴的辱骂造成他们的切齿仇恨。

人心思战，三军用命，李牧暗暗点了点头。

他精选战车一千三百辆，战马一万三千匹，精兵五万，弓箭手十万，通过严格编队，组成多兵种战队。而后，又命士兵扮成百姓，四处放牧，诱使匈奴来攻。

因为雁门坚壁清野，匈奴已多年抢不到东西。而今，一看到漫山遍野的牲畜，眼睛都红了。当然，匈奴人虽轻视赵军，但也疑心是陷阱，初始只是试探。李牧又派小股部队出战，故意让匈奴俘获。连番示弱之后，匈奴终于大肆入侵，纵兵劫掠。

李牧诱敌深入，然后以战车阻挡匈奴骑兵，弓箭手轮番射杀，步兵正面阻击，骑兵两翼插入，直杀得匈奴血流成河，全歼其十万人马。只有单于带着少量亲随仓皇逃窜。

李牧乘胜收服赵国北部的匈奴属国，完全清除了北方边患。此后，匈奴十数年不敢南窥赵境。

此战，李牧创造了中国历史上以步兵为主的多兵种战队，全歼骑兵大兵团的首次大捷，而他也成为继廉颇和赵奢之后的赵国头号名将。

不过，名将归名将，李牧从来都不是君主身边的红人。

如果说赵孝成王对李牧还不冷不热的话，赵悼襄王对他则几乎是不闻不问。

赵国当朝第一红人名叫郭开。赵悼襄王刚刚即位，就祭出了一记昏招，下诏将廉颇解除兵权，而派乐乘去代替他。廉颇和乐乘虽然曾经一同出征，但他一直瞧不起乐乘，心中不忿："那姓乐的小子除了借乐毅的名头，出身好点之外，哪一点比得上我？有什么资格来代替我？"于是越想越气，终于领兵攻击乐乘，乐乘见势不妙，飞也似的逃走，自此在史书中没了消息。廉颇也出走魏国。

赵国没了廉颇，遭受秦国蚕食更甚。赵悼襄王开始后悔，派使者去魏国见廉颇。郭开素来与廉颇有仇，怕他回来重掌兵权，于是买通使者，便有了"廉颇老矣，尚能饭否"的著名典故。史书中记述了这一老将的凄凉晚景："廉颇见使者，一饭斗米，肉十斤，被甲上马，以示可用。使者还报王曰：'廉将军虽老，尚善饭；然与臣坐，顷之三遗矢矣。'赵王以为老，遂不招。楚人阴使迎之。廉颇一为楚将，无功，曰：'吾思用赵人！'卒于寿春。"

老将廉颇之后，赵悼襄王也没有立即重用李牧，他选的继任者比廉颇还老，乃是已经八十多岁的庞煖。雁门大捷后，赵悼襄王曾命李牧作为庞煖的副将进攻燕国，夺取了武遂、方城两座城池。

事实上，燕国国君燕王喜（燕喜）也一直惦记着赵国。他认为赵国经长平之战，势力已经大减，又听说廉颇出走，庞煖领兵，便觉得机会来了。

燕王喜向自己手下的老将剧辛——当年乐毅伐齐时的副将，打听庞煖的水平。剧辛早年曾与庞煖交好，闻言，自信地笑道："庞煖易与耳。"

燕王喜见剧辛成竹在胸，不由得大喜，任命其为主将，率兵伐赵。两位年过八旬的老将军、老朋友各为其主，这也是一场古来少有"银发大战"。真是不打不知道斤两，剧辛兵败被擒，而后被杀。

廉颇一走，李牧更感孤独。他二人虽性格迥异，但同为弱国名将，自有一种"背靠背"的情意无需言表。

除此之外，让李牧难过的还有，在他出征燕国那年，信陵君魏无忌病逝。"战国四公子"名闻天下，但真正既能让各诸侯国服膺，又能统领各国联军击败秦国的，却只有一个信陵君。若非他当年"窃符救赵"，解了邯郸之围，赵国早就亡了。更令人遗憾的是，信陵君并非死于国事，而是因魏国国君魏安釐王——他的异母兄长，猜忌心重，对其处处提防。信陵君心灰意冷，也为避嫌，终日沉迷酒色而亡。自此，魏国没有了顶梁柱，赵国也丧失了最有力的盟友。

虽然匈奴已近绝迹，但李牧依旧被派去镇守雁门。

这样一种安排，也许是李牧和朝中当权者都愿意看到的。对李牧而言，离政治越远也就越安全。他不屑于曲意逢迎，也不懂得长袖善舞，那如刀似剑的性格，时时处处都可能树敌，又怎能躲得过小人们的机关算尽？对当权者而言，让李牧离得越远，他们也越安全。毕竟，李牧手握二十万雄兵，战功彪炳，用兵如神，假如肯花一点心思来讨好赵悼襄王，随时都可能赢得好感。假如他获取信赖之后，再兵权和朝政一手抓，那时想剪除谁，不都是小事一桩？此等祸事，当然要坚决杜绝。

所以，从史书中看到的是，李牧无论如何立功、怎样扬名，都一直未获升迁。在其他大将一战即可授爵的时候，李牧依旧没有头衔。

如此，日月如梭，转眼赵悼襄王也去世了。

就在赵悼襄王临死之前，曾派兵攻打燕国，夺取了一座狸阳城。然而，战争还没结束，秦国已兵分三路，乘虚来袭，领军的大将正是王翦、桓齮与杨端和。

眼见王翦势如破竹，攻下阏与，邯郸告急，赵悼襄王连忙从雁门调李牧南下。

李牧率兵星夜驰援，在漳水一线阻击王翦，甫一接战，便知遇到劲敌，双方均不敢大意，渐成疲兵相持之势。而后，王翦退兵，各保疆域，李牧回防雁门。

赵悼襄王死后，赵幽缪王（赵迁）即位。他的母亲早年曾是一名妓女，因深受赵悼襄王宠爱，被立为妃。不仅如此，赵悼襄王还废黜了自己与正妻所生的长子——德才兼备的太子赵嘉，而将他与妓女的"爱情结晶"赵迁立为太子。

废长立幼，自古便是社稷的祸端。此前赵武灵王曾致使骨肉相残，盛况不再；赵悼襄王的这一次陷身温柔乡，更使得赵国自此一步一步滑落深渊。

两年后，桓齮独自率军攻击赵国南部，采取迂回战略，攻取邯郸东南部的平阳（今天河北临漳县以西）。赵军大将扈辄兵败被杀，赵军被斩首十万级。长平之战后，赵军再遭重创，邯郸震动。赵幽缪王只好急调李牧。这一次，李牧被封为大将军，指挥全部赵军，迎击秦军。

李牧率军在宜安，与秦军对峙。他考虑到秦军士气正旺，再一次筑垒固守，坚壁清野。

对于赵国将领的持久战法，桓齮早有耳闻，以往廉颇就是这样抵御王龁，秦军只好退兵。他明白，拖延下去对秦军不利，于是便率一部进攻邻近的肥下城，企图诱使赵军前往救援，然后将其击歼于运动之中。

这一招"围点打援"不可谓不高明，也是后世的经典战法。只可惜，桓齮此次遇到的不是其他赵国将领，甚至不是"不善野战"的廉颇，而是一个曾全歼匈奴铁骑的人——试问，还有谁比匈奴人更擅运动战？

李牧并未派兵救援，而是连夜直捣空虚的秦军大营，一举俘获全部留守秦军及粮草辎重。桓齮连忙回救，又被李牧中途设伏。秦军大败，桓齮孤身一人侥幸逃脱，害怕嬴政降罪，远投燕国去了。

赵幽缪王接到捷报，手舞足蹈，大叫："李牧真乃寡人之白起也！"于是，封李牧为武安君。

李牧终于有了封号。而且，对为将者而言，能与白起相提并论，甚至有同一封号，这绝对是天大的荣幸。只是，那些熟悉历史的人们却又不得不感喟，冥冥之中，这封号是否也潜藏着某种令人绝望的宿命？

两个只能活一个

行军道上，一个月白色的名字在王翦脑子上下翻飞——李牧。

距离上次与李牧在阏与、漳水一线交战，转眼已过了七年。这七年间，王翦在军中的地位稳步上升，隐隐已现"秦军第一战将"的势头。而他的大器晚成也成为一个话题，给了众多一事无成者以希望，抑或说辞。

而秦军的另一大话题，则是李牧。桓齮被李牧一战击溃，逃往燕国，秦王嬴政暴怒。此战过后，李牧又南征北战，每战必胜，令秦军胆寒。

一个是秦国最锋利的矛，一个是赵国最坚实的盾。人们都想看看，如果这二将全力拼杀，又是怎样一种场景？

机会已经来了。嬴政在攻赵连番受挫之后，决定再派王翦出征，发誓不破赵国绝不罢休。

与七年前的陡然接战不同，而今这二人彼此都已闻名太久，连对方最擅长的战法也了然于胸。他们互为对方的头号强敌，不敢有一丝一毫的懈怠。

这一次，王翦兵分两路。因七年前在阏与被李牧所阻，此次转由太原攻击井陉，计划自北而南，直指邯郸。南路军则交给他的老搭档杨端和率领。

王翦的进军路线，被李牧料个正着。李牧亲自率赵军主力阻击王翦，扎稳营盘，使其人马无法进出山隘。另外分出一支人马，由其副将司马尚率领，在南线挡住了杨端和。

井陉，得名于"四方高，中央低，如井之深，如灶之陉"，素有"太行八陉之第五陉""天下九塞之第六塞"之称，乃河北通衢要冲，历来为兵家必争之地。

秋阳之下,一杆"李"字大旗在城头迎风招展。见李牧早有准备,王翦并不觉意外。他本就以稳健见长,何况这一次的对手是李牧,他怎会有丝毫的侥幸心理?

手提金背开山刀,仰望井陉关上的那面将旗,王翦心中生起一种极其复杂的感情。

他与李牧,俱已过知命之年,都是平民出身,半生戎马,同样威震天下,从无败绩。如果不是狭路相逢于两军阵前,二人或许能结为知交,而今,却只能各为其主。

王翦记忆里有一个故事,与他的金背大刀有关。

那年他十八岁,荡游天下。黄叶飘零时,他从魏国大梁返回,一路西行,在韩国的宜阳停留了几天。宜阳有天下闻名的铁山,铁器冶炼冠绝各国,出产的兵器行销千里。到这里,他是想给自己寻一柄趁手的兵器。

宜阳城,精兵利器果然不少。只可惜,王翦虽有几分眼光,但毕竟是小户人家出身,看中的都买不起。迁延几日,终一无所获。这让他既沮丧又愤慨,但又不想迁就,便只带一肚子火气和一皮囊酒,踏上归程。

宜阳西南十里,洛水之滨。王翦坐在黄土坡上歇脚,喝着皮囊里的酒。一个大汉打他身边走过,在数丈之外坐下,侧过脸来,似是看他,又似看路。

王翦看那大汉身长九尺,面容比自己大不了几岁,头发却已花白。一身服色朴素而干净,刺眼的是,他竟然束了一件披风——那种贵族们才用的披风，质料却极廉价。让人第一眼看去觉得别扭，第二眼就觉得可笑。

王翦没有笑。一是因为他原本性情宽厚，二是因为对方神情似有几分焦渴。他冲大汉举了举皮囊，"来口酒？"大汉认真看了他一眼，又认真摇了摇头。王翦注意到，他的腰间和自己一样，都配着一把剑，一把象征穷酸士人的简易铁剑。

东方尘土纷飞，接着便是蹄声，二十余骑由远而近，忽地勒马停住。王翦眯眼看着，暗暗攥紧了剑柄。那分明是一群盗匪，其中一匹马上横放着一女子，绑了手足，兀自挣扎。

"兀那两个穷酸，值钱的东西都扔过来。别让我们兄弟动手，伤了尔等小命！"为首一人叫道。

王翦默然不语，心中早打定主意，要救那女子。只是这帮匪徒全副武装，若以步对骑，被团团围住，几无胜算可言。好在那大汉被视作同他一伙，只是不知人家愿不愿帮他？又有没有本事帮他？

王翦正犹豫间，忽听大汉叫道："你们想要钱财就去抢，抓那女子作甚？"

那匪首闻言大怒，骂了一声，抽刀下马。其余人也各挺兵刃，逼上前来。

王翦见众人下马，心生一计，于是发足狂奔。一匪徒追出二十余步，被他拔剑刺死。王翦已抢过一匹马，拍拍腰间，"这里有钱，哪个来取？"纵马向东而去。众匪徒一愣，旋即追来，王翦回首看时，见有十余骑紧追不舍。他故意放慢马速，待一人靠近，便回身厮杀。不多时，杀死八人，剩下几人见势不妙，逃得一干二净。

调转马头，回到黄土坡前。但见地上躺了十余具尸首，包括那匪首在内。被掳的女子已松了绑，正对着一棵白杨树拭泪。那大汉依旧坐于原处，披风上血迹斑斑，而他显然没有解下来的意思。

王翦既惊又喜，不曾想，竟在此遇到一位英雄，上前一拱手："在下频阳王翦，敢问兄台尊姓大名？"

大汉并不答话，只看了看王翦的酒囊："尚有酒否？"

王翦哈哈一笑，递了过去。大汉伸左手接了，一口气喝了一半，叫声"好酒"，又送回来。

这一接一送，王翦这才发现，大汉左臂细而短，宛若孩童，与其身形极不相称。他强自掩住惊骇表情，仰头将酒喝干，大笑起来。

那大汉道："你是不是想问，我身患残疾，如何杀得了这些人？"也不待王翦答话，便将一直掩在披风中的右臂亮了出来，那臂膊短而粗，上面赫然装了一只亮银铁钩，寒气逼人。

王翦一望便知，这钩锋利绝伦，断非凡铁。

大汉站起身来，朗声道："而今列国纷争，我等男儿自当喋血沙场。君是秦人，我乃赵人，日后各为其主，难免刀剑相向。我们不必相识，能饮一口酒，已是够了。"

他边说边走，已跨上一匹白马，随手一指方才所坐之处："地下有一物事，可抵你酒钱。"言罢，打马而去。

王翦怅惘良久。先送走那妇人，而后掘土三尺，竟是一块玄铁，质地绝佳。不禁喜出望外，倾囊中所有，回宜阳铸了一柄开山刀，此后从军杀敌，用的就是这柄刀。多年后渐有积蓄，才另寻良匠，在刀背加了一层金，这便是他如今的金背开山刀了。

七年前，第一次与李牧交战，王翦便疑心其是当年洛水之滨的那个大汉。七年后再次对阵，王翦更想解开这个谜。

然而，他们从未在阵前搭话，甚至没有打过几个照面。对于秦军在井陉关前叫阵，李牧根本不予理睬，和当年对匈奴一样。

王翦知道，和七年前相比，李牧如今更为无奈。秦国席卷天下之势已成，经连年战事，赵国已无力组织大规模进攻。而在一年前，更是刚刚经历了一场大饥荒。一年前，六国之中的韩国已然被灭。当时的韩国，在秦国数十年蚕食之下，已仅存其都城阳翟（今河南禹州）周边的十余座城邑，只相当于秦国一个小郡。其最后一代国君韩安早已献出玉玺，愿为藩臣。嬴政派内史腾发兵韩国，将韩安掳到咸阳，国土置为颍川郡。

秦与赵已不是势均力敌的国家，王翦与李牧又怎能上演一场天雷地火的对战？

事实上，这一战几乎从未有过对攻场景，甚至可用乏味来形容。李牧依旧坚壁清野，穷尽一切力量守城。云梯、地道、炮石……王翦几乎用遍了攻城手段，井陉关依旧岿然不动。

王翦也数次佯装退兵，将主力回撤，多处设伏，营中设旗帜草人，丢弃粮草辎重，虚虚实实，引赵军来追。李牧料定是引蛇出洞之计，依然不动。

对峙数月，僵局仍未打开。其时已是隆冬，寒风怒号，太行山落了一层薄雪，望之如苍颜华发。

秦军中军帐中，王翦温了一壶酒，却也无心喝，只来回踱着步。阳光照着他的脸，愈显苍老，头发也白了大半。儿子王贲早已是大将,独自率军征战,此番未随他前来。他也从未像现在这般焦虑,粮草已经坚持不到一个月了。而就目前的情形来看,要一个月内攻下井陉,断无可能。士兵被冻伤冻死的消息不断传来,如此下去,只能退兵。

"到时,李牧定然挥军掩杀,就算我安排妥当,不致大败,可大王能接受这样的结局吗?"想到这里,王翦眼前浮现出嬴政的那双凶狠的眼睛,心头一紧。

王翦又想起尉缭,那位曾准确预言他前程的枯瘦老者。

有一日,尉缭在王翦家饮酒,忽然问:"王兄,你看秦王为人如何?"

王翦听他不称"大王"而称"秦王",不觉便是一愣,"末将愚钝,请先生明示。"

尉缭缓声道:"秦王为人,蜂准、长目、挚鸟膺、豺声,少恩而虎狼心,居约易出人下,得志亦轻食人。我布衣,然见我常身自下我。诚使秦王得志于天下,天下皆为虏矣。不可与久游。"

这一番话,是史书上关于秦王嬴政相貌的最早记载。根据尉缭的描述,嬴政高鼻长眼,胸似老鹰,声如豺犬,刻薄寡恩,有虎狼之心,绝非仁者。穷困之时能对人谦卑,得志之后也会随意杀人。他是个对自己狠,对别人更狠的人。尉缭认为,自己本来只是一介平民,嬴政却表现得如此恭敬。这样一个忍辱含垢的人,假如有朝一日夺取天下,也会视天下人为奴隶。像嬴政这样的君主,实在不愿与之相伴,太危险了。

"老朽本打算过几天再走，但这番话既然跟王兄说了，明天一早便会启程。"

王翦陪尉缭喝了个畅快，也把这番话深深记在心中。他深信尉缭对嬴政的判断，平日更为小心谨慎。

不过，次日尉缭未能走脱，刚离开咸阳，便被嬴政派兵追了回来，还被加封为国尉。国尉在秦国乃是高级军职，白起曾任此职。《商君书·境内篇》中论军爵，称"国尉短兵千人"，也就是说，有千人的卫队。

"如果尉缭先生在此，他会有什么破城之计？"王翦望着巍然高耸的井陉关，自言自语。

发愁之际愁更愁。嬴政的诏书忽然到了，命王翦火速拿下井陉，进军邯郸，灭掉赵国，不然定要问罪。雪上加霜，让王翦眉头紧锁。不过，那位传诏的内侍和王翦素有交情。宣诏之后，便于僻静之处，交给王翦一个黑色锦囊："这是尉缭先生让我交给将军的。"

锦囊里的信中赫然写了三个字：反间计。

王翦心头剧震。他岂会不知这条计策？当战场上无从入手时，最好将目光投到战场之外。自从田单以反间计逼走乐毅之后，反间计便广为应用。长平之战前后，各国曾互纵反间计。先是，秦军面对廉颇铁桶般的防御战，一筹莫展，于是秦国丞相范雎施展反间计，赵孝成王上钩，才用赵括替换廉颇。

长平之战后，白起分兵三路，欲一举灭掉赵国。韩国、魏国深知唇亡齿寒，于是请来年近九旬的纵横家苏代，持重金去见秦相范雎。苏代同样施展反间计，挑起范雎对白起的嫉妒之心，使范雎向秦昭襄王进言，召回白起。赵国得以续命，而范雎与白起自此结仇，将相离心。

如此阴狠、毒辣的计谋，王翦实在不想施加于李牧身上——他多想和李牧分个高下呀！

王翦彻夜不寐，在营盘间游走。野外的枯风呼啸如饿狼，加上冻伤士兵的呻吟，一声声刺入他的耳朵。那夜，一轮满月当空。他又想起自己在咸阳的妻小，清晰地感受到自己已到了生死边缘。

此刻，月光也照耀着井陉关城楼。一个月白色的身影在城头伫立，对城下秦军的连营看也不看。他只是望着月亮，冷冷的、苍白的亘古一轮冰月。

这一战，不是分高下，是决生死。

第二日，王翦又收到了一封信。

写信的仍是尉缭，信上言明：他料王翦不愿行这反间之计，已自行派人前往邯郸，算来，拿下井陉关已指日可待。

寥寥数语，让王翦五味杂陈。

秦国使者潜入邯郸，找到了宠臣郭开，贿以重金，让他进谗言称李牧谋反。

这郭开乃一奸猾小人，极善揣摩上意，赵悼襄王和赵幽缪王这一对父子都极宠幸于他。特别是赵幽缪王乃娼妓之子，自幼便没受过什么教育，遭人鄙视。郭开便百般迎合，千般讨好，让赵幽缪王获得了极大的满足感，他也因之飞黄腾达。和所有的小人一样，郭开在媚上的同时，对同僚则睚眦必报，严苛至极。当年，性如烈火的廉颇，就因多次在朝堂之上折辱郭开,被害得客死他乡。

李牧和廉颇性格迥异,而郭开对李牧怀的也是另一种恨。就在他权倾朝野时,李牧依然对他不理不睬,不上门,不回避,不说一句话。在李牧眼中,郭开似乎从来都是透明的,那种眼神像刀一样,每次都穿过郭开的身体。郭开多次主动示好,李牧也都拒其于千里之外。

当时有一位隐士名叫司空马,原为吕不韦的门客,在吕倒台后从秦国逃到赵国,覲见了赵幽缪王,但未获赏识。

李牧欣赏司空马的才华。司空马也对其出言相劝:"我知道将军瞧不起郭开,但对他不应该太冷淡。将军孤高耿介,在朝中本就没几个朋友,一朝遭遇谗言,连个维护您的人都没有,那就会有大麻烦。将军莫忘了廉颇的遭遇!"

李牧听了,只冷冷一笑,对郭开照旧不理不睬。

用世俗的眼光来看,李牧似乎太"不懂政治"。假如公开蔑视君主身边的小人,就应该提前想想自己是否真的毫无瑕疵,找不到半点儿可进谗言之处;抑或君主对你绝对信任,能包容一切缺点——符合这两点的武将存在吗?所以,聪明的做法就是低调一点。即便不与小人同流合污,也不可与之势同水火,如此才可免生祸患。

司空马了解赵国朝中的情况后,立刻打点行装。史书记载了司空马临行前的预言:"赵将武安君,期年而亡;若杀武安君不过半年。赵王之臣有韩仓子,以曲合于赵王,其交甚亲,其为人疾贤妒功臣。今国危亡,王必用其言,武安君必死。"

也就是说,司马空认为,如果赵幽缪王坚持用李牧,赵国还能支持一年。如果杀李牧,则根本挺不过半年。而且,赵幽缪王必听谗言,李牧必死。

冥冥中,所有的结局都已写好。

郭开敢收秦国的贿赂,也因为早就打好了算盘。赵国是一个太重视出身的国家,历来对平民出身的将领心存芥蒂。而李牧所率将士,又是他在雁门一手带出来的,可说是一支亲军。所以,从理论上讲,李牧既有造反的可能,也有造反的能力。

郭开便去找韩仓,他是赵幽缪王的男宠,也素来忌恨李牧。于是,经过韩仓一番枕边风,赵幽缪王果然信以为真,派赵葱、颜聚持诏书替换李牧。

当年李牧与桓齮大战时,赵葱曾做过他的副将。李牧深知赵葱除了姓赵之外,并无几分真本事,断然不是王翦的对手。而且,临阵换将本是兵法大忌。李牧面沉似水,拒不奉诏,赵、颜二将只得回朝禀告。

去军中诛杀李牧?郭开和韩仓纵有十个脑袋也不敢。他们便劝赵幽缪王宣李牧进宫,调虎离山之后再行动。李牧也知道自己被人陷害,他怒发冲冠,带几名亲兵,飞马入朝,要亲自找赵幽缪王解释清楚。

然而,朝堂之上,空空如也。迎接李牧的只有韩仓——郭开不敢露面。

"我要见大王。"李牧冷冷道。

"大王不见将军,他命小人持尚方宝剑,赐将军自裁。"韩仓嗓音柔媚得如同浸了蜜,与所讲内容的冷酷极不协调,令人毛骨悚然。

"我何罪之有？"李牧厉声问。

"将军连退秦军有功，大王赐将军饮酒。将军竟然在大王面前展露匕首——死罪！"韩仓声音依旧温柔，脸上却全无表情，宛若僵尸。

"臣天生残疾，身高臂短，手不能弯曲，跪拜不能着地，怕大王责臣不敬，是以命工匠给右臂接上木杖铁钩。大王若不信，请看臣的臂膀。"说着，李牧将袖中铁钩伸出，钩上用白布层层缠裹。

说这番话，李牧心中悲愤之极。他素来自傲，年长后更不曾对人解释一句，今天居然向一个不男不女的人自晒残疾，实为平生奇耻大辱。他心里想着，这不是为自己，而是为了赵国社稷，为数十万赵军兄弟。

"还请韩大人向大王通禀。"

韩仓心下吃惊，他从来没想过这个冷若冰山的李牧还会求人。但转念又想，无论如何都不能让李牧再见到大王，一旦大王回心转意，信任于他，那对他和郭开就有灭顶之灾。

"大王派小人来时，并未提过赦免，小人不敢多言。"韩仓拱了拱手，以示无奈。

李牧仰天长笑，拜倒接剑，"为人臣者，不可自杀于宫中。"于是提剑出宫，一路疾行，中途还路过了司空马的旧居，一丝悔意在他胸中起了又灭——"我李牧死则死矣，何言后悔。"

韩仓哪敢靠近，和卫士远远跟随。但见李牧行至宗庙前，左手举剑自杀，无奈手臂太短，无法够到脖颈。于是口中衔剑，撞柱身亡。

这是一个千古无双的死法。那一夜，从邯郸到井陉，飘起了鹅毛大雪。

易水歌声与剑声

虽然料定李牧必死,但消息传来时,王翦还是仰天长叹,向雪地里缓缓浇了三大碗酒。

对有志者来说,能遇到一个旗鼓相当的对手是何等幸事。他是一根鞭子,催你奋进,还是一面镜子,让你看清自己的影子。

李牧死后,王翦也清楚地感受到,自己身体中的一部分随之而死。比如,傲气、热血、坚守……他从李牧的血泊中,看到了自己的未来,也看到两个字:生存。终其一生,他都在提醒自己,不要重蹈李牧的覆辙。

木秀于林,风必摧之。更何况,你还是一棵毫无根基又高耸入云的孤木?

王翦终于可以安心打这场几乎必胜的攻坚战。半个月后,他攻破井陉关,阵斩赵葱,颜聚逃亡,还俘获了大量军粮。又两个月,王翦攻破邯郸,俘虏了赵幽缪王(赵迁)。

邯郸城破之前,赵悼襄王原来的太子赵嘉——赵幽缪王的异母兄,率宗族数百人逃到代地(今山西恒山以北),自立为代王。流亡的赵国大臣们,很多都投奔于他。

王翦曾无数次想要看看那个赵国宠臣郭开的嘴脸。覆巢之下,岂有完卵?到底是怎样一个人,要置自己国家的擎天之柱李牧于死地?

记得当年郭开在陷害廉颇之后,秦军的间谍曾问他:"你不怕赵国灭亡吗?"郭开答道:"赵国亡不亡是国家的事,而廉颇是我的仇敌。"为一己之私愤,置国家安危于不顾,这就是小人的逻辑。

王翦还是忍住了。因为王翦知道,只要见了郭开,一定会杀他,而他还是嬴政点名要见的人,人头必须留着。

根据中国历史的逻辑:当天下未定时,那些曾帮过忙的敌国奸臣,一般会得到宽大对待,乃至赏赐,这是给其他敌人以示范,便于其尽早归降;而当天下已定时,那些敌国奸臣的末日也就到了,大多被斩首或赐死,这是为了警示自己的臣民,决不能做奸臣。

一个月后,嬴政亲自来到邯郸,犒赏王翦及其麾下将士。同时,他重赏郭开,将赵幽缪王掳回咸阳。

对嬴政来说,此行也是故地重游。其母赵姬本是赵国人,他自己幼年也曾生长于斯,在邯郸做人质。此番到来,对于当年记恨的那些人,嬴政丝毫没有留情——全部活埋。对此,《史记》中的记载是:"秦王之邯郸,诸尝与王生赵时母家有仇怨,皆坑之。"而就在这一年,赵姬也死了。

赵迁的结局,正史并未记载。传说的结局是:"赵王迁流于房陵,思故乡,作为《山水》之讴,闻者莫不殒涕。"

后人对此说进行了演绎。赵迁被流放房陵后,住在城北一石室中,听四周流水潺潺,想起自己听信谗言,错杀李牧,导致国破家亡,悔恨交加。其所写的《山水》之讴中,有句曰:

嗟余万乘之主兮,徒梦怀乎故乡!
夫谁使余及此兮?乃谗言之孔张!
良臣淹没兮,社稷沦亡;
余听不聪兮!敢怨秦王?

深秋，咸阳，大将军府。王翦正在举行家宴，一家人团团而坐。

他有一点醉了，端起酒杯，望着老妻和儿孙，心里暖烘烘的。一家人吃个团圆饭太难，尤其是在秋天。这是用兵的最佳季节，他和长子王贲作为秦国砥柱之臣，长年征战，谈何顾家？似乎在转眼之间，连孙子王离都已经十几岁了。

这个秋天，王翦带孙子去登了几次骊山。松风云影里，他开始考虑要不要告老还乡。他本是个要强的人，听不得别人说他老，但自从井陉关那一战之后，在登山临水之际，他常常看到李牧的影子，以及他躺在雪地里渐渐冷却的尸身。

难道真要为了嬴政而埋骨沙场？值得吗？

这一日，王翦没有上朝。忽见王贲大步走进门来，开口便道："爹，大王遇刺了！"

王翦脑子一炸。接着，王贲讲述了当日朝堂之上的一幕。

燕国使臣荆轲携来了两件厚礼：一件是燕国督亢一带地图，此乃燕国膏腴之地；另一件则是秦国叛将樊於期的首级。关于樊於期的具体身份，史书中语焉不详。有人猜测，他就是那个曾数次伐赵的大将桓齮，被李牧击溃之后，畏罪投燕。嬴政对他恨得牙根发痒，将其一家老幼杀得干干净净，还悬赏万金、万户侯，求其首级。这种猜测的依据主要是，樊於期与桓齮读音相近，履历疑似，然而却没有更多具体证据。

这两个都是嬴政朝思暮想之物。使者远道携来，嬴政岂能不喜？而正当他兴奋之时，那荆轲忽从地图中抽出匕首行刺。

"只是那个荆轲的武功实在太差，莫说比不过咱们，便是我们秦军任何一个锐士,十招之内都可以取其性命。不过幸亏如此,大王才只是受了惊吓,稍一定神,便拔剑砍倒荆轲,连砍八剑。卫士上前将其剁为肉酱。孩儿听说,那把匕首就是失传多年的鱼肠剑,剑身烀满剧毒,见血封喉,可见其用心之狠呐!"

"那刺客可有话说?"

"临死之前,那荆轲道:'事所以不成者,以欲生劫之,必得约契以报太子也。'原来,他竟想挟持大王,而幕后主使正是燕国太子丹。"

王翦半晌无言,心知这荆轲虽然行刺未遂,从结果看比不上专诸、聂政、曹沫等人,但他能谋划及此,还敢当庭行刺,其心思、胆略都远超常人,绝对算得上是一个人物。

深秋的阳光照进堂前,一道一道像流水一样。

王翦长叹一口气,"贲儿,为父又要出征了。"

果然,嬴政把惊魂安顿好之后,便下令派王翦为主将,辛胜为副将,带着荆轲所献上的地图,率兵直取燕国。

对于这一天,王翦早有准备。在攻下邯郸之后,他便着手准备,并做了详细调查。燕国国君燕王喜乃一庸主,目前燕国上下最得人心者正是太子丹(燕丹)。

这太子丹与嬴政本是老相识,二人曾在赵国同为人质,交情甚笃。当时,虽然秦大燕小,但嬴政之母本为歌伎,即便生子之后,她与嬴政的王室身份仍未分明,处境尴尬,而太子丹则是无可争议的燕国王子,所以往往是太子丹罩着嬴政。然而,嬴政即位之后,逐步将大权抓入手中。步步蚕食之下,燕国风声鹤唳,燕王喜为讨好秦国,又让太子丹到秦国做人质。

太子丹本以为嬴政会念及旧情,善待于他,说不定还会与燕国修好。谁知嬴政得志之后翻脸无情,对太子丹极为严苛。《资治通鉴》记载:"(秦)王即位,(太子)丹为质于秦,王不礼焉。丹怒,亡归。"据此,可知太子丹偷偷逃回了燕国。

不过,还有另一种离奇的说法:"燕太子丹朝于秦,不得去,从秦王求归。秦王执留之,与之誓曰:'使日再中,天雨粟,令乌白头,马生角,厨门木象生肉足,乃得归。'当此之时,天地祐之,日为再中,天雨粟,乌白头,马生角,厨门木象生肉足。秦王以为圣,乃归之。"按照传言,嬴政压根没有放回太子丹的想法,然而,太子丹长叹一声,竟然感天动地,"太阳倒行,天降谷雨,乌鸦白头,马头生角,厨房门口的木象还长出了肉脚",于是嬴政震惊了,乖乖让太子丹回了燕国。

其实,这种说法早在秦汉就已有之,但是连一向喜欢奇妙故事的司马迁也直言"太过",太不靠谱。那么,此说法是怎么来的呢?很可能是太子丹及其门客为了洗白和神化自己编出来的。

在咸阳,王翦亲眼见过太子丹几次:他身高九尺,细长得像一根竹竿,衣衫华贵,说话摇头晃脑,整日把"愿效先祖燕昭王"挂在嘴边,走在街上颇为引人注目。但在王翦看来,他只是徒有其表而已,貌似礼贤下士,胸怀天下,实则装腔作势,气量狭小。

王翦心道,太子丹太不了解嬴政了,"定然是他在邯郸时,万事爱出头,仿佛处处庇佑大王,实则深深刺痛了大王的自尊心,所以才会有日后的刁难。"

太子丹也绝不是盏省油的灯。回到燕国后,他便千方百计要报复嬴政。

他请教自己的太傅鞠武,鞠武建议西约赵魏韩,南联齐楚,北媾匈奴,一齐谋划进攻秦国。这一方案和当年乐毅伐齐如出一辙,也是太子丹的偶像燕昭王所认可的。然而太子丹立马否决了,认为耗时太久,根本等不及。后来,太子丹又收留了被嬴政通缉的樊於期——他想博个重义、纳士的名声。但鞠武坚决反对。

劝阻不成,鞠武仰天叹:"夫行危欲求安,造祸而求福,计浅而怨深,连结一人之后交,不顾国家之大害,此所谓资怨而助祸矣。"这番话丝毫没给太子丹留面子,直斥其目光短浅,引火烧身,将殃及燕国。

不过失望归失望,鞠武还是给太子丹推荐了"智深而勇沉"的田光,田光又为其推荐了荆轲。不仅如此,为让太子丹放心自己不会泄密,田光当着荆轲的面就伏剑自杀。

在世人印象中,荆轲是个剑术绝伦的刺客。然而,事实上,翻遍了史书都找不到他剑法高强的描述,倒是有两次落荒而逃的经历。一次在榆次,荆轲与盖聂论剑,被盖聂一个眼神惊退;另一次在邯郸,荆轲与鲁句践争道,被鲁句践一声怒吼吓跑。

史书中对荆轲的描述是:"好读书击剑""深沉好书""所游诸侯,尽与其贤豪长者相结",另外还曾游说卫国君主卫元君,而"卫元君不用"。可见,他只是一个剑术爱好者,而在那个士人大都佩剑的乱世,这个爱好实在太普通了。

荆轲更应该是一个纵横家,爱读书,口才好,擅交际,喜权谋,有胆略。

当然，荆轲还有两个著名的爱好——喝酒和唱歌。他和燕国乐手高渐离，以及屠狗行业的音乐爱好者，多次在闹市进行即兴表演，吸引了大批观众，名噪一时。他爱酒，爱音乐，也爱朋友，每当痛饮之后，引吭高歌，忍不住热泪盈眶，与朋友抱头痛哭。那些虚度年华的日子，是他一生最快乐的时光。

正是这样一个文艺范儿荆轲，被当成了"称太子丹之命"，也就是太子丹命中注定会遇到的那个人，被赋予了刺杀秦王嬴政的重任。这实在是一个不可能完成的任务。

刺秦太凶险，只是，荆轲天生爱做梦，这也是他毕生等待的扬名天下的机会。他也明白自己剑法不行，但依然想完成任务，甚至想超额完成。

所以，荆轲和太子丹商议，做了极其周密的准备。太子丹寻来了失传已久的鱼肠剑，请高手焠以剧毒，并用活人做过实验，只要渗出一缕血丝，"人无不立死者"。此外，还为荆轲找来一位燕国著名的少年勇士做副手，他的名字叫秦舞阳，十三岁就曾杀人。据《史记·匈奴列传第五十》记载，秦舞阳是将门之后，其祖父秦开乃是燕昭王时，功劳仅次于乐毅的名将。荆轲自己，也动用三寸不烂之舌，劝说樊於期自刎，将头颅作为刺杀时的见面礼。

万事似乎都已具备，荆轲仍然不愿出发。太子丹怀疑其反悔，两次催他，荆轲大怒："何太子之遣？往而不返者，竖子也！且提一匕首入不测之强秦，仆所以留者，待吾客与俱。今太子迟之，请辞决矣！"

很多人只记住了荆轲此时对太子丹的愤怒，却忽视了重要的两点:其一,荆轲认为以身赴死只能算"竖子",他其实并不想死,而是打算挟持嬴政再回来。他这一想法,无疑让刺秦难上加难,也是他后来失败时所最感慨的。其二,荆轲看出秦舞阳只是个中看不中用的"绣花枕头",他在等一位真正的高手与自己同行。

这位高手是谁呢?《东周列国志》中说是盖聂,这可说是合理猜测。正史中提到的曾与荆轲有交集的高手,只有盖聂和鲁句践。盖聂剑法高超,心思细密,而且很可能是赵国人,与嬴政有亡国之仇。他既有行刺的本事,又有行刺的动机,应是上佳人选。而鲁句践霸气外露,一个为了争一条道就动辄怒斥的人,也许适合上战场,但并不适合当刺客。而且,《史记》中称,荆轲刺秦之后,鲁句践叹道:"惜哉其不讲于刺剑之术也!甚矣吾不如人也!曩者吾叱之,彼乃以我为非人也!"很显然,他既感慨自己不知荆轲,不如荆轲,也为自己未曾接到荆轲刺秦之邀而深深遗憾。

然而,毛躁的太子丹已失去耐心,这也伤害了荆轲的自尊心。于是,荆轲决心启程。

易水之滨,太子丹为荆轲举行了一场浩大的告别仪式。这也是整个中国历史上最著名的送别,没有之一。司马迁用笔之绝,让人不敢、不愿、不忍做更多解读:

"太子及宾客知其事者,皆白衣冠以送之。至易水之上,既祖,取道,高渐离击筑,荆轲和而歌,为变徵之声,士皆垂泪涕泣,又前而为歌曰:'风萧萧兮易水寒,壮士一去兮不复还!'复为羽声忼慨,士皆瞋目,发尽上指冠。于是荆轲就车而去,终已不顾。"

荆轲一去不回头。他自知必死,必败,必入史册。

他这一生所抵达的顶点,不是在万众瞩目下的刺秦一瞬,而正是在这无语东流的易水边上。苍凉的歌声呼啸而过,他已然站上了生命的刀尖。

而此时,也是太子丹的人生巅峰。不能不说,这场告别仪式是他这辈子做得最成功、也唯一成功的一件事。也许,他真正适合的其实是组织演出,而非搞政治。

王翦徐徐展开地图,见燕国西北部是阴山山脉之高地,中部与南部则为广袤平原,易水、白河、永定河,均由阴山山脉自西向东流淌而去。燕都蓟城与邯郸之间的一条平坦大道,为河水所阻断。他早已派人探过,这里的河水宽广而流深,不易渡过。

王翦轻轻叹了口气。荆轲行刺身死,嬴政怒不可遏,派他即刻进兵燕国。这一次,嬴政不仅调动了灭赵的秦军全部主力,还加派了许多人马。这场仗并不难打,在合上地图的那一刻,他已经料定燕军会如何布防,破敌之策胸有成竹。

而此刻,燕国朝野乱作一团。秦军伐燕的消息传来,太子丹也慌了神。虽然事先曾预想过刺秦失败会引来秦兵,但当这一天真正来临时,他才发现自己竟然一筹莫展。他在宫中一圈一圈如困兽般游走,在燕昭王的牌位下彻夜长跪,希望能用诚心感动神灵,或许祖先能给他一点启示。

然而,真正给太子丹一个主意的不是祖先,而是代王赵嘉。赵嘉派使者飞马前来,称愿与燕国勠力同心,共抗秦军。

太子丹的心神稍微稳了稳,继而慢慢生出几分悲壮之气:是呀!怕他嬴政作甚？此次与代王携手并肩，纵然战死沙场，也胜过苟活于嬴政阴影之下！

于是，太子丹与赵嘉率领燕代联军，依托蓟城与邯郸之间的大道，沿易水重兵布防。这是二人多次谋划的结果，认为如此据险而守，秦军就难以安然渡河。

燕代联军的意图完全落入王翦的意料之中。他只派一小部分秦军沿易水扎营，广扎营盘，多树旗帜，以为疑兵，暗中却派主力迂回至易水上游，悄然渡河。当燕代联军发现时，其右翼已被漫山遍野的秦军包围。一番大战，联军被击溃。王翦挥师北进，一举攻克蓟城。

那日，依旧风萧萧兮易水寒。太子丹并未战死，而是与燕王喜一起远逃辽东。代王赵嘉则逃至上谷（今张家口宣化区一带）。

此番出征，王翦帐下一员小将平地崛起，此人名唤李信，连番战斗中，他斩将杀敌，勇冠三军。

王翦见燕王喜和太子丹逃走，知道嬴政绝不肯善罢甘休，便派李信率一哨人马日夜兼程，一直追到了辽东，顿兵城下。

燕王喜吓得魂飞魄散，和太子丹面面相觑，除了长吁短叹，又哪有什么退兵之计？

此刻，一封及时而又残忍的信到了，写信的仍是代王赵嘉。信中道："秦所以尤追燕急者，以太子丹故也。今王诚杀丹献之秦王，秦王必解，而社稷幸得血食。"

燕王喜默默看完，把信交给太子丹。这对末路父子，一个愁眉紧锁，一个面如土色。许久，太子丹颤声道："儿臣这便自到，请父王以儿臣之首级，换社稷之安稳。"言罢，扭头便走。燕王喜泪如雨下，心如刀绞，却也别无选择。

宫室静寂，太子丹擎着自己的华贵佩剑，架到自己颀长而白皙的脖颈上。剑锋冰冷。"这是我的剑第一次见血。"他想。

利剑一挥，血溅缟素。对太子丹来说，如此"悲壮"的结局，他早已预想过太多次，有时，他甚至为自己想象中的故事所感动，认为这必将为世人所传扬，歌咏。

他咧嘴笑了笑，像传说中的悲剧英雄那样，手上加了点力。然而，一阵疼痛袭来，他那只手陡然瘫软。呛啷一声，宝剑坠地。

他再一次意识到自己的怯懦。这让他绝望，然而很快又生出来几分欢喜和庆幸。

"我还活着，有什么比这更好的吗？为何不留着这条命？待我召集门客，说不定日后还能复国，就像燕昭王那样！"

太子丹一边自我安慰，一边纵马出城，沿着衍水河畔逃走。远远看见秦军追来，他便跳入冰冷的衍水河，藏身于一处泥洞中。

李信搜寻不到，继续攻城。

燕王喜听说太子丹逃走，又惊又怒。他先派使者向李信求和，继而又命熟悉地形的人，到衍水河边找到了瑟瑟发抖的太子丹，当场斩首，献给秦军。

太子丹终于没能当成英雄。但他的一颗头颅，稍稍平息了嬴政的烧天怒火，为燕国续命五年。他也成为是燕国历史上最后一个名人，那条见证他生命最后时刻的衍水河，也被后人称为"太子河"。

一盆脏水慰平生

赵国已灭,燕国已破。燕王喜和代王赵嘉虽尚据一隅,但也仅是苟延残喘,无关整个北方战局。在嬴政的棋盘上,下一步的重点转到了南方的楚国。

此时的楚国(拥有今河南省南部和东南部、山东省南部、湖南湖北大部,以及长江中下游全域)幅员辽阔,物产丰富。而且,在整个战国时代,能与秦国兵力相抗衡的,赵国是一个,楚国是另一个。

北方已定,眼见战火又将重燃,王翦再次动了隐退之心。

返回咸阳,嬴政论功行赏。一番谢恩免礼之后,王翦称自己年迈多病,恳请解甲归田,告老还乡。嬴政竭力挽留一番,见王翦去意已决,也就恩准了。

"十五从军征,八十始得归。道逢乡里人,家中有阿谁?"这是后世老兵还乡时的凄惨境遇。王翦回频阳老家时要风光得多,当年的农家小子已然封侯拜将。只是,时间不会放过任何人,少时的玩伴俱已白发苍苍,王翦也意识到自己真老了。

他本不是读书人,现在却想读书了,半卷《春秋》在手里,一拿就是几个时辰。他还喜欢给孙子王离讲故事,说说那些刀头上的岁月、沙场上的亡魂。

"躲得了老子,躲不过儿子。"那年,咸阳城中的孩童中流传着这句话。

王翦告老,伐楚的重任落到了其子王贲肩上。

王贲率领秦军一部南下,接连获得小胜,攻下楚国十余座城池。

他小心翼翼，牢记父亲的教诲，丝毫不敢冒进。

楚国是嬴政太想吞掉的一块肥肉，他见王贲行动迟缓，便起了换将之心，将其召回咸阳。

用谁为将呢？嬴政想起了论功行赏时见到的李信，那少年将军英姿勃发，一派雄壮之气，显是可用之才。于是，便召其前来。

"寡人欲扫灭楚国，以你之见，需用多少人马？"嬴政目光炯炯，盯着李信。

"二十万足矣！"李信斩钉截铁道。

嬴政很满意，又召王翦。王翦谨慎回道："末将以为，非六十万人不可！"

嬴政一阵狂笑："王将军老矣！何其怯也！还是李将军壮勇！"

于是以李信为主将，蒙恬为副将，率二十万大军南下伐楚。王翦也非常知趣，上表称病，再次返回频阳老家。

该服老的时候要服老，这是王翦从廉颇身上吸取的教训。当君主认为你已经老了的时候，只要他不是无人可用，你就不妨安心休息一下，硬争只会招来反感。只要真是宝刀不老，日后自然还有机会。

王贲不放心老父亲，一路之上小心侍候。

夜深人静，王翦将王贲叫到跟前，问道："贲儿，你和楚军交过手，认为他们实力如何？"

王贲垂首道："孩儿虽所战连捷，但未遇大规模抵抗，仍未摸透楚军虚实。听说楚国头号名将乃是项燕，但孩儿从未与他交过手。"

王翦点了点头："这些年楚国虽然衰落，攻敌不足，但守土仍绰绰有余。楚人性格坚忍，狡诈多变，决不能掉以轻心，否则定成大败。所幸大王召你回朝,否则为父只好陪你打这一仗了。"

王贲连声称是,心中却将信将疑:父亲分明是越老越保守,楚国哪有这么厉害!

此时,秦军主力仍集结于燕赵。与楚国之间,尚隔了一个魏国,兵力运转很是不便。

而此时的魏国,早已不复当年盛况。遥想战国初年,吴起曾率魏武卒将秦军打得落花流水,蛰伏多年不敢东窥中原一眼。而今,名将已成传说,魏国仅剩大梁及周边若干城邑,加起来也不过秦国一郡大小,又何以争锋?

在李信、蒙恬南下之时,嬴政也没让王贲闲着,命其率军伐魏,围困大梁。

大梁城墙极为坚固,王贲围城多日,难以攻下。于是,他从附近的黄河、鸿沟引来河水,水灌大梁城,三月,城墙崩塌,城内军民死伤无数。

魏国最后一位君主魏王假,被迫投降,为王贲所杀。至此,魏国灭亡,其国土被秦国设置为东郡。

能从王翦手中夺过伐楚大旗,这让李信意气风发,踌躇满志。作为秦军中最年轻的将军,他相信自己将与副将蒙恬一起,开启一场载入史册的大胜。

这也是蒙恬第一次参与重大战役。他出身将门,其祖先为齐国人,祖父蒙骜入秦,成为一代名将,官至上卿;其父蒙武亦为名将。然而,生长于这样的环境之中,蒙恬却自幼好文,长期担任文职,据说毛笔就是由他发明的。

秦楚交界全为开阔平原,无险可守。虽有河流若干,但进军处为河之上游,枯水期可徒步涉过。这就决定了两位"少壮派"面临的将是一场平原野战。

有了千里追踪太子丹的经历后,李信于野战已有几分心得。就像当年王翦料敌一样,李信认为,楚军主力在秦军攻势之下,将会集结于秦楚交界的汝水沿岸。于是,他在颍川郡将二十万人马分为两部,蒙恬率一部沿汝水两岸行进,而他自己则率主力,在汝水以南做大范围迂回,希望以钳形攻势击溃楚军主力。

两军分头进击,势如破竹,就像当年的王贲一样,他们将所遇楚军全部击败。熟读兵书的蒙恬尚谨慎行事,而李信却因未遇重大抵抗,起了轻敌之心。他独自轻兵东进,渡过洪河,攻破楚国军事重镇颍上。

颍上,又称鄢郢,乃楚国故都,被白起攻陷后,楚国被迫迁都寿春(今安徽寿县一带)。

置身颍上城楼,李信纵声长笑,看着麾下众将,朗声道:"诸君今日所立之处,当年武安君白起曾至此,我等还将奋勇向前,不灭楚国誓不罢休!"

豪言壮语四下回荡,少年心性展露无遗。

然而,李信未曾料到,他所遇到的楚将项燕乃中国历史上赫赫有名的运动战高手。

项燕像狐狸一样狡猾,又像狼一样坚忍。和绝大多数将领不同,他从不轻易打出自己的旗号,而只以歼灭敌军有生力量为目标。李信、蒙恬以及此前的王贲，所遇到的一直只是他所派出的小股人马，意在侦察与诱敌。为了诱敌深入，他弃城无数，即便如颍上这等军事重镇，他也弃之如敝屣。

待李信悬军深入，兵力前后分离时，项燕立即集中楚军主力展开攻击。轻装前进的李信骤然遇到楚军大部队反扑，立足不稳，仓促间不能成阵。项燕乘机掩杀，秦军大败。

李信率残兵一路奔回蒙恬所占据的城父（今安徽省亳州市谯城区一带），二人合兵一处，向西急退，欲筑垒固守。项燕紧紧咬住秦军，连追三日三夜，看准秦军疲惫达到极点，便展开了雷霆般的猛攻。

那是一个月圆之夜，楚军从两翼插入，阵斩秦军七都尉，杀伤十余万。李信、蒙恬完败，只得退出楚境。

嬴政闻听伐楚兵败，暴怒不已。一面大骂李信无能，一面亲赴频阳，向王翦登门道歉。史书中，嬴政的话语沉痛而富于感染力："寡人以不用将军计，李信果辱秦军。今闻荆兵日进而西，将军虽病，独忍弃寡人乎！"

战事验证了王翦的眼光，正在称病的他似乎迎来了等待已久的机会。然而，事实上，这也是极其微妙的关节点，如若处理不好，后果不堪设想。

称病从来都是一个技术活。当年，李牧和白起在自己的作战部署被国君否决后，都曾称病。但二人面对国君重新征召的命令，做出的回应迥然不同。李牧重申原有主张之后，当即出山；而白起则是一而再、再而三地拒绝。

当年，范雎向秦昭王进言，在长平之战后召回白起，白起愤恨不已。同年秋,秦又伐赵,正逢白起生病,便改派王陵率军。结果,王陵攻邯郸遇阻,加派重兵支援,仍被击败。此时,白起病愈,秦昭王下旨命他代替王陵。白起却坚称"邯郸难攻",并以大病未痊愈为由,拒不奉诏。秦昭王知道白起还在赌气,又派范雎登门道歉,白起仍称病不起。

此时,秦昭王真有些生气了,不过考虑到白起功勋绝世,将才无双,还是忍了。于是,派王龁代替王陵。王龁攻邯郸不下,此时,魏国信陵君和楚国春申君率兵数十万救赵,内外夹击,秦军伤亡惨重。消息传来,白起却放言:"当初大王不听我的计策,现在如何?"秦昭王勃然大怒,下诏免去白起官职,降为士兵,流放阴密(今甘肃灵台县一带)。这是史上空前的贬谪——不言绝后,是因后来还有一个年羹尧。

此时的白起确实病了,秦昭王却认为他故意拖延,加之又有范雎在旁煽风点火,于是,赐白起自裁。

《史记》记载:武安君引剑将自刭,曰:"我何罪于天而至此哉?"良久,曰:"我固当死。长平之战,赵卒降者数十万人,我诈而尽阬之,是足以死。"遂自杀。

白起之死无疑是一场悲剧。但用今天的眼光看,他后悔杀人过多固然不错,但更应该反思的还是自己过于执拗的性格。比如,称病也要有个限度,见好就收。至少,不能一边称病一边说风凉话。

老了的时候,王翦只敬三炷香。第一炷敬白起;第二炷敬李牧;第三炷敬尉缭。每次上香,都是他给自己的一次警示。

所以,当秦王嬴政的车辇驾临频阳老宅时,王翦表现得极为恭敬和谨慎。他先说自己年老,又有病在身,不敢担此重任。嬴政再三道歉,执意要拜他为大将,然后伐楚。王翦道:"大王必不得已用臣,非六十万人不可。"嬴政当即拍板:"为听将军计耳。"

此番出征,王翦也有一位副将,那就是蒙恬之父蒙武。正是,老将自有老将搭。

出征那天秋高气爽,霸上野草迷离。

秦王嬴政亲自为王翦送行。他斟满一杯酒,捧到王翦面前,恳切道:"王老将军,寡人将这六十万人马交予你了,这可是我大秦的倾国之兵,唯愿将军旗开得胜,马到成功。"

王翦拜倒接酒,一饮而尽。

接下来,故事偏离了大将出征的传统模式。

按理说,王翦应该决绝地飞身上马,暴喝一声"出征",率兵杀气腾腾而走。可是,王翦却就那么跪着,半天都没有起来。

嬴政有点愣了。

王翦垂首道:"老臣戎马一生,并无多少家产,恳请大王多赐几座府邸,其中最好有园林池苑,以便臣颐养天年。"

嬴政暗笑:"老将军为国杀敌,得胜之日自然有的是赏赐,还用得着愁家中受穷?"

王翦却道:"老臣深知大王只对有功之人封侯赐爵。所以想趁大王还顾念老臣之时,及时求一些赏赐,好留些产业来给子孙后代。"

嬴政哈哈大笑,当场恩准。

这是秦国历史上最慢的出征之一。因为从咸阳到函谷关,大军先后停下了五次。原因就是王翦五次派人，向嬴政请求赏赐良田。

这一幕，让麾下众将都很诧异："王老将军怎么变成财迷了？这传出去得多难听啊！"

正所谓，"好事不出门，坏事传千里"，消息早已传遍了整个咸阳城。连平时和王翦交好的大臣们，也开始心生鄙夷，议论纷纷。只有一人含笑不语，那便是王翦的老朋友——尉缭。

出征前，王翦对尉缭道："大王为人暴戾多疑，我带走的又是倾国之兵，他绝对不放心。我多求赏赐，就是让大王坚信我会为子孙后代着想，尽全力取胜，绝不心怀异志。否则，大王若有疑窦，一旦遭遇反间计，不光我会家破人亡，这六十万秦军弟兄也会有灭顶之灾。"

王翦当然也能料到，如此会让很多人瞧不起，可是相比于身家性命、社稷苍生，自己的清名又有多重要？刀头舔血的日子，清者自清又有何益？况且，若言"清"，谁又清得过九泉之下的李牧？

事实上，历史的演进也证明了王翦的睿智。他的"自污避祸"也变成一项重要的生存智慧。在平民百姓看来，没有缺点的很可能是"伪人"；而对绝大多数君主来说，手下有一个无欲无求的超级人物，自然很高兴，但他却不会很放心——你什么都不在乎，他又如何来掌控你？

三十年后，汉朝的开国丞相萧何也从王翦身上领悟到这一点。当时刘邦在外征讨，萧何坐镇关中。为让刘邦放心，萧何故意低价强买百姓田舍，自泼脏水，以示胸无大志。由此，他在汉朝开国后最危险的时段，保全了身家性命。

"老王翦,你终于出场了!"楚军大帐中,项燕一声长叹,继而嘿嘿笑了起来。

身为楚国第一战将,项燕早就知道,他与王翦必有一战。也只有击败了王翦,楚国才可能有真正的安稳。

秦军的每一步都传入项燕的耳朵:王翦所率的六十万人马,在颍川郡集结;随后,沿着李信当初的行军路线,进入楚境;接着,到达项燕击垮李信之地……这一切,无不在预料之中,项燕静静等候王翦犯错。然而,就在此时,秦军停了下来。他们筑起营盘,修建工事,摆出了要打持久战的架势。

这一停就是数十日。

项燕沉得住气,仍集结主力于寿春以北的淮河沿岸,等待秦军进攻。两军只在周边进行小股厮杀,相互试探。

然而,几个月过去。楚国国王负刍却坐不住了,数次派使者催促项燕出战:六十万秦军在我境内安营扎寨,你项燕还不将其驱出国门,在这里畏畏缩缩,何其怯也!

项燕本是热血汉子,被负刍催得心头火起,索性改变战略,西下进攻秦军。然而,秦军营垒坚固,项燕连番进击,都无法攻破。不仅如此,秦军连反击也没有,营垒整日静悄悄。

以虎狼之师著称的秦军,这是怎么了?这让项燕既愤怒又忐忑。他也早派人侦察过了,秦军主力的确在此,未进行大规模迂回……难道情报有误?

事实上,对面的秦军也等得不耐烦了。只是王翦有令,禁止将士出战,还每日亲临前线,加以抚慰,动辄杀牛宰羊,犒赏全军。

王翦要干什么？须知，这六十万人马的粮草补给所耗甚巨，这样拖下去能拖得过本土作战的项燕吗？

可是，王翦依然要等。这一战，他所用的正是当年李牧破匈奴时的战法。其一，秦军刚刚经历李信之败，恐惧心理犹在，士气未复；其二，面对项燕这种运动战绝顶高手，必须比对手更有耐心才行。

这一日，王翦派人到军中巡视，看看士卒们都在干什么。回报称：将士们百无聊赖，正在比赛投石和跳远。

王翦手捋胡须，笑道："士卒可用矣。"

项燕连日挑战，秦军不出，而楚军已渐现疲态，轻敌之心日盛。他心知不好，当即传令，趁夜色引军东还，待休整之后再战。

"进而不得，退而被歼"，这是所有为将者最担心出现的情况。项燕退兵既是无奈之举，也是自信行动足够迅速，况且他也认为王翦已老，持重有余，敏捷不足。

然而，就在这一夜，王翦下令全军追击，在涡河南岸追上了正欲渡河的楚军。前有大河，后有追兵，楚军秩序大乱，为秦军击溃。

项燕率残兵疾退，想奔回寿春，再定守势，打一场持久战。然而，谁都想不到，一向以稳妥而著称的王翦，竟然亲率七千精骑狂飙突进，一直追到蕲南，斩下了项燕的首级。

项燕一死，楚军终于全面溃散。王翦命蒙武略定淮北，自率主力攻破寿春，俘获楚王负刍，楚国灭亡。次年，他又扫平江南各地，降服百越之君，南国已定。

阵斩项燕，乃是王翦平生最灿烂的一战。不过，也正是这一战，使得王翦和项家结下世仇，十七年后，王翦的孙子王离，与项燕的孙子项羽，又一次展开搏命之战。

灭楚之后，王翦彻底结束了征战生涯。马背上，他那白发苍苍的身影，秦军早已望之如神。

六国之中，只剩下齐国，以及苟延残喘的燕、代弹丸之地。

灭楚两年后，嬴政又派王贲北攻辽东及代地。兵锋所指，一战即虏燕王喜，燕国灭亡；再战，又虏代王赵嘉。荡平北方之后，王贲聚兵燕南，直捣齐都临淄。

此时，齐国又是怎样一种场景呢？

纵观秦灭韩、赵、魏、楚和燕五国，先后共用十五年。这十五年间，秦国虽国力强于任何一国，但依然有胜有负。齐与燕、赵、魏、楚四国比邻，本应有唇亡齿寒之感。况且齐为东方大国，实力雄厚，假如能在邻国危急时刻派兵救助，并于秦军疲惫时予以痛击，那么邻国本不易为秦所灭。

然而，此时的国君乃是齐王建（田建）。他是齐湣王之孙，在位时间比齐湣王更长，而且更懦弱，统治齐国长达四十三年。

齐王建的太后有贤德之美名。这个女人在历史上被称作"君王后"，她对秦国极为谨慎，且以诚信待邻国，使得齐国在那个血火横飞的年代，保持了一片难得的安稳。

这是乱世里少有的温柔。可是，一个女人的羽翼，终究无法永远庇佑一个大国。

君王后临终前，想将群臣中可重用者的名字写下来，齐王建赶忙命人取来牍与笔。然而，君王后执笔在手，却叹道："老妇已忘矣！"

或许，她临终所叹的，其实是无人可用，齐国的命运也无人可救。

君王后死后，齐国受秦国远交近攻之影响更甚。不仅齐国丞相收受秦国重金，而且一有齐国士人到秦，秦立刻给予钱财，命其回国离间齐国与其他五国的关系，劝说齐王建与秦交好，不修战备，不助邻国抗秦。于是，五国灭亡前后，齐国未发一兵一卒相助。

多年的燕安生涯，让齐国上下不但毫无警惕之心，而且已没有还手之力。所以，当秦军杀来，轻易便攻破临淄。

王贲又命人诱降齐王建，答应封其五百里之君。齐王建出降，王贲分兵略定其地，七十余城不战而降，齐国灭亡。

嬴政岂会真封齐王建五百里？只是将他流放于一个名叫"共"的小城。共城多松柏，齐王建饿死于松柏之间。

六王毕，四海一，战国落幕。这是公元前221年，秦始皇站上历史之巅。

在天下一统征程中，除去最弱小的韩国，其他五国均为王翦父子所灭。对于名将来说，能做到这一步，固然千古无双；而能活到这一天，更加难能可贵。

战国四大名将，白起、廉颇、李牧三人同样战功煌煌，为国之柱石，然而一朝遭小人谗言，便蒙冤受屈，含恨而亡。只有王翦一人功成名就，寿终正寝。

为什么？幸存者王翦，注定引千古幽思。

仗义每从屠狗辈

樊哙

放眼中国历史，一统天下的秦始皇，是挨骂最多的皇帝之一。

为何如此？一方面，是因为他被当作暴君的代言人，"焚书坑儒"给后世文人留下太多心理阴影；另一方面，则是因为他太出名，有一些皇帝比他更残暴，但大多数人压根不知道。由此可见，挨骂的门槛有点高。

秦始皇当然绝不温良恭俭让，但他的很多罪名值得推敲。其他暂且按下不表，这里只提他的"工作态度"。"在仆仆风尘于帝国的次数和勤奋方面，可能中国的君主谁也比不上秦始皇。"他当皇帝十二年，有十年断断续续在外巡游，前后总共五次。须知，秦时巡游的辛苦程度，是后世的康熙帝与乾隆帝所根本无法望其项背的。

他迫不及待地要看自己前无古人的辽阔版图，搜寻长生不老之药，即便遭遇刺客仍热情不减。他不会想到自己不仅求不到灵药，还会死于途中，更不知巡行的浩大仪仗，会引来某些落魄贵族与流氓无赖的垂涎：

——项羽见了，当即对其叔父项梁道："彼必可取而代也。"

——刘邦喟然长叹："嗟乎，大丈夫当如此也！"

痴迷"在路上"的秦始皇，也终究无法培养出一个强力而成熟的接班人。他死后，秦二世胡亥甫一即位，立马江山失色，四海鼎沸。

一人揭竿而起，天下云集响应，群雄逐鹿中原。那个武功震古烁今、缔造不朽建筑奇迹的大秦帝国，瞬间竟如一艘破船摇荡于狂风暴雨之中。

"王侯将相宁有种乎？"一句口号喊出了一个新时代。陈涉、项梁、项羽、刘邦，还有真真假假的六国王族……人人争相为王者，世间重回修罗场。

这一段的成王败寇已然演绎过太多。这里要讲的,是一个乱世里的真心故事,一个真正仗义的人,他叫樊哙。

关于樊哙,后世有一句诗尤为妥帖:"仗义每从屠狗辈,负心多是读书人。"

何出此言?只因读书人学孔孟之道,却总拿借口遮蔽良知,搪塞良心。而读书人一旦掌握权力,更会欺骗天下苍生。倒是那些市井中的小人物,每每让人看到良心的锋芒。

如果从屠狗辈中选个代表,樊哙当仁不让。他是这个行业中千年以来最知名、也最成功的人物。也有很多人习惯把他与《水浒》中的李逵并列,说他是个头脑简单、四肢发达的莽夫。

嘿!这真是个天大的误会。

我普普通通,屠狗的

那年冬天下起了第一场大雪,雪花纷纷扬扬遮天盖地。

若干年后,他知道在这样的天气最适合巧布奇兵,打一场伏击战,抑或千里奔袭,直插敌军腹心。但在当时,他只有一个想法:喝酒。

"这样的天气,当然要喝酒。"这个虬髯大汉,一边想着,一边把一条刚洗剥干净的肥狗丢进铜镬,在通红的炭火上煮了起来。

他叫樊哙,三十来岁,在沛县算得上一个名人。一方面,他开的这家"小刀狗肉铺"做的狗肉最新鲜、最美味；另一方面，他对客人的态度也最冷淡，还动不动就提前打烊。

生意委实太好，店里的六张桌子坐满了来自全城的浪荡子，还常常有县衙的人来吃。

秦灭六国后，推行郡县制，官吏人数锐减。那些读了几卷书，或自命武勇之人，过去可轻易在诸侯国谋个差事。即便这个国家不用，还能去别的国家碰碰运气，此处不留爷，自有留爷处。而到了秦朝，不仅天下差事一般少，而且户籍制度与严刑峻法相结合，上升渠道与人员流动一齐被堵塞。于是，每个地方都出现了大量的浪荡子。他们不务稼穑，游手好闲，又有一肚子的不合时宜，多以饮酒滋事为乐。

樊哙的狗肉铺没少赚这些人的钱。然而，就当人们认为樊哙眼看要发财的时候，他自己却陷入了迷茫。

与大多数人相比，樊哙算是个有理想的人。他少时也读过书，家里有些田产，父母本指望他过本分的耕读生活，他却坚持要创业。他最喜欢二十年前与荆轲交游的那位狗屠，人家虽然没留下名字，但留下了风骨。

他想：还有什么比做一位狗屠更低调、更有气派的呢？当别人问起，可以谦逊地回答："我普普通通，屠狗的。"比那些腐儒强多了吧？

于是，樊哙就开了这家狗肉铺，为了显得和这个职业相称，他故意蓄起了胡须，是那种漂亮得如葡萄一般的虬髯。他还不远千里夜盗庖丁之墓，练了一门"解狗刀法"，可以在眨眼之间，就把一整条狗的骨头全部剔除。在店里，每当他使出这一招，那些想吃霸王餐者都会乖乖拿出钱来。

可是，樊哙从未想过青春消逝得如此猝不及防。三十岁过去了，他变成了一个纯粹的狗肉铺老板。在重农抑商的秦朝，这似乎算不上有多么光彩。

如果说，以往为了开店而努力的过程是一部文艺兼励志片的话，店开久了之后就变成了一部黑色幽默片。难道一辈子就要这样过去吗？

樊哙很纠结。这个时候他迫切地需要一坛酒，以及几个可以一起喝酒的朋友。

酒，已经从坛子中倒出来。

这不是陈年杜康，只是从邻家酒肆买来的水酒，但在满屋的肉香中，也散发出醉人的吸引力。

酒友，当然不必出去找。真正能一起喝酒的朋友，会在你自己很想喝的时候自动出现。你们无须多说什么，就可以喝到酣畅淋漓。

窗外寒风呼啸。店是已经打烊了的。然而这时，却传来了敲门声。

樊哙心中一喜，马上前去开门。来人中等身材，大嘴，高鼻梁，美须眉，相貌堂堂，正是沛县的泗水亭长刘邦。

刘邦已微醺，分明是带着酒来的。

樊哙忙道："三哥，来，再喝两碗。"

刘邦在家排行老三，又年长十几岁，所以樊哙一直称呼他三哥。在樊哙心中，刘邦是个能说会道的人，虽然喜欢吹牛，但樊哙觉得他有见识、有气量，黑白两道都吃得开，将来或许能成点事。

刘邦坐下，二人对饮了几杯。刘邦连夸狗肉做得好吃，随手抓起一块肉咬了几口，放在面前的盘子里。

"樊兄弟，别开店了，跟我去当捕快吧。"刘邦一边擦嘴上的油一边道。

"这个，小弟真心没想过。"樊哙有点疑惑，"三哥怎么忽然想让我当捕快了？"

"现在朝廷苛捐杂税繁重，动不动就抓人服役。天下盗贼蜂起，沛县最近也出了不少蟊贼，捕快的人手不够用。别人不知道樊兄弟的本事，你老哥可是一清二楚，你是沛县第一快刀手。你一出手，杀蟊贼还不像斩瓜切菜一般。再说，你也不想杀狗卖狗糊弄一辈子吧。"刘邦道。

"三哥觉得当捕快比较有前途？"樊哙素来相信刘邦的眼光，有点动心了。

"至少比杀狗有前途。说不定，你还会成为大秦朝的名捕头。"刘邦继续鼓励。

"好，那我以后就跟三哥混了。"两人举起酒碗，一饮而尽。

刘邦又说，来这之前，刚从县衙喝了一场酒，当时还约了三个朋友一起来这儿，算时间他们应该也快到了。

樊哙没有问是谁。他相信，刘邦带来的人肯定都有出众之处。

片刻，又有三人陆续推门进来。前两人皆是书生打扮。一人白净面皮，举止儒雅，乃沛县的功曹萧何，平时辅佐县令，谙熟律法。第二人，面如黑炭，神似判官，乃狱掾曹参，执掌刑狱。第三人进来稍晚，头戴斗笠，身高九尺有余，摘下斗笠，却是一脸和善之气，正是给县衙赶马车的夏侯婴。

对于这三人，樊哙以前都认识。萧何和夏侯婴曾经来店里吃过狗肉。曹参没来过，但樊哙曾因帮人打架犯法，被曹参关过几天。

四人坐下喝酒吃肉，片刻之间一坛酒就已喝完。樊哙正要起身打酒，被夏侯婴一把按住，转身出门去门后的马车上拎来两坛酒。

"樊兄弟，你尝尝这酒。此乃蜀中寡妇清当年亲手封藏的，味道不俗呐！"萧何手捋胡须道。

樊哙哈哈一笑："多谢萧大人！"心中却想：这寡妇清是大大有名，这酒应该有些年份了。如果是刘邦说的，八成是胡吹大气，但萧何应该不会信口胡言，这下又要长见识了！

酒封一开，浓香四溢。樊哙大喜，去后堂取来坛坛罐罐，把各种作料倒进盘子里，四人小刀切肉，大碗喝酒，不觉醺醺然。

这一席中，论年龄萧何最大，刘邦略小几岁排第二，余者都小十来岁。但包括萧何在内，众人都称刘邦"三哥"。刘邦的话也最多，天南地北什么都侃，说朝廷的暴政、百姓的悲苦；又说起哪家姑娘漂亮，身材火辣，容易上手；甚至说起，他某次押送一批服役之人去咸阳，正好碰上始皇帝出行，那仪仗队真是威风八面，太令人羡慕了，"大丈夫当如此！"话说回来，咱们哥几个不都是大丈夫吗？

这话当真大逆不道，被人听到是要灭族的，而且席间县衙的人就有好几个。然而，在场的人谁也没说什么。

萧何抿嘴笑了笑，樊哙和夏侯婴连挑大拇指，曹参一言不发，只是一碗接一碗地喝酒。很明显，如果拼酒量，没人喝得过曹参。

都说"酒逢知己千杯少"，其实酒更大的作用是作为一种催化剂，它能让不熟的人迅速变得熟稔，尤其是当彼此分享一个秘密的时候。

樊哙发现，纠结的不只是自己，原来大家都是一肚子牢骚。

那天喝到深夜，众皆酩酊。樊哙送刘邦等四人出门，但见一轮明月照在雪地上，光亮如梦境。樊哙脚下一滑，扑通跪倒。

萧何、曹参和夏侯婴三人连忙来扶，唯有刘邦仰面哈哈大笑。

这一幕印在了樊哙的脑子里，亦真亦幻。多年之后，他依然觉得疑惑：难道冥冥之中真有天意，那天的失足一跪，竟成了此后的君臣之分了吗？

当然，那是后话。

那场大醉之后，几个人成了朋友。樊哙很快去县衙报到，成了刘邦手下的一名捕快。加上他和萧何、曹参等人都熟，这活干得顺风顺水，往里送人和往外"捞人"都很容易。

在樊哙挥刀劈了几个头目之后，沛县所有的小混混都明白，动手不是樊哙的对手，动刀更会直接没命，所以很快就老实、服帖下来，还主动上门结交。

当然，樊哙一直坚持做一个好人，自己从不做欺压良善的事儿。底线意识必须要强，这是他给自己定的规矩。

这样一来，一个人的地位迅速提高了——那就是刘邦，他成了沛县黑白两道通吃的真正"大哥"。

话说，刘邦是不是个好人？

难说。

再说，好人干的一定就是好事吗？

落草为寇好时光

命运总在流水似的生活里，跳跃式显现。

去当捕快前，樊哙还专门请了个掌柜，所以"小刀狗肉铺"并未关门大吉。不仅如此，那段日子生意反而越来越旺，顾客中多了一半黑道分子。

偶尔空闲，樊哙会躺在店门前那棵碗口粗的大槐树底下，望着湛蓝的天空发呆。他有些寂寞，时常想："何时能有个江洋大盗来沛县作案呀，我也好找个高手练练。"

至此，樊哙还不会想到，他等来的不是什么大盗，而是比之更严峻千万倍的挑战。

那一日，樊哙正在打瞌睡，夏侯婴忽然闯入，二话不说，拉起他上了一辆漆黑色的马车。打马扬鞭，飞驰而去。

樊哙猛然醒悟，这不是夏侯婴平时所赶的衙门大车，而是一辆最普通的民用马车，但拉车的马却极神骏。夏侯婴戴的斗笠也比平日大出两号，遮住了半张脸。那车转眼出城，向西南狂奔。樊哙知道，肯定是出大事了，否则一向谨慎、和善的夏侯婴怎会一脸冷峻，只字不言？

这时阴云四合，雨却一直不曾落下。任凭耳边风声嗖嗖，樊哙只觉得闷热，脸上的汗珠噼里啪啦打下来，心里更直欲憋出烟来。足足走了两个时辰，马车驰入一片高山大泽之中。峰回路转，遥见远方亭子下坐着一人，宽袍大袖，头戴高冠，正是刘邦。

到得近前，樊哙从车上跳下来，满脸疑惑问："三哥，你不是押送犯人去骊山服徭役了吗？怎么会在这荒山野岭？"

刘邦哈哈一笑："犯人早跑了，我在这儿当山大王。樊兄弟，你来我就放心了。"

樊哙和夏侯婴在一旁坐下喘气，刘邦则抄手望着四野。闪电划过，骤雨倾盆。

夏侯婴一一讲述了这些天发生的事。原来，刘邦押送着一批囚犯要送往骊山，修建皇陵。谁料，犯人们都知道此番定是有去无回，便在路上相约逃走，隔三差五就消失几个。刘邦心里盘算，这么看根本到不了骊山，人就得都跑光。于是，到了丰县大泽之中，他就索性坐下来喝酒，还打开了全部囚犯的锁链。

"你们都走，走得越远越好，从今往后，我刘邦也得隐姓埋名……"话音未落，大多数囚犯都消失在草丛中。剩下十来个人，犹豫未去，觉得刘邦挺仗义，是条汉子，就跟他到附近芒砀山落草为寇。

以往，听别人说起落草，似乎是件很轻松的事，上了山就能过自在的日子，衣食无忧。但真到了芒砀山上，刘邦才发现没这么简单。他除了找到几个能勉强睡觉的山洞之外，没发现什么能用的东西。手下的十来个混混又好吃懒做，指望他们打家劫舍根本不是长久之计，万一哪天这帮人凶性大发，恐怕自己连小命都保不住。

危急关头，刘邦想起了樊哙，还有谁比这位兄弟更合适呢？他武艺高强，机敏仗义，而且又是那样地不安于现状。于是，刘邦派人悄悄进城，找到了夏侯婴，让他把樊哙带来，还拉来了一些食物。

当然，夏侯婴不可能把这些话全说出来，但樊哙一下就明白了。

他了叹口气，心想反正捕快也干腻了，就留在山上给刘邦当个副手吧。而夏侯婴则继续回县衙潜伏。

樊哙不会想到，自己这个简单的决定，竟然让中国文学多了一种新的讲述方法。就像红花配绿叶，才子配佳人一样，一个政客也需要配上一个打手，比如，曹操之于许褚，宋江之于李逵，李世民之于尉迟恭……

有了樊哙这把快刀，山上的混混迅速服帖起来。

你得承认，很多时候坏人就是比好人干活利索，因为他们受过的历练明显更多，也更懂得丛林法则。不过半年时间，芒砀山已人丁兴旺。周边百姓在秦之暴政下生存越来越难，纷纷选择落草。刘邦手下已聚集了数百喽啰。

那是樊哙一生中过得最自在的日子。刘邦贪财好色，也劫财劫色。而樊哙对此毫无兴趣，当然他一般也不干涉——当强盗嘛，要是总一本正经，那显得多没有专业精神呀！

他喜欢流连于山水间。山上空气好，鸟兽多，还有流泉飞瀑，佳木繁荫。他背着一葫芦酒，随便找地方煮个鱼汤，烤只山鸡，喝晕了再睡一觉。"这日子，真是给个皇帝也不换！"他自言自语道。

不过，樊哙第一次感受到自己和皇帝的关系，是在那年春天。

那次，喽啰们把一个当官的劫上了山。那官自称是个监御史，比县令还大，这是刘邦所见过的最高级别的官了。然而，刘邦有一样本事，就是能让任何人见了自己都摆不出架子来，他在沛县当亭长时，就把包括县令在内的大小官员都戏弄了个遍，人人都拿他无可奈何。

刘邦命人在大厅中架起铜镬,烧了滚烫的一镬开水。然后,他命人把监御史架了上来,"你老实说,到芒砀山来干什么?这里荒山野岭的,如果敢说一句假话,老子立马煮了你。"

那位监御史磕头如捣蒜,结结巴巴道:"皇帝陛下听术士说,东南方向有天子气,可能有人要造……造反,就派我来巡查。我只是路过此地,绝不是有意惊扰大王。"

刘邦两眼放光,"东南方真有天子气?"

"下官也不信,这一路并未发现任何异样。可能是皇帝陛下病得太重,已经昏头了。"

刘邦哈哈大笑,猛然又沉下脸来,喝道:"你懂个屁!来人呀,押下去!"

众人散去,刘邦唯独拉住樊哙。二人在堂上喝起酒来。樊哙感觉,刘邦今天醉得特别快,喝来了不到十来杯就前仰后合,手舞足蹈起来。樊哙不说话,心里却在纳闷:"难道三哥才几天没动女人,就憋出毛病来了?"

但听刘邦嘴里嘟囔:"兄弟,你听那个狗官说咸阳'东南有天子气'了吗?那说的不就是咱们沛县和芒砀山吗?很久之前,就有看相的人说我日后'贵不可言'。我那老丈人也懂相术,要不然为啥把女儿吕雉嫁给我这个穷光蛋?你知道吗?别人给他女儿介绍县令的儿子,他都不同意……兄弟,三哥我要当了皇帝,你就是大将军……"

樊哙也喝了不少酒,但听了这些话还是觉得可笑。他上上下下又打量着刘邦,怎么看也和皇帝沾不上边。

不过,樊哙嘴里还是应着,心道:我一个读书人,怎么就变成杀狗的、捕快，现在又成强盗了？日子太匆匆，未来不可知。还有眼前的这位三哥，不管你日后飞黄腾达也罢，穷困潦倒也罢，我只当你是跟我一块儿玩得疯疯癫癫、不安分的三哥罢了！

那年，秦始皇的死讯如霹雳，将裂痕留在了青天之上——有心人历历在目。

秦灭六国，天下百姓方才明白，原来王室也可以被灭，贵族转瞬就成要饭的。而"千古一帝"秦始皇，也没比普通人多活几天。传言中，他不仅死了，而且还臭了，中原很多人闻到了他的臭味——跟臭咸鱼一样。

其间之细节，寻常人自然不知。后世史书记载，当年七月，秦始皇崩于沙丘，即今河北邢台一带，此前一代雄主赵武灵王亦殒命于此。弥留之际，嬴政要发出最后一道诏书，命其长子扶苏回咸阳治丧。

此前，扶苏因触怒嬴政，被派往北境，跟随驱逐匈奴的名将蒙恬做监军。这一遗诏被人猜测为指定扶苏为继承人。然而，一辈子打雁的嬴政，最后时刻被雁啄瞎了眼。他所选的托孤大臣宦官赵高，竟将诏书私自截留，还与丞相李斯商议，秘不发丧。当时正值暑天，为防人闻到尸臭起疑，便随车携带一石鲍鱼，只说是鱼腥味。

不仅如此，赵高、李斯还矫诏，立嬴政第十八子——十二岁的胡亥为太子，又伪造一道诏书，命使者送抵北境，将扶苏与蒙恬赐死。扶苏见诏，含泪自杀，蒙恬却起了疑心，请求面陈。然而，面对此等通天黑手，复诉又有何用？秦二世胡亥在咸阳即位后，忠心耿耿的蒙恬、蒙毅兄弟难逃一死。为秦朝立下赫赫战功的将门蒙氏一族，从此陨落。而蒙恬所率军队,改由其副将,也就是王翦的孙子王离率领,继续镇守北境。

赵高立胡亥,原本只图他年幼容易控制,殊不知这天下,本就不是谁都能控制得了的。谶言中的"始皇帝死而地分",眼见就要变成现实。

有人仰天长啸,有人拍手称快,有人惶惶然不可终日。而樊哙只多了一句口头禅:"早晚都得死!还是喝酒吧!"

喝过了一个严冬之后,接踵而来的春天分外温柔,樊哙遇到了他一生最重要的伴侣。

那日,刘邦的老婆吕雉又上山来了。自从做了山大王之后,他隔个把月就派人下山,把吕雉接上山来,住上几日。

樊哙叫声"嫂子",便要往外躲。

不知为何,樊哙有点怕吕雉。这女人生得美,也有教养,话不多,还有亲和力,加之家境殷实,有寒门女子所缺少的那种大气。在旁人看来,她身上全是优点,而在其反衬下,刘邦则全是缺点,活脱脱一朵鲜花插到了牛粪上。

当然,在樊哙看来,刘邦这堆牛粪也配得上所有鲜花,他与吕雉根本是同一种人,像这天地山河一样,怎么形容都不过分,但也都不恰当。樊哙隐隐觉出,在吕雉温良贤淑的背后,藏了几多阴狠。所以,她好起来比谁都更完美,坏起来也可能比谁都更彻底。

"兄弟留步,你嫂子有话跟你说!"刘邦叫道。

樊哙只得留下。结果,吕雉一开口,谈的竟是婚事,要把自己的妹妹吕媭许配给他。

樊哙见过吕媭,知道那也是个美女,甚至比吕雉还要美上几分。刘邦酒后常抱怨,说要是当初娶的是小姨子多好啊。当然抱怨归抱怨,刘邦知道自己老婆很有两下子,也没胆量打小姨子的主意。

"肯定是三哥的主意,是想'肥水不流外人田'吧!"樊哙嘴里嘟囔。他当然也爱美色,可心里总觉得别扭。

然而,刘邦和吕雉压根没给樊哙犹豫的机会,说一句:"人家姑娘在后山等你呐,嫁妆都带来了!"就把他推出了门。

在后山,让樊哙惊艳的不是盛装打扮的美人,而是那件不同凡俗的嫁妆。那是一口金背大刀,古拙而又豪丽,沧桑感十足,斤两又刚好。他提刀上马,纵横挥舞,刀锋过处,无坚不摧,不禁笑逐颜开。

作为一个美女,吕媭也具有普通美女所具有的一切缺点,比如想法简单、好色,等等。当她看到樊哙那威武的虬髯、健壮的虎躯,以及大马金刀的架势,转瞬间就羞红了脸。

而一次次疲惫与冷静之后,樊哙总有些忐忑。他明白,刘邦送来如此大礼,是真想拉他混一辈子了。

可是,这辈子再干点什么好呢?

老少爷们儿上战场

正所谓,英雄常起"无名目的大志"。

樊哙发现刘邦悄悄变了。自从听那个监御史讲了"天子气"这一新词之后，刘邦把找女人的时间匀了大半在读书上。还常常现学现卖，把他拉去，要教其行军方略。而且，刘邦行事低调了很多，勒令众喽啰再看见官员就远远绕开。

樊哙笑道："三哥你一个强盗，还真做起皇帝梦来了！你以为人家大秦帝国的皇帝真怕被你抢了皇位？"

刘邦一瞪眼："知道当年跟我一块儿混的那个张耳吗？连他都成了将军，我就不能做皇帝？"

樊哙不知张耳是谁，他也不知道，芒砀山下的世界已经起了变化。

那年七月，蕲县大泽乡爆发了一场叛乱。名叫陈涉、吴广的两个屯长，受命率九百贫寒子弟赴渔阳守边，不料遭逢暴雨，道路被毁，滞留大泽乡。史书曰："五人一屯长"。也就是说，陈、吴二人乃秦国基层军官。他们知道，依秦律失期当斩，且秦律严酷，断无宽贷。既然横竖都是个死，二人便密谋造反。九百人，按说只能算一次小规模兵变，孰料越打越大，一丝丝火星，竟烧成了燎天大火。

这把火为何能烧起来？只因为陈涉、吴广的本事大、运气好吗？非也。

这里有个一直都被忽视的词——大泽。在秦末，这绝不仅仅是一个地名，同时也是一种地形，乃至一种依托地形地貌而产生的社会群落。淮河流域河湖众多，此时尚有大片未开发之地，原始森林与沼泽密布。秦灭六国后，对北方的三晋故地控制极严，但在南方的楚国，势力未及深入。这既是因为楚国灭亡较晚的缘故，也因秦兵多为北方人，水性不好。于是，大泽之中，隐藏了大量罪犯和流民，他们在饥饿中忍耐着、等待着，时刻准备咬上一口，干上一票。这样的大泽为数甚多，刘邦释放囚犯的丰县大泽便是其中之一，面积更广的还有云梦大泽、巨野大泽等。

所以，陈涉、吴广反旗一举，立刻吸引了附近大泽中的罪犯与流民，在打下五六个县后，兵力已达数万。随后，他们又攻取陈邑（今河南淮阳），这里曾是过去陈国都城，城郭坚厚，士民众多。陈涉认为已实现了自己人生中的"一个小目标"，于是称王，国号"张楚"，以吴广为"假王"，分兵攻掠各地。

原六国宗室、贵族以及众多遗民，怀念故国，深恨秦之严刑峻法，纷纷举旗响应。张耳乃赵国名士，曾为信陵君之门客，刘邦以前曾跟他混过一阵子。纷乱中，他也投入陈涉军中，被任命为左校尉，跟随陈涉亲信武臣，率军攻打原赵国一带。这消息便传到了刘邦耳朵里。

那个嬴政妄图传至万世的大秦帝国，在他死后仅一年便千疮百孔。正是，天地不言，四时易焉。一旦人心思反，岂有铁打江山？

九月，芒砀山的槐树叶泛黄，夏侯婴又来了。刘邦、樊哙连忙摆酒。

几杯下肚，刘邦大骂陈涉抢了风头。"如果当初我先起兵，称王还轮得着他？不过，他那句话说得不错，'王侯将相，宁有种乎？'嗯，啧啧，深得我心呐！"

樊哙笑道："不晚不晚，我看现在也来得及！"

夏侯婴重重一放酒杯，"老樊言之有理。三哥，我就是为此事而来，我们下山去吧！"

刘邦闻言，正经起来，只听夏侯婴缓缓说出了来意——

原来，那沛县县令坐不住了。一方面，县令这小官他实在干够了；另一方面，沛县离陈涉太近，势难独守，倒不如主动造反，以应陈涉，官也能做得大些。那县令知道自己两个手下萧何、曹参素来不安分，便召其共议对策。二人先是默然不语，县令几经催促，宣示诚心，曹参才开口道："大人您是秦官，如若造反，只怕那帮穷人信不过您，不会响应。最好多找人手，以兵力挟持他们一起反。"

县令心知城中兵力有限，急得抓耳挠腮，也没想出哪儿还有人手来。

此时萧何道："在下倒想到一班人马。就是大人手下的泗水亭长刘邦，畏罪潜逃，听说不少人跟他走了。若大人将其召回，他感恩图报，必效死力。只可惜，那刘邦失踪已久，不知去何处寻他。"

曹参接口道："要找刘邦不难，听说樊哙也失踪了，应该和刘邦有关系。他的狗肉铺不是还开着吗？找人一问便知——"

"哈哈，就这样派你来寻三哥了吗？"听了夏侯婴的话，樊哙笑得前仰后合。三人举杯，碰了一碰，仰头喝干。

刘邦点了点头，忽而又道："跟着那个狗屁县令，我看也没什么出息。"

"不用。"夏侯婴沉声道，"我们只要赚开城门，就把县令一刀砍了。大伙跟三哥干。"

这句话说得声音虽低，却斩钉截铁，一听便是深思熟虑之言。樊哙偷眼看了看夏侯婴，但见他面无表情，两眼射出阴鸷的光。这一刻，樊哙才明白，原来和善如夏侯婴者，也有极其冷酷之时，两面三刀，杀人如草。

当夜，刘邦点齐三百喽啰，与樊哙、夏侯婴皆披挂上马，直奔沛县而去。

樊哙以前虽然也穿过铠甲，但从未如此正式，心中满是新奇，而手中提着那口金背大刀，更觉威武。再看刘邦和夏侯婴，俱威风凛凛，杀气腾腾。

喽啰们没铠甲可穿，仍穿便服。刘邦怕路远生变，命众人偃旗息鼓，衔枚疾进。原计划三个时辰后到达沛县，届时三百喽啰一同点齐火把，刺破黑夜，给乡人看看气势。然而，这实在是一帮乌合之众，拖拖拉拉，骂骂咧咧，赶到沛县时已然天光大亮。

夏侯婴一马当先，但见沛县四门紧闭，城上兵卒刀出鞘，箭上弦，怎么看都不像要迎接刘邦。

莫非事情有变？

原来，夏侯婴走后，那县令一夜不眠，心道："刘邦是什么人？他当一个小亭长，都不把我放在眼里，常常当众戏弄我。而今人心思反，能指望他来帮我？"想到这儿他反应过来：萧何和曹参定然没安好心。

于是，立马下令紧闭城门，派人捉拿萧何、曹参。果然，二人已乘夜色出城去了。县令直恨得咬牙切齿，一面派人搬兵，一面严守城池。

太阳已经出来，斜照着城外的喽啰兵。刘邦早已见过萧、曹二人，对城中形势也有了充分了解。和二人一起出城的还有一位汉子，面如重枣、膀阔腰圆，比樊哙还小两岁，名叫周勃。萧何说其两膀多力，能开强弓，曾以吹鼓手为业。

"我叫樊哙，屠狗的。周兄弟脸这么红，是不是常常给人吹箫办丧事，把脸给憋红了？"

樊哙本想开个玩笑，跟周勃熟悉一下，拉近点距离，没想到周勃横了他一眼，不仅没搭腔，还高高扬起了下巴。樊哙噌地心头火起，若非当着大事，真想跟他干一架。

刘邦依萧何之计，命周勃弯弓搭箭，将数十封书信射入城中。信中写道："天下苦秦久矣。今父老虽为沛令守，诸侯并起，今屠沛。沛今共诛令，择子弟可立者立之，以应诸侯，则家室完。不然，父子俱屠，无为也。"

这封信出自萧何之手，开头一句"天下苦秦久矣"，道出各地起兵根源。后面寥寥数语，劝诱同乡共诛县令，话都说到再无活路的地步，但并不惹人反感。樊哙由衷感叹："这才是好文章！"

百姓向来怕事，好在还有混混。刘邦在沛县的小弟们，见大哥带了人来，便在小刀狗肉铺秘密集会，之后一起砍了县令的脑袋，打开城门迎接刘邦。

进城时，樊哙紧随刘邦走在最前面。他不是要抢萧何、曹参的风头，而是担心万一有人袭击刘邦，他可以挡一挡。这也是他平生第一次受到那么多人夹道迎接，而且还是家乡父老。

樊哙有些飘飘然，不停用手捻着胡子。当然，即便此时，他也明白众人的心态——人家不只是欢迎，更是想看看是谁造反了。记住他们的样子吧,也许用不了多久,这些脑袋就会挂在城门上。

这一天,刘邦被推举为首领,号为沛公。他们祠黄帝,祭蚩尤,并打出了自己独有的旗帜,清一色的红旗。

为何是红旗?刘邦对众人说,他在押送犯人去骊山的路上,斩杀了一条碗口粗的白蛇。后有老妇伏在蛇尸上哭道:"你乃赤帝之子,我儿乃白帝之子,你为何害他?"那次之后,他方知自己身负天命。

而这一幕很多犯人都看到了。樊哙不信,怎么之前从没听三哥说起过?但随即他便发现,最初跟随刘邦落草的十几个犯人,此时都已不知所踪。

红旗之说也被上升到理论高度。于天下而言,刘邦起兵之处在南方。而在五行与五方的关联中,西方为金,东方为木,南方为火,北方为水,中央为土。火所对应的是红,所以打红旗。

在漫长的岁月里,樊哙都坚信,这种神化和理论化虽然荒谬,却是有必要的。毕竟,绝大多数老百姓都愚昧,不这样,谁跟你、信你、服你?

然而,樊哙想起来仍然要笑,老了的时候更会笑出眼泪。记忆里,刘邦曾经讲起,小时候喜欢偷看一美妇人洗澡,那大红色的亵衣是他一生最生动的记忆。

人模狗样的世道

跟随刘邦造反时,樊哙的儿子樊伉还没出生。樊哙只打定了一个主意：过把瘾就死。

这天下，起来"过把瘾"的人委实太多——

原楚国名将项燕之子项梁，与侄子项羽一同避难吴中（今苏州吴中区）。秦会稽郡守殷通本打算起兵造反，以应陈涉，不料被项梁叔侄砍了头。其间，项梁虽用了些诡计，但项羽已锋芒毕露——他在剑斩郡守之后，仅凭一人之力"击杀数十百人，一府中皆慴伏，莫敢起"。叔侄二人召集故旧，得精兵八千人，高举反旗。这一年，项羽二十四岁。

原齐国王族田儋，与堂弟田荣、田横皆为当地豪杰。田儋乘乱杀死县令，自立为齐王，略定齐地。

就连孔子八世嫡孙孔鲋，在将家传图书藏于故宅墙壁中之后，也不顾暮年体衰投入了陈涉军中，任博士。

陈涉则深深陷入陶醉，也渐渐步入危局。此前，轻而易举便称王的他，认为打天下"不难"，于是分派人马，进兵各地。其中，仅西攻秦朝的人马就有三路："假王"吴广率诸将，西击荥阳；又派陈邑人周文率第二路人马，西攻函谷关；铚县人宋留，率第三路人马，平定南阳，西入武关。另外，武臣率张耳、陈余等，进军原赵国一带；汝阴人邓宗进军九江郡；魏人周市进军魏地……

如此全面出击，的确声势浩大，六国遗民奋起，天下旋即大乱。然而，众多人马刚离开陈涉视线，便迅速自立为王。比如，武臣在赵国一带，自立为赵王，就连武臣派出收取韩国一带的韩广，也自立为韩王。只有周市秉持忠心，拒绝自立，迎立原宗室魏咎为魏王。各路诸侯名义上遵陈涉号令，实则各怀私心，作势观望。

周文从小路越过函谷关，进逼咸阳。秦二世又怒又怕，已来不及调集兵力。这时，一个名叫章邯的人站了出来，提出将在骊山修皇陵的役夫、刑徒和奴婢之子，拼凑一支杂牌军，"用击楚盗，庶可济事"。这章邯官居少府，平时只管些内务，并非武将，但此时已别无选择。秦二世为此大赦天下，章邯率着这支杂牌军，一战击溃周文，再战逼周文自刎。

　　吴广在荥阳遭到秦丞相李斯长子李由的顽强阻击。周文被章邯击败不久，吴广因内讧被杀。尔后，秦二世派司马欣、董翳二将辅助章邯，将陈涉各军逐个击破，孔鲋死于乱军中。这年腊月，陈涉为其车夫所杀。

　　杀死陈涉的车夫名叫庄贾——是的，你没看错，他与当年司马穰苴斩首祭旗的庄贾同名。

　　樊哙还来不及见这位传说中的陈王一面，后者便已烟消云散。回想陈涉仅凭一屯长身份，振臂一呼，四方响应，不到一个月便已称王，而后便以王者自居，在深宫养尊处优，享受人生，刚过半年又迅速败亡，这楼起楼塌，像极了一场黄粱大梦。

　　陈涉在军事上的失败，在于其分兵各地，各自为战，也被各个击破。他的教训在今人看来，则是即便你站在风口上，也占得了先机，口号再响，点子再妙，假如自身能力不行，管理不到位，那也只能是替别人盘活资产，实现阶层跨越终究只是一介穷人的幻觉而已。

　　刘邦、樊哙等人，将沛县的老百姓和混混编成了一支两三千人的队伍，在周边趾高气昂地转了一圈，见邻近的丰邑军吏已逃光，便占据了丰邑城。

沛县、丰邑均属秦泗川（也作泗水、四川）郡。沛县为郡治所在，刘邦乃沛县丰邑乡人。这年十月，刘邦等人在丰邑被秦军包围。这帮从未打过仗的乌合之众，一时间只知道紧闭城门，惊惶无措。

次日，樊哙的一个发现让原本的紧张消失得无影无踪。他看见，率领秦军的竟是当初在芒砀山上被捉的那个监御史。"是那个只知磕头的狗官！三哥，我去宰了他！"他上马舞刀，杀出城来。曹参、夏侯婴、周勃等人也紧随在后。这一仗给了刘邦信心，也在史书上留下一笔："秦泗川监平将兵围丰，二日，出与战，破之。"

史书中，刘邦在识人用人方面，备受推崇。不过，樊哙记得，刘邦第一次在关键时刻用人，就出了问题。当时，他信任一个名叫雍齿的沛县豪强，命其留守丰邑，然后自率人马，转战周边郡县。然而事实证明，这个雍齿并不可信，他很快便被劝降，投靠了魏将周市。丰邑后方失守，让刘邦腹背受敌，忙回兵攻打丰邑，又打不下来。

此事让刘邦恨得咬牙切齿，也让他明白，仅凭这帮穷弟兄四处游窜，压根不会有出息。于是，他开始不断吸纳人才，辗转投至已然北渡的项梁帐下。此时，项梁已有六七万人。为扯虎皮做大旗，项梁在攻杀前人所立的楚王景驹之后，自己又立了一个放羊人为楚王，据说他是楚怀王之孙，名叫熊心，仍称"楚怀王"。

群雄逐鹿，形势复杂，很多人看不懂。不过在樊哙眼里，一切又很简单。如何走、往哪打，那是刘邦的事，而他只要跟着刘邦就行。因为抱定了这个想法，每一个夜晚，樊哙都把自己的金背开山大刀擦得雪亮。他不向刘邦求什么官职，人人都知道他是刘邦的连襟兼保镖，攀龙附凤自然容易。但他就是要争一口气，他相信，在绝大多数时候，刀比嘴更好用。

于是，岁月凝重的大门翕然张开，樊哙纵马提刀杀入这宿命中的血海狂澜。史书中记载他一次次率先登上敌城，在清点敌人的首级时，也隐约显现出他的足迹。

在砀东大战司马枿，樊哙杀敌十五人，挫秦军锐气；在濮阳攻击章邯军队，他率先登城，斩首二十三级；在成武，他跟随刘邦围攻东郡守尉，斩首十四级；在开封北，大败赵贲军队，率先登城，斩首六十八级；攻宛陵，率先登城，斩首八级；打郦县，斩首二十四级……

战争总与血脉偾张、汗流浃背、九死一生等词语联系在一起，让人费力伤神。冲锋陷阵之外，樊哙很少动脑子，最大的乐趣依旧是一坛酒，"妈的，早晚都得死！"

樊哙也常想，以前刘邦跟自己说屠狗没前途，于是，他就从杀狗变成了杀人。杀人是不是有前途？他不知道，看到的只是，利刃当前，有时人还不如狗。

樊哙清楚记得李由临死之前的那张脸。这位丞相之子拼死守卫雍丘，也没能挡住项梁与刘邦的联手进击，城被攻破。樊哙一马当先，杀到李由面前时，他的马上已经悬了十六颗人头。

李由一身郡守朝服，手提长剑，脸色煞白如纸，眼睛里看不到一丝恐惧。他望着樊哙，嗓音沙哑："我乃三川郡守李由，你要杀我？"

樊哙点了点头。李由这种超乎寻常的淡定，也让樊哙平静下来，下马提刀,来到近前。

"甚好。来,这颗头颅,拿去!"李由宝剑坠地,用手指了指自己修长的脖颈,"即便皇帝负我们李家,我们李家也要对得起先皇!"

樊哙一愣。他知道,李斯乃一代名臣,为秦建章立制,多开创之功。即便是李由,若非他坚守荥阳挡住吴广,秦朝只怕也挺不到今天。

"你说那狗皇帝对不起你?"樊哙问。

李由忽然委顿,箕踞在地。"我父立有不世之功,我兄弟姐妹娶的是大秦公主,嫁的是大秦公子。当年我回咸阳探家,百官皆来拜访,门庭车骑过千,何其富贵!当年,我父便担忧'物极而衰',谁料这朝堂上下,变得如此之快!"

樊哙看到,李由的眼里滴下泪来。

"二世皇帝不辨是非,尤恨那阉竖赵高,诬我与盗贼来往,罗织罪名,将我父下狱待罪。我父虽忠心耿耿,辩才绝人,但'欲加之罪,何患无辞'。我心已死,速来杀我!"

樊哙只觉既同情又鄙夷,心道:这帮贵族果然没有好心肠,如果秦朝果然乱成这样,岂有不亡之理?于是转身大步而去,丢下一句话:"我不杀你。若求死,你自己有剑!"

此战,李由死于乱军中。

不久后,李斯在咸阳被腰斩弃市。史书记载,"具斯五刑,论腰斩咸阳市。斯出狱,与其中子俱执,顾谓其中子曰:'吾欲与若复牵黄犬俱出上蔡东门逐狡兔,岂可得乎!'遂父子相哭,而夷三族。"

临死之际,他才想起当年与儿子一起放狗逐兔,乃人间何等乐事!

李由之死，让樊哙在一段日子内都很沮丧。假如做了王侯将相也不过如此，那岂非还不如当年的屠狗生涯快活？

那段日子，所有反秦军队也都不好过。因为项梁轻敌，在定陶被章邯夜袭，战败身死。这一来，反秦军队失去了主心骨。而这也意味着，秦军又将疯狂反扑，逐个击破。

为何此前一直被追打的章邯，能一战击杀项梁？是他的军事水平突飞猛进吗？非也。史书中有一句容易被忽略，"二世悉起兵益章邯击楚军"。也就是说，此刻秦朝才动用全部兵力。

这里也澄清一个事实。以往人们常常会问：为何此前横扫天下、并吞六国的大秦虎狼之师，此时竟连陈涉等人的乌合之众都抵挡不住？答案是：陈涉等人遇到的根本就不是秦军精锐。

此前各路反秦队伍能急速发展，最重要的原因之一，就是秦二世为赵高所蒙蔽，认为在关东作乱的只是一些盗贼。前往平叛的主要是各郡县的地方警备部队，其中虽有小部分秦军，但大多是经过收编的六国部队，战力不足，又极易倒戈。所以，当周文入关时，咸阳才毫不设防。随后，章邯率领的也是一支临时拼凑的杂牌军，打陈涉还行，但面对出身将门的项梁、项羽及一众精兵强将，就难免拙于应对，节节败退。

赵高一开始担心军队平叛有功，会因军功产生一批新贵，冲击自己的地位。但随着秦二世年长，形势已遮掩不住，赵高便将罪名统统推给李斯。李由败亡后，秦二世大惊，这才真正调动秦军精锐之师。

秦之精锐到底有多少？又都在哪里？这些隐藏于史书之中，并未明确列出。

当年王翦伐楚，调兵六十万，已是"倾国之兵"，可知秦军精锐不超过六十万。秦始皇曾令王翦南征百越之君，称帝后，又先后派屠睢、赵佗、任嚣等率"楼船之士"南攻百越。《史记》中称，"发诸尝逋亡人、赘婿、贾人略取陆梁地，为桂林、象郡、南海，以适遣戍"，而未提及正规军。但另有记载说，秦军南征所用的不仅是流民、赘婿和商人等，而是发兵五十万，分五路进军岭南、闽中。屠睢战死，秦军损失惨重，但最终平定南方，置闽中、南海、桂林、象郡等郡县。其间，即便有夸张成分，但也不可能全无精锐，那样将不利于保南方安宁。而这部分精锐一去不返，直到秦朝覆灭，都未回师中原，更不用说勤王了。

蒙恬率精兵三十万北征匈奴，而后屯兵北方边境，守卫长城。这三十万精锐留存下来，在蒙恬死后，归王翦之孙王离率领。所以，秦二世仓皇之下，动用的应该就是这支北境大军。其中，部分留下拱卫京师，部分由王离率领，归于章邯麾下。

所以，此时章邯所率军队之战斗力，已绝非昔日可比。项梁轻敌，必死无疑。

巨鹿，隐秘的毒饵

樊哙这一生中记忆最深刻的战役，都拜一个人所赐——项羽。

章邯率秦军精锐击杀项梁之后，认为楚地残兵已不足为患，于是挥军北上，一举占领邯郸城。当时，武臣早已在叛乱中被杀，张耳、陈余又立原赵国宗室赵歇为赵王。邯郸城破，张耳保赵歇逃入巨鹿，这是赵地另一个军事重镇。陈余则受命向常山搬兵，以充援军。章邯占领邯郸后，做了一件遗臭万年之事：为防赵人再利用这座重镇造反，他将邯郸夷为平地，一代名都毁于一旦。

章邯命王离围攻巨鹿。巨鹿城中兵少粮尽，危在旦夕。好在，当时巨鹿的地形与今天不同，《吕氏春秋》将其列为"九薮"之一，地势险要，有大山与湖泊相倚仗，尚可勉力支撑。

陈余虽收得数万兵马，但见围城的秦军战斗力惊人，只吓得手足瘫软，不敢救援。张耳原本与陈余为生死之交，但这时见死不救，与之反目。陈余在众人逼迫下，派出五千人马，但顷刻间被秦军尽数歼灭。此时，燕、齐、代等各路反秦诸侯都派援兵前来，但都只在巨鹿附近安营扎寨，无人敢与秦军争锋。

当此关头，一队人马从天而降，正是项羽。

此前，求援书信已送至楚怀王处。当时项梁战死，士气低沉。楚怀王与诸将相约，"先入定关中者王之"，谁先灭秦谁就当秦王。诸将无人响应，只有刘邦和项羽愿往。

楚怀王是有私心的。他虽为项氏叔侄所立，但已不想再当傀儡，趁着项梁战死，正好将兵权收回。当时有人直斥项羽残暴，兼说了刘邦几句好话，于是楚怀王顺水推舟，命刘邦进军关中，却派项羽领兵救赵。而且，项羽担任的仅是"次将"，二把手。军中一把手为上将军、"卿子冠军"宋义。谋士范增为末将，三把手。

熟悉历史的人会有疑问：《资治通鉴》称，"怀王召宋义与计事而大说之，因置以为上将军"，但为何后来没看出宋义有何高明之处？对此，清代王船山先生的见解可谓精当："非悦其灭秦之计，悦其夺项之计也。"其实，楚怀王最欣赏宋义的是他们的一点共识——夺项羽的权。

不过，项羽岂肯受人摆布。在安阳附近，宋义勒令停军不前，屯驻达四十六日之久。项羽劝宋义进军，反被教训了一顿，"夫被坚执锐，义不如公；坐运筹策，公不如义"，还下令军中："猛如虎，很如羊，贪如狼，强不可使者，皆斩之。"这一军令向来耐人寻味，后来还演变为"羊狠狼贪"的成语。

在人们看来，羊素来温顺，为什么会"很（狠）"呢？其实，对此古人早有解释："羊者，抵狠难移之物。"是说，羊平时性情温和，但使性子时脾气执拗，人牵它走，它硬是不肯走。所以，此处宋义是警告项羽，如果不服将令，定斩不饶。

项羽性情高傲，几时受过这等屈辱？现在看来，宋义就是一个喜欢"过嘴瘾"的人，之前他曾预言项梁必败，而后又羞辱项羽。两次嘴瘾均载入青史，而他也因之丢了脑袋。

当时正值秋冬，粮草将尽，天降大雨，宋义却摆酒为自己的儿子送行。于是，项羽先煽动众怒，再亲手斩了宋义，追杀其子，一举慑服诸将，抚慰士卒。随后，便上演了著名的"以少胜多"的巨鹿之战。

在太史公笔下，巨鹿之战光芒万丈，气势如山，直压得人喘不过气来——

"项羽乃悉引兵渡河，皆沉船，破釜甑，烧庐舍，持三日粮，以示士卒必死，无一还心。于是至则围王离，与秦军遇，九战，绝其甬道，大破之，杀苏角，虏王离。涉间不降楚，自烧杀。当是时，楚兵冠诸侯。诸侯军救巨鹿下者十余壁，莫敢纵兵。及楚击秦，诸将皆从壁上观。楚战士无不一以当十，楚兵呼声动天，诸侯军无不人人惴恐。于是已破秦军，项羽召见诸侯将，入辕门，无不膝行而前，莫敢仰视。项羽由是始为诸侯上将军，诸侯皆属焉。"

然而，巨鹿之战究竟是怎样"以少胜多"的？众所周知，司马迁偏爱"悲情英雄"项羽，对项羽的记载也多有自相矛盾、值得推敲之处。

王离围攻巨鹿时，章邯命人筑起甬道，为其运输粮草。何为甬道？大约是在地面铺上砖石或硬木，两侧筑起围墙的一种运输通道，有人猜测其中有恰好合乎车辙的轨道，类似于今天的火车。简言之，甬道在此就是一种特殊的运粮通道，也是王离军队之命脉所在。事实上，正史多处提到，在项羽主力渡河之前，就先派手下猛将英布、蒲将军率两万楚军先渡，破坏了秦军甬道，使王离军队断了粮。

这里有一个疑点：巨鹿作为当时的主战场，在此战当中，章邯与王离应该是有分工的。王离负责围城，章邯驻军在距离巨鹿不远之处的棘原，成犄角之势，另由他负责外围以及后勤保障。章邯所率军队在二十万以上，其中至少一半是秦军精锐——北境大军，章邯本人也不可能不知道甬道事关王离的生死存亡，他有责任也有能力守护好。那为何英布、蒲将军只率两万楚军攻击，就切断了这条生命线？即便是因为防线过长或一时疏忽，但为何看不到章邯此后恢复运粮的努力？史书未留下任何章邯所部反击的记载。

第二个疑点：项羽所率楚军应该只有五六万人，无论人数还是战斗力本应都不如章邯的军队。而当项羽渡河后，章邯去哪儿了？史书对此并未提及。这意味着，章邯可能仍驻留在原地，也可能是一触即走，根本不值得动笔。

于是，楚军"至则围王离"。《孙子兵法》曰"十则围之，五则攻之"，据此推测王离军队至多不过一万人。他在粮尽援绝的情况下，面对巨鹿张耳与项羽的里应外合，苦战九场，最终其战友苏角被杀、涉间自焚，而王离本人也被楚军俘虏。那么，章邯在这场战争中到底扮演了什么角色？

这些疑问，史书并未给出答案，也成为困扰史学界两千余年的一个难题。当然，对于此战另有说法。比如，项羽所率的楚军一到，诸侯军与楚军一同将王离分割包围。如此一来，楚军侧翼得到保护，项羽得以分兵与秦军连战九场，这才断了王离粮道。但无论如何解释，这一战章邯所做的都太少了。

关于王离，《史记》中另有一段记述。巨鹿之战前，有人断言，王离乃秦朝名将，率秦军精锐之师，攻立足未稳之赵，定能取胜。然而另一人并不赞同："不然。夫为将三世者必败。必败者何也？必其所杀伐多矣，其后受其不祥。今王离已三世将矣。"意思是，三代为将，造的杀孽已够多，从王翦、王贲到王离，已经三代了，所以王离必败。

那么，王离被俘后，到底是生是死？每当别人说起这个话题时，樊哙都觉得是在问自己。他嘿嘿一笑："这个嘛，鬼才知道！"

巨鹿之战中，他奉刘邦之命，率一哨人马来到巨鹿。刘邦再三叮嘱，此行只是捧个人场，不许出战，注意保存实力，只要露上一面，混个胜利者的身份就行。

因为绕了远路，他赶到时，看到的正是项羽、张耳里应外合大破秦军的一幕。一般来说，既然胜利在望，就已没有出战的必要。然而现实里，墙倒众人推，越到此刻，抢夺胜利果实的人越多，诸侯一拥而上，乱作一团。樊哙无奈，也去胡乱杀了一阵，觉得无趣，便早早停手，驻足观望。

这一望不要紧，樊哙被项羽深深地震惊了：乌骓马上，那支矛上下翻飞，喑呜叱咤，如一声声闷雷。那又哪里是人，分明是一团地狱之火，旋到哪里就烧出一片血红……

此前一心想寻一个对手的樊哙，此刻却只有一个念头，那就是今生今世，都不想和项羽单打独斗。他也不相信任何人堪与其单打独斗，那将是一场灾难！

这种感觉让他无比沮丧。战斗结束后，他牵着马在战场上晃荡，脑子里一片混沌。一队队的秦军战俘，在他身边走过。

忽然一个声音传来："这位将军，末将有个不情之请。如果要砍我的头，能否就用那口金背开山刀？"

樊哙一扭头，但见一员秦将被五花大绑，由几个楚军押着，眼睛却直勾勾望着自己战马得胜钩上所挂的那口大刀。再看那秦将，二三十岁，满脸血污，嘴角挂一丝笑容。

他点点头，"嗯。不过你要告诉我为什么。"

"这是我家的刀——"

樊哙张大了嘴巴，又听那将道："末将王离。先祖王翦乃大秦名将，我自幼受祖父教诲，也希望能由他这口刀送我上路！"

王离又道："你莫不信，那刀背内侧刻了一个铜钱大的'李'字，乃先祖为纪念李牧所刻。先祖持此刀纵横天下，杀敌无算。"

樊哙心知王离所言不假，一时手足无措："正是……不过，这刀是一个女人赠我的，眼下却不能还你……"

王离仰天笑了几声，那笑声又似在哭："我头且不保，要刀何用？莫忘送我一程，足矣！"

此前，王离被俘早被他人录入功劳簿，眼下这几名楚军只是押送而已。恶战之后，疲惫不堪，只想喝几口酒，倒头睡上一觉，但见樊哙生得凶恶，又不敢催。此时，恰好来了一名楚军军官，要接手将王离送往战俘营，还带来一皮囊酒。这几名楚军拿了酒，欢天喜地走了。

樊哙早觉秦军此战败得蹊跷，接下来听王离一番话，更是目瞪口呆。

"巨鹿城早该破了！只是那章邯老贼，原本与我约定，我攻巨鹿是假，引敌增援是真，他再率主力歼灭各路援军。即便楚军前来将我围困，他也会在外再围上一层，一网打尽。孰料老贼言而无信，隔岸观火，陷我于绝境……我也想明白了！一来，这北境军素来由我指挥，只敬我畏我，那章邯指挥不灵，欲夺此军，便要害我。二来，我乃累世将门，那章邯出身小吏，自惭形秽，便视我为眼中钉。只恨我忘了祖父之教诲，说我'只知争锋，不知人心险诈'，才有今日之败……章邯老贼，鬼迷心窍，手握精兵又有何用。我王离一死，秦军夺气,老贼必败,大秦必亡!"

原来,巨鹿之战本是一场"围点打援"的好戏,王离充当的仅是一个华丽丽的诱饵,不料章邯弃阵而走,终成死局。

樊哙读书之时,对王翦素来敬服,居然阴差阳错用了人家的兵器,更觉欠了天大的人情,心中感喟,长叹一声:"王将军,你死之后,樊哙自会葬你、祭你!"

此刻,有人在耳边低声说了一句:"樊哙,我放了王离,算你欠我一个人情,如何?"

樊哙扭头一看,见身后一人身材高大,相貌堂堂,穿了楚军军官服色,眉眼间别有一种轻佻。此刻,暮色苍茫,四下少人。

"放了王离,岂非纵虎归山?项羽能饶得了你?"

"心死之将,不复可用,何患之有!项羽素来自矜,最爱面子,王离逃走,他自会藏着掖着,岂能自曝其短?他若追查,自然有人会死,你倒不必担心我。但若我不放他,项羽还记得王翦灭楚之仇,杀其祖项燕之恨,王离必死。说不定,还会,千刀万剐,食其肉——"

此人开口滔滔不绝,声音阴柔,樊哙听来既嫌恶,又心惊肉跳,忙道:"放了他,日后用到我樊哙,你开口便是。"

那人呵呵一笑,从靴子里抽出匕首,割开王离绳索。王离一脸茫然,朝樊哙拱一拱手,掩面而去。

自此,王离消失在史书之中。

一年多后,樊哙才再次见到那个有点娘娘腔的楚军军官,他叫陈平。

抢粮抢钱抢美人

有些人，离得越近相处越久，反而越看不清楚。就像樊哙看刘邦，思来想去只有五个字："无可无不可。"

这句话当然不是樊哙想出来的，孔夫子早已说过，只是到这里也变了意思。在樊哙眼里，刘邦似乎没什么挂碍，没什么规则，也没什么底线。

不管什么人投奔，刘邦都不拒绝，从不计较对方的出身、年龄、名声，乃至人品。他瞅上一眼，聊上几句，只要看着顺眼，聊得开心，嬉笑怒骂之间，就把什么都说定了。看他封人官职，就像在口袋里随手掏出一块肉脯，赏给小孩一样，没有半点正经。当然，他决不小气，打胜仗抢了点什么，他都命人分发下去。不好分，就任由大家抢，抢到什么算什么。他也知道"听人劝吃饱饭"，从善如流，即便打不了胜仗，也逃得了性命。

此前，楚怀王派刘邦西进攻秦，很多人觉得这简直是儿戏——就凭他一个混混，领一帮散兵游勇，带一堆破铜烂铁，就能威胁大秦朝？尤其巨鹿之战后，项羽名震寰宇，又将诸侯军揽入麾下，一时风头无两，实力无双，人们更觉得只有项羽才能灭秦。当然，因为项羽杀了宋义，已将楚怀王彻底得罪，谁也不愿再替其多说好话。

当樊哙将项羽在巨鹿的表现告诉刘邦时，只听他倒抽了一口冷气，喃喃道："哦，他妈的……真他妈的……"

不过，刘邦并未停住脚步，这一路行来，虽然城池没攻下几座，但手下渐渐聚集起了一帮人：

攻昌邑（今山东巨野县一带）未下，遇到了彭越。这彭越在巨野大泽中为盗，杀人越货，趁天下大乱，收诸侯残兵，有千余喽啰，因刘邦有西进伐秦的名号，便前来投靠。彭越并无随军西行的意思，只想混个名号。他做强盗得心应手，最擅游击战，也凭这一手，此后立下赫赫战功，拜将封王。

过高阳，收了"高阳酒徒"郦食其。他本是个既穷且狂的老儒生，见刘邦召见自己时，竟还让两个美女给做着足疗按摩，大为光火，张嘴便是一通教训。刘邦连忙谢罪，听其纵论天下，大喜过望。后来，这郦生凭其三寸不烂之舌，纵横诸侯间。其弟郦商也率数千人，来投刘邦，后为战将。

攻开封未下，南攻颍川，屠城。颍川郡本为韩国故地，刘邦在此又与张良重逢。

张良，字子房，本韩国贵族，家中五世为韩相。他也是刘邦这群草寇之中，极少数的不仅有名，还有字的人。韩灭后，张良弟死不葬，倾尽家财求刺客，一心为韩国报仇。曾造五十斤飞锤刺杀秦始皇，未中，遂亡命天涯。而后，得有道之士黄石公授其兵书，张良一改热血豪侠之气，胸中藏十万甲兵，眼量超绝，成一代真国士。之前，刘邦起兵不久，便遇到张良，对其言听计从，张良便有心归附。随后，他说服项梁，立韩国宗室韩成为韩王，自任韩司徒。但在秦兵锋芒之下，韩国仅有一个名义而已。刘邦此番率兵至韩，有张良辅佐，轻而易举略定韩地。张良也以替韩王送刘邦之名，随其一同进军。自此，他成为刘邦帐下第一军师，屡出奇谋，帮助刘邦下南阳，取宛城，至丹水……此时，刘邦仍实力有限，打不了攻坚战，只迂回游击，数次击破秦军，所过秋毫无犯，一路收取民心。这些，大都听了张良之劝。

一个名叫灌婴的卖布小贩，因常年往来贩布，而练就了精湛骑术，他加入刘邦军队奋勇冲锋，屡建战功，后成为骑兵军团统领。

还有一个名叫王陵的大汉，乃沛县豪族，刘邦以前总叫他大哥。他起初不愿低头归附刘邦，但最终还是加入进来，老母为坚其心，不惜自刎身亡。当然，王陵入伙是后话了。

……

樊哙也渐渐成为刘邦手下的第一号猛将。同时，他变成了一个有身份的人，刘邦赐其封号贤成君。

当年一起造反的弟兄们也个个成了人物。萧何负责后勤，统管财物，人人均知如果刘邦称王，萧何便是丞相；夏侯婴被封滕公，凭借多年赶大车的经验，做了战车军团的统领；曹参封号建成君，为步军统领；周勃也官封虎贲令。

行军路上，手提金背大刀的樊哙，想起诸多演变感慨万千："这哪里是一个草台班子？这分明是一个奇迹！"

这年八月，当刘邦打到武关时，手下已有数万人马。

此时的河北战场，也如同王离当初所料一样，巨鹿之战后秦军军心尽失。章邯被项羽连番击败，逼得走投无路，只好率二十余万秦军投降。项羽答应立章邯为雍王——雍即雍州（今陕西一带）。显然，项羽完全没拿此前楚怀王所约定的"谁灭秦谁当秦王"当回事，也没把刘邦看在眼里，早早就把关中地区许给了章邯。二十余万降兵中，不乏秦军之精锐,似乎能大大增强项羽的实力。然而,项羽的军粮本就不够吃,再加上降兵是秦人,日夜呼号着要回家,让项羽烦恼了数十日。

最终,项羽决定,除了收编其中一部分骑兵精锐——楼烦铁骑之外,将其余秦军降兵全部坑杀。这支精锐骑兵最早由赵武灵王一手创建,广招楼烦、林胡等地勇武之士,配备北地良马,苦心淬炼,精于骑射,无不以一当十。当年李牧以运动战击破秦将桓齮,也正是凭借了这支铁骑。赵亡之后,楼烦铁骑被王翦编入秦军,曾参与北逐匈奴之战,而今又被项羽收入麾下。

项羽的这一番纠结和屠杀,给了刘邦足够的时间,也彻底坏了自己的名声。

咸阳发生巨变。先是秦二世胡亥,责怪赵高纵容盗匪。赵高为求自保,先下手为强,逼胡亥自杀,改立公子子婴,但已不再是皇帝,而是降格为秦王。关于子婴的身份,史书向来无定论,有人说他是扶苏之子,有人说是嬴政之弟,还有人说是胡亥之兄,各有依据,但均是只言片语。赵高本想再立个傀儡,暗中和刘邦相约,平分关中。谁知子婴扮猪吃老虎,登基第五天就除掉赵高,夷其三族。从史料看,子婴本有成为一代仁君的能力,只可惜,历史留给他的时间已经不够。

以刘邦此刻的兵力,强攻武关,依旧不行。何况武关后面还有峣关,同样驻有重兵,一味硬拼,很可能前功尽弃。于是,张良利用秦军将领出身低微、贪财好利的弱点,先送重金麻痹对方,而后纵兵偷袭,连下两关,直逼咸阳。

樊哙对张良素来敬佩,但对他的一句话耿耿于怀。说起那位把守峣关的秦将时,张良道:"臣闻其将屠者子,贾竖易动以利……"分明是瞧不起屠夫,我樊哙也是屠夫,当然我是屠狗的,你拿钱收买我试试!

十月,刘邦军队杀到霸上。此时,秦三世子婴也知秦朝气数已尽。做了四十六天的秦王之后,他素车白马、以丝绳系颈,封皇帝玉玺,降于轵道之旁。

"这不是奇迹是什么!"樊哙心想,他知道,这是历史上第一次造反军攻陷都城,而且还是前所未有的大秦朝的都城。

他依旧紧随在刘邦身后,看见金盔金甲的刘邦下巴抬得前所未有的高,五绺长髯在深秋的风里飘扬如同旗帜。此际,与他们进军沛县之时相比,早已不可同日而语。而这才仅仅隔了两年!

在一路向西的征途中,刘邦最鼓动人心的口号绝非仁义道德,也不是理想信念,而是最精练的一句话:"抢钱,抢粮,抢娘们儿!"

每一次千军万马同呼这一句后,都会气势如虹,如狼似虎。而每次惨烈的大战之后,缺胳膊断腿的士兵们就一起互相安慰:"等哪天打下咸阳了,那些达官贵人的钱,咱想拿多少拿多少,美女想睡几个睡几个!"

现在咸阳居然真给攻破了。望着鳞次栉比的高门大户,诸将眼睛里放出狼一样的光彩,不少人激动地流下了口水。特别是坐上皇帝宝座时,刘邦仰天长笑:"这三宫六院七十二妃,这堆积如山的财宝,都是我的了!"他抚摸着龙椅上的花纹,像一口气喝了三斤陈酒。

刘邦让诸将在宫里多拿点东西,以充军费,也顺便补贴一下家用，毕竟都是穷人出身嘛！这句话具有空前的执行力，话音未落，众将就抢了出去。

只有樊哙和张良没有动。对于金钱，樊哙并不贪恋，他明白打仗风险太高，就算抢再多的钱，也未必有命花。对美女他本就没啥感觉，再说在刘邦这位连襟面前，他更得自顾形象。再看诸将已疯了似的四下乱窜，有的还厮打起来。秦宫之中，妃嫔宫女哭声震天。

樊哙隐隐觉得不对劲。

"三哥，你是想打天下呢，还是想发财？快让大伙儿别抢了吧，现在可不是在芒砀山那时候了。咱在沛县祭过黄帝，是义军啊……"樊哙大声道。

"你懂什么！快去拿，晚了就没你的了！"刘邦瞪了瞪眼，若不是看张良在旁边，他还想再补上几句，"我号称义军，你还真信了呀……"

张良是明白人，把一切看在眼里，但"敢为天下先"从来都不是他的风格。他知道这正是刘邦一辈子最陶醉的时候，不愿贸然说话，见樊哙开了口，他便跟着道："主公，樊将军所言有理。一则，刚入咸阳，纵兵大掠，一旦军心不稳，便再也无法收服；二则，殃及百姓，对我们声名会有毁灭性打击；三则，怀王虽说'先入关中者为王'，但现在是他说了算吗？您要真抢了咸阳，占了皇宫，项羽能善罢甘休吗？某以为，还是听樊将军之言，约束三军，封存库府，在城外安营扎寨为好。"

听张良说完，刘邦缓缓坐直了身子，思索一番，擂鼓聚将。众人各自抢了一些财宝和美女。只萧何一人除了皇帝玉玺和一些账目之外，什么都没拿。

刘邦传令，让众将把抢到的财宝全部归公，美女各自留下，马上起身，回城外霸上安营。咸阳城中只留一队兵马，由萧何率领查抄丞相和御史大夫府，把秦朝有关国家户籍、地形、法令等图书档案全部带走。

萧何此番举动，让刘邦喜出望外，史书中也大赞特赞。这批档案极为宝贵，让刘邦对天下的关塞险要、户口多寡、强弱形势、风俗民情等了如指掌，对日后争天下起了关键作用。而也正因为缺了这些档案，项羽即便占了咸阳，分封了天下，却依旧不了解天下。

而樊哙劝谏刘邦的事也被载入史册，而且写得冠冕堂皇，"樊哙谏曰：'沛公欲有天下耶，将为富家翁耶？凡此奢丽之物，皆秦所以亡也，沛公何用焉！愿急还霸上，无留宫中！'"

这也是"富家翁"一词的来源。王船山赞之曰："英达之君而见不及哙者多矣。"

这里顺便一提，四百五十多年后，三国时魏国的曹爽曾将"富家翁"当成自己决策失误之后的保底追求，可惜他失望了，也成了一个笑话。

霸上清角吹寒，夜色已渐浓。樊哙在营垒间漫步，野风吹来神清气爽。相比于城市，他还是喜欢待在外面，荒草和泥土的味道无边无际，让他感觉这才是真正的人间。

这一日，樊哙亲眼见到了人世间最奢华的咸阳皇宫，也意识到自己除了砍人之外，说话居然也能起作用。对于如何争天下，他实在没什么想法，只有基本的是非观。他清楚自己并不比别人聪明，只是更有胆量、更诚实而已。今后，如果再碰到刘邦有错，他还是要说。

樊哙坚信，"我是真心向着三哥的，他还能记恨我吗？"

一条猪腿改变历史

都言人生如戏，不是说要每天都作张作致地演，而是这辈子自己实在做不了主。总有那么几个时刻，让你一个筋斗纵上云端，看一眼尘埃里的自己——原来我被安排在这里。

老了的时候，樊哙常常想，他这一生最难忘两个地方：一个是芒砀山，另一个则是鸿门。

那次，刘邦听了樊哙和张良的劝，将秦朝在咸阳的皇宫、库府全部封存，而后率军回到城外的霸上安营。他还将关中诸县有名望者召集起来宣布："秦朝法令严酷，关中父老所受迫害太久了。依照我之前与诸侯的盟约，我应为秦王。而今与父老约法三章，杀人者死，伤人及盗抵罪，其余秦法悉数废除，官吏任职一如既往。"

刘邦的讲话不可谓不高明，既变严刑为简宽，又不触动既得利益。最后还加上一句："我是来给关中父老除害的，自然不会侵扰百姓！这个请大家一定放心！"

凭这些，刘邦迅速收取了民心。史书记载："秦人大喜，争持牛羊酒食献飨军士。沛公又让不受，曰：'仓粟多，非乏，不欲费人。'

人又益喜,唯恐沛公不为秦王。"

关中的民心,对于刘邦日后的基业有着至关重要的作用。在之后与项羽对峙的漫长岁月中,刘邦被关中百姓奉为真正的"秦王",与之共进退,即便饿殍满地、"人相食",也倾力供给粮饷、兵源。只是这一点,在历史上常常被人忽略。

刘邦还军霸上,直接损害的是手下人的利益。当年许诺的"抢粮、抢钱、抢娘们儿",到此竹篮打水一场空,自然会失落。只不过,他们已经顾不上埋怨,因为项羽杀过来了。都怪项羽,若不是他,少不了在咸阳快活一场!为捍卫胜利果实,诸将守住了函谷关的大门。

兵临城下,项羽扣关不得入,便派猛将英布等人,急攻函谷关。这函谷关乃关中门户,是当时天下最著名的关隘,易守难攻。当年秦军在此挡了六国数百年。但刘邦与项羽的军队战斗力实在相差太远,很快便被攻破。

此时正值腊月,寒风劲吹。项羽在戏水之西扎营,拥兵四十万,号称百万,驻节鸿门(今陕西临潼新丰镇一带)。刘邦驻霸上,有兵十万,号称二十万。双方兵力已然悬殊,经函谷关一战,樊哙更清楚地感受到,楚军比巨鹿时更加强悍,打是万万赢不了的。他看见刘邦在大帐中急得团团转,张良则在一旁沉默,似乎也无良策。

一到危难关头,自然有人站队。刘邦帐下左司马曹无伤为讨好项羽,悄悄派人送信:"刘邦要当秦王,让秦三世子婴为相,将所有财宝据为己有。"

项羽被拒关外时,已生怒火,看了曹无伤之信,更是火上浇油。心道:刘邦你还反了不成?若不是我拖住并消灭了秦军主力,就凭你这个乡巴佬还能攻入咸阳？你要做秦王，眼里还有我吗？让子婴为相，我的亡国破家之恨怎么雪？还有秦宫堆积如山的财宝，那是我要充作军费用的呀！"

项羽传下将令：三军众儿郎，明日为我灭刘邦！

此时，一场著名的"无间道"拉开序幕。

项羽的叔叔项伯，当年受过张良救命之恩。他听说张良在刘邦军中，便连夜前去报信，让张良先行逃命，以免战斗一起，白白给刘邦陪葬。

张良闻讯立马上报，刘邦大惊失色，连忙摆酒请项伯坐下，亲自敬酒，开口闭口称项伯"大哥"，强调自己"打死也不敢反"。不仅如此，刘邦还愿跟项伯做儿女亲家，请其在项羽面前美言几句。项伯点了点头，临走前留下一句话："明天，你必须亲自来鸿门，跟项王（项羽）当面赔罪！"

樊哙第一时间得知了消息。项伯走后，刘邦把樊哙、萧何、曹参、夏侯婴等一干弟兄召集起来，连同张良一起秘议。大敌当前，已不能完全相信那帮散兵游勇，他们随时都可能作鸟兽散。而今最重要的是两件事：第一，做好明天在鸿门的详尽计划；第二，万一刘邦回不来怎么办？

次日清晨，天气晴朗，四野一片青霜。刘邦率张良、樊哙、夏侯婴等百余骑赶赴鸿门，随身带了一双玉璧、一双玉斗，作为见面礼。一路之上，樊哙见刘邦眉头紧锁，忧心忡忡，自己也觉得心头沉重。不过转念一想，此去纵是舍命也要保护三哥，大不了同归于尽，不枉兄弟一场。如此想来，便觉一身轻松。

到得鸿门中军大帐外，樊哙被楚军卫士拦下，只放刘邦与张良入帐。

大帐四周尽是项羽卫队，一色的黑盔黑甲，一色的镔铁长矛，寒星点点，摄人心魄，军容之严整让樊哙震惊。他知道，刘邦手下的任何一支军队，都比不上这支卫队，想来这是项羽从江东带来的子弟兵吧。

樊哙也是一身黑，他站在大帐门口，倒好似卫队统领。四下寂然空阔，冷风砭人肌骨，偶尔几声军队操演号角匝地而来，更添几分苍凉。

对于这个场面，樊哙如梦如幻。若早些年认识项羽，依他的秉性更可能跟项羽一同起兵。他最佩服那种顶天立地的汉子，一起出生入死，十步杀一人，千里不留行。当然认识刘邦后，樊哙的思想也开始转变，他觉得刘邦身上有一种神奇的魅力，不像大哥，倒像一种信仰。究竟谁代表正义，那是后世史官关心的话题，樊哙只隐隐觉得，跟刘邦一起有奔头。

没错，是奔头。自打见识了壮丽的咸阳皇宫之后，樊哙不再把"早晚都得死"挂在嘴边了。未来什么样，他很想看看。

眼见刘邦与张良进帐已一个多时辰，却没有一丝消息。

樊哙脑子里闪过无数念头，他知道张良智计百出，但那项羽何等残暴，眼睛眨都不眨便坑杀二十万人，还有什么事他做不出？况且，项羽力敌万夫，要杀刘邦就像杀只鸡一样……当然，假如真的动了手,这帐外的项羽卫队,也早该把他自己团团围住,乱刃分尸了吧!难不成,三哥已经化险为夷了?

樊哙踱起步来。这时已近正午,暖阳高悬,他仍觉得背脊发冷。忽然瞥见旁边一名楚军卫士神情落寞。此人身高八尺,白净面皮,有几分文弱,与其余卫士迥异的还有,他穿了一袭侍者红衣,手持一支长戟。

红衣人见樊哙看他,轻声道:"阁下是樊哙?怎么,连你也没资格进去?"

樊哙一惊,再从头到脚仔细打量一番,依然不认识此人。

却听红衣人又道:"今日这场鸿门宴,依我看非同小可,或可定天下大势。放眼四海之内,能与项王争天下者,唯有沛公。只可惜项王自视甚高,门第之见深入骨髓,一向小视沛公……"说罢,叹一口气,"当然,项王也瞧不起我。若留我在帐中,定要项王诛杀沛公,不留后患。"

樊哙闻言大怒,按了按剑柄,却见红衣人看都不看自己,兀自絮絮叨叨:"若我在沛公麾下,换作你樊将军的位置,倒也能救沛公性命!"顿了一顿,转过头,幽深如夜的眼睛望过来,"你说,信也不信?"

樊哙满腹狐疑,忽然想起此前在巨鹿遇到的那个娘娘腔的楚军军官,心想:"怎么项羽手下有这么多人满腹牢骚?"口中却含糊道,"我信又如何,不信又如何?"

红衣人凄然一笑,眼神忧郁如湖水。

大帐帘子一挑，张良匆匆奔出来，急道："樊将军，本来主公已平息项羽怒火，只是那范增用心狠毒，派大将项庄当堂舞剑，伺机对主公行刺。幸好项伯正拔剑同舞，以身翼蔽。主公命在顷刻之间，还请你速速进去！"

樊哙大惊，拎起金背开山大刀就往里闯，没走出几步，又想起这又不是临阵交锋，岂可莽撞。便把大刀放下，只带剑持盾，闯进大帐。门口两名卫士连忙阻拦，樊哙持盾将二人撞翻，径直走到刘邦身后站稳，凝视项羽，目眦尽裂，怒发冲冠。

项羽一愣，轻声喝退项伯、项庄二人，按剑坐直身子，却也不看樊哙，只冷冷道："来人是谁？竟敢闯我大帐。"

"启禀项王，此乃沛公贴身侍卫樊哙。"张良回道。

项羽这才看了一眼樊哙，但见他豹眼虬髯，怒目而视。项羽心中微微一喜："我项羽出道以来，手刃敌人数千，还从未见过谁敢瞪视我！"便起了一丝爱才之心，"嗯，是位壮士，赐酒肉。"

早有军士捧来酒和一条生猪腿。樊哙一饮而尽，拔剑切肉，片刻吃得精光，用手背抹了抹嘴角血丝。

项羽笑道："能饮酒否？"

刘邦心下一缓，大半天过去，他终于从项羽脸上找到了笑容。不过，接着心中一紧，不知樊哙会说出什么话来？这可是事先未曾预料到的。

却听樊哙厉声道："臣死且不辞，何况饮酒乎！当日，怀王与诸将相约'先破秦入咸阳者为王'，大王也知道，沛公先入定咸阳，却扎营霸上，封秦宫室库府，为的是什么？还不是专等大王前来？谁知终于等到了,大王却误听小人中伤之言,要加兵于沛公。臣担心如此一来,天下人都心疑大王,诸侯之盟土崩瓦解,此乃步秦亡之后尘也!臣以为大王不会这样!"

这番话动之以情,晓之以理,寥寥几句更将其中利害点得明明白白。

项羽闻言,默然不语。刘邦却大喜过望。他看了一眼张良,只见他也有几分惊奇。

看项羽面色稍一缓和,刘邦忙称要上厕所,出了大帐。

樊哙也跟着出来,"三哥,此乃是非之地,你快走。"

刘邦犹豫道:"我也正有此意。只是,还没跟项羽辞行……"

"三哥,所谓'大行不顾细谨,大礼不辞小让。'如今人为刀俎,我为鱼肉,有什么好辞的?再磨蹭就走不了了。"

刘邦心知有理,悄悄骑了一匹马,樊哙、夏侯婴等四人步行护卫,悄然从小路返回霸上。各自的坐骑和那百余骑兵、见面礼都丢在了项羽军中,交由张良处理。

这一路走得心惊肉跳。樊哙回去后的第一件事,便是砍了曹无伤的脑袋。

事后,刘邦曾多次说起:"兄弟,你在鸿门真是太、太、太让我震惊了!要不是你,三哥我怕是真回不来了。"

樊哙总是笑笑,脑子里闪过那红衣人的影子。他知道,有些话只能烂在肚子里。

当然,樊哙的肚子还记住了另一件事。鸿门宴,那是他最后一次吃猪肉,终其一生,那条生猪腿都在他胃里翻江倒海。夏侯婴无数次笑他，笑完之后又说："老樊，这猪腿吃得值了！你说，如果三哥被项羽杀了，这历史该怎么写？"樊哙也点头，想起那红衣人事先早已说得明白："放心，项王今日不杀刘邦！"

而凭借鸿门宴上的表现，樊哙历来备受史官盛赞。班固称他："矫矫将军，威盖不当。操盾千钧，拔主项堂。"

那么，项羽为何没杀刘邦呢？

千年以来，无数人问过这个问题。如果认真分析一下，就会发现，其实这正是项羽当时的本意。

其一，项羽绝没有妇人之仁，更非有勇无谋之辈。从他杀宋义、破章邯、坑降卒等一系列动作来看，他不仅工于心计，更善于用兵。项羽只是打心底里没看起刘邦，认为他根本不可能对自己构成多大威胁。当然，他对刘邦也并非没有防范之心，这在后来分封诸王时便能看出来。

第二，项羽心中另有头号强敌，那便是楚怀王。项羽满脑子等级观念，更愿相信他的对头是个贵族、王族。楚怀王，这个当年的放羊娃并不简单，他曾趁项梁之死夺项氏兵权。项羽杀宋义之后，虽与楚怀王失和，但仍有君臣之名。当时，项羽四十万人马多为诸侯军，嫡系部队不过十万。而诸侯仍遵楚怀王号令，项羽只能算是临时统帅。假如楚怀王昭告天下称项羽谋反，诸侯即便不敢来攻击，也极可能四下散去。项羽再想称霸就难上加难了。

相比而言，刘邦只是楚怀王手下一枚棋子。刘邦攻占咸阳，奉的是楚怀王之命，此时杀刘邦，只会给楚怀王发难的口实。倘若刘邦一死,诸侯人人自危,也可能各自回家。所以,杀刘邦只是次优选择,还是要先灭了楚怀王再说。至于刘邦离席"尿遁",很可能是项羽睁一眼闭一眼的结果。他要的就是让刘邦心虚,理亏,留下口实。

第三,项伯发挥了重要作用。此前,项羽说"击灭刘邦",除了一时愤怒以及曹无伤的撩拨之外,主要还是范增的意思。范增看到原来贪财好色的刘邦,入咸阳后竟然规规矩矩,"志不在小"。因范增与项梁同辈,项羽让他三分,尊为"亚父"。然而,在项羽心中,范增的地位恐怕依然比不上项伯。从鸿门宴的座次中可以看出,项伯与项羽坐在一起,位居上首,范增只在次席。

项伯去刘邦军中寻张良,应该是出于义气。对于项伯这样的"老油条"来说,刘邦的口头收买究竟能起多少作用,着实不得而知,但是随后项伯便有了私心。这私心可能夹杂着对项羽、范增的不满,也有骑墙观望之意。在历史随后的发展中,项伯愈来愈成为项羽军中的一颗地雷。

经张良与项伯调解,项羽置刘邦于不顾,率军直入咸阳,开始了他最拿手的"血腥三部曲":杀、烧、抢。

项羽先杀秦王子婴,替祖父项燕和叔叔项梁报了仇;再劫掠一空,最后率兵屠城,一把火烧了三百里阿房宫,烈焰三个月不灭;财宝和美女都是项羽心爱之物,他随军带着浩浩荡荡运出了函谷关。

秦朝已灭,秦宫已毁,项羽建都彭城(今江苏徐州),自立为西楚霸王,着手分封诸侯。分封前,他先派人去向楚怀王报告,楚怀王就说两个字"如约",也就是按照之前的约定。项羽大怒,将楚怀王废置一边。彭城本为楚怀王之都城,项羽将其赶走,徙至江南郴地(今湖南郴州),遥尊其为"义帝"。

项羽一共封了十八路诸侯。刘邦被封为汉王,也确实被封在了秦朝故地,但那是最偏远的巴蜀,以南郑为都城,当时是放逐罪犯的地方。

刘邦很生气,回到大营后大叫发兵,要跟项羽拼命。樊哙一把抱住刘邦,他清楚记得,萧何一句话就让刘邦冷静下来。史书说得很直白:"萧何谏曰:'虽王汉中之恶,不犹愈于死乎?'"

的确,做汉王总比死要好。刘邦缓过神来,于是封萧何为丞相,赐给张良黄金百镒,明珠二斗。因为当时项羽封给刘邦的地方只有巴蜀,难以自立,而汉中才是巴蜀之门户。刘邦又派张良持重金打点项伯,请他出面替刘邦去求汉中之地。张良连同自己的黄金和明珠一同送给了项伯,替刘邦讨来了汉中。

就这样,刘邦虽然骂了一路,但还是乖乖去当了汉王。项羽只允许他带三万兵前往。正是,路险难行,兵微将寡。

不仅如此,项羽还封章邯、司马欣、董翳这三个秦朝降将为王,以牵制刘邦,堵住了他们回东方的路。

刘邦成了一个万分憋屈的王。郁闷的时候,就拉樊哙喝酒,此时的樊哙被封为列侯,号武侯。他已经改口不再叫"三哥",而是叫"大王"了。偶尔,他们仍会聊起以前在芒砀山上落草的日子。

在家乡当个快活的强盗,和在异乡做个窝囊的王,到底哪个更好呢?

面子底下，一座刀山

称呼真是个复杂的东西，有时你觉得只是面子，可它偏偏又成了里子。其间隐藏着森严的壁垒，每一步都隔着一座刀山。

这是樊哙多年后才明白的道理。

自从把"三哥"的称呼换成"大王"之后，樊哙的话越来越少。他渐渐发现，跟刘邦似乎越来越无话可说，尤其是在没喝酒以及喝了酒的时候。

有些人为讨好刘邦，便以迂为直先来找樊哙，对此，他几乎全都冷处理掉了。

樊哙不会知道，他的做法竟然也成为一个样板。曹操曾称赞自己的卫队队长许褚，"此吾樊哙也"——那绝不仅仅因为许褚打仗玩命，力敌万夫，更重要的是"褚性谨慎奉法，质重少言"。为了避嫌，许褚极其注意和诸将保持距离，手握重权的宗室大将曹仁几番想和他接近，都被他断然拒绝，曹仁恼怒。曹操听闻此事，却对许褚"愈爱待之，迁中坚将军"。

刘邦在巴蜀待得憋屈，而此时项羽也百爪挠心。因为他所分封的天下，刚刚经历几个月，便呈土崩瓦解之势。

先乱的是齐国。项羽对原来的齐王田市（fú）不满，因其当年未发兵救项梁，而且没有派兵随自己入关，所以未予封赏，将田市徙往胶东，改立其将田都为齐王。事实上，齐国的实权派一直是田荣，他也是当年率先举起刀枪反秦之人，对项羽的分封自然也不满。这年五月，田荣发兵攻击田都，田都逃往楚地。六月，田荣又在即墨杀了田市，自立为齐王。

此前，项羽还立了一个济北王田安，而对当地另一支力量彭越视若无睹。彭越在巨野大泽中起兵，率手下万余人转战梁地（今河南开封一带），给了秦军不小打击。彭越很生气，心想：你项羽凭什么不封我？正当他既愤懑又彷徨之际，田荣赠其一枚将军印，命其攻击田安。七月，彭越击杀田安。田荣就这样统一了三齐故地。

继而是燕国。此前的燕王韩广被项羽徙往辽东，封为辽东王，而随军入关的燕将臧荼被封为燕王。韩广当然不同意，八月，臧荼击杀韩广，同时占据了辽东。

随后还有赵国。项羽将原赵王歇徙至代地，为代王；封张耳为常山王；只将南皮附近三个县给陈余，封其为侯。在巨鹿之战时，张耳与陈余已然反目，此时，陈余更是愤愤不平，暗中向田荣借来兵马。十月，陈余与齐军合力，大败张耳。张耳跑去投奔了老朋友刘邦。陈余复赵歇为赵王，自己掌握了大权。

如此一来，函谷关外的整个北方地区，全部动摇。那么，事情为何会演变到这一步？

首先，项羽分封诸侯时，本来就没安好心。他所封疆域与战国七雄相比，多有分割。秦被分成雍、塞、翟；楚分为西楚、九江、临江、衡山；齐分为齐、胶东、济北；魏分为西魏、殷；燕分为燕、辽东；赵除了分为赵、代之外还有南皮三县。唯一未分割的是韩，韩王成还被项羽羁留在彭城，不久便被杀死。

项羽的理由是根据伐秦的功劳分封，其实则是想让诸侯争斗，内耗,而他坐拥西楚精兵强将,便可天下无敌,永为霸主。他这一招看似高明,但忽视了一点,就是他分得了地盘,却无法让实力均衡。谁能让一只狼和一头猪各守地盘?田荣等人心怀不忿,自然伺机而动。

其次,项羽自己将楚怀王赶出彭城,徙往江南,做了一个恶的示范。名义上,当时天下的中心仍为楚怀王,诸侯一看,你项羽都不守规矩我们凭什么守?于是各逞武力抢地盘。特别是田荣和陈余,抢来了地盘之后,依旧怨恨项羽。

当然,最根本的一点,还是项羽满脑子封建思想,一心想在推翻秦朝之后,回归到周朝的分封制,殊不知这老路早已走不通。周朝建立之初,各地尚处于蛮荒阶段,精力只能放在开荒生产上,自然可以相安无事。而此时,整个中原都已开垦完毕,秦用数百年时间普及了兼并与统一的好处,诸侯又岂能再安分?

从大趋势看,历史也只能沿着秦朝的方向往前走,开倒车的项羽注定要被碾倒在车轮之下。

刘邦依旧像一块巨大的磁石,即便在偏僻的巴蜀,也能吸引良将谋臣前来。

最令樊哙意外的一个人是韩信,数月之前在鸿门,樊哙曾与其有一面之缘。当时,韩信红衣持戟,愁绪满怀,滔滔不绝,樊哙以为他只是一介狂生罢了。孰料他竟是一代奇才,刘邦拜之为大将。韩信比樊哙还小十一岁,二人也曾谈过几次,樊哙震惊这个年轻人身上那种谈笑间横扫千军的气度。

又过数月,刘邦以项羽害死义帝为由,兵发三秦,拉开了楚汉战争的序幕。

后来,又一个谋臣加入进来,正是当年私自放走王离的那个楚军军官陈平。陈平分明喝了几杯酒,摇摇摆摆来见樊哙,却并不急着让他还人情,只是看似随意地问了几句话,便又摇摇摆摆去见刘邦。刘邦封陈平为都尉,参乘、典护军,待之如亲信。

当时,周勃、灌婴等诸将都瞧不起陈平,认为他名声太差,还说他"盗嫂受金"——在家和嫂子私通,在军队里收受贿赂。

樊哙很快也听到风声,这陈平自幼不务稼穑,鬓前常簪一枝花,乃一方著名美男子兼破落户。不过,他嫂子对其向来鄙夷,说:"亦食糠核耳。有叔如此,不如无有。"为此,还被他哥休了。所以,怎么可能私通?

陈平的才干很早便显现出来。史书记载,某年社祭,陈平主持为村民分肉,分得很妥帖,众人赞不绝口:"善,陈孺子之为宰!"他一听来劲了:"嗟乎,使平得宰天下,亦如是肉矣!"

陈平还凭着自己的相貌、心计和胆量,娶了一位貌美多金、连嫁五次丈夫皆死的寡妇,堪称艳谭。只不过,他此前仕途并不顺利,先投魏王咎,又在项羽帐下谋事,均不得重用。还差点受连累被项羽砍头,只好连夜仗剑而逃。在前来投奔刘邦的路上,他又上了贼船。"船人见其美丈夫独行,疑其亡将,要中当有金玉宝器,目之,欲杀平。平恐,乃解衣裸而佐刺船。船人知其无有,乃止。"你看,为了保命,陈平连裸体撑船这一招都用上了。

在诸将眼里,陈平只是个绣花枕头。但樊哙不这么看,他心想:咱们谁不知道谁?真是干干净净的老实人,能一起造反吗?汉王当年不也只是个流氓?

有些人就喜欢对新人摆老资格,特别是稍微混出点眉目来,就有意无意地指手画脚。樊哙最讨厌这种行径,也时刻自省,免堕恶道。

当然,樊哙不知道,陈平确实收受了贿赂。但刘邦一问,陈平毫不遮掩,立马就摆到了台面上,他道:"闻汉王之能用人,故归大王。臣裸身来,不受金无以为资。诚臣计画有可采者,大王用之;使无可用者,金具在,请封输官,得请骸骨。"意思是,我是听说大王你善于用人才来投奔的,臣两手空空而来,不受点贿怎么过日子?您要觉得我的计策还能用,就用;觉得不成,金子都在这里呢,全部充公,我走就是了。

刘邦对这个回答很满意,看得出陈平是个聪明人,而且绝非小聪明;陈平人也不是特别坏,从后来发生的事看,他知恩图报。有的人做事纠结于是否合乎道德,而陈平根本就视道德为无物,所以不拘小节。他目光长远,洞烛幽微,智计百出,总能在复杂的形势中做出最有利于己方的选择……这些都契合刘邦的胃口。

那么,诸将有意见怎么办?刘邦不动声色,继续给陈平升职,加封为护军中尉。这是负责监察的官,直接监管诸将,于是"诸将乃不敢复言"。

楚汉这场仗,断断续续打了三年又五个月。

樊哙依旧身先士卒,登城斩将。危难之时,他也紧随刘邦左右,舍命护卫。

相比于曹参、周勃等人,樊哙加官晋爵的速度,明显要慢了许多。有人替他抱不平，但他并不介意。他心里明白：自己打这场仗，又何尝是为了功名利禄？

只是，在漫长的厮杀中，有些事他越来越明白，有些事却越来越糊涂。

比如，在战争第二年四月，樊哙终于和项羽直接交锋了。这是他此前最担心，却又期待已久之事。

当时，刘邦趁项羽北击齐国之机，率汉军攻取了其都城彭城。此时，汉军盛极一时，人马数十万。刘邦将项羽的珠宝和美女全部收为己有，每日与诸将痛饮欢会。樊哙则统领两万精兵，镇守北面要塞瑕丘（今山东兖州东北）。此地乃彭城第一道屏障，樊哙丝毫不敢大意，日夜提防。

而正当刘邦得意忘形之际，项羽开始行动了。他率三万铁骑疾驰南下，做了一个Ｓ形的大迂回，第一战便直击瑕丘。

樊哙从未想过，项羽来得如此之快，又如此之猛。比起当年在巨鹿，项羽的军队战力分明又增强数倍，完全不用夜袭，如雷如电，如秋风席卷落叶，如镔铁长矛刺透一层窗户纸⋯⋯

樊哙事先所做的一切防卫准备在半个时辰内土崩瓦解。他甚至来不及与项羽战上一个回合，便被乱军冲得败退到数十里外。稍微回过神来，他也明白最重要的不是找项羽拼命，而是应该去保护刘邦。

待他见到刘邦时，汉军整个北方防线已被项羽击穿。刘邦在彭城城下列开阵势，几十万大军多为步兵，甲光照耀天际。

眼见项羽三万精骑飞来，转眼间两军便已交兵，再转眼汉军便被撕开口子。项羽横冲直撞，如入无人之境。几十万汉军被杀得大败，这一战折兵十余万。

刘邦率领败军南逃,要利用吕梁山布防,收拾残兵,再行开战。尚未站稳脚跟,项羽又已杀到。汉军被压迫至灵璧以东、睢水之上的狭长地带,再次被歼十余万。岸上水中,到处都是汉军的尸首,"睢水为之不流"。

这一战自此成为樊哙的噩梦。他暗暗发誓:"如果有人能击败项羽,我樊哙甘愿给他磕头!"

这一战也让樊哙看到了刘邦的另一张面孔,那是他从未见过、也永远不愿再见的一面——

彭城大败,樊哙保着刘邦向西杀出一条血路。正当人困马乏,埋锅造饭之际,一哨楚军斜刺里杀来,当先一员大将,甚是威武。樊哙识得此将,正是西楚勇将季布的舅舅丁固,人称"丁公"。若在往日,樊哙完全有信心击败他,但此时浑身是伤,两膀酸麻,身边只剩几个残兵,只有受人宰割的份儿了。

樊哙抱定必死之志,心想若能拼命挡上一阵让刘邦逃命,那是最好不过。实在不行,二人一同死在此地,也只好认命。大丈夫埋骨沙场,得其所哉!

樊哙正想着,忽见刘邦披头散发,一瘸一拐地走向丁公,扑通一声跪倒马前,哽咽道:"丁公,我们当年同在怀王帐下效命,也是故人——您看我刘邦身受重伤,这条命怕也撑不了多久。丁公忍心杀我这垂死之人?"那丁公早已举起刀来,鄙夷地望着刘邦,又扫了樊哙一眼,引兵掉头而走。

樊哙在一旁直看得呆了。而刘邦也这样逃得一条生路。

然而,项羽败亡后,丁公求见刘邦,以为他会顾念当初"不杀之恩"有所封赏。谁知,刘邦却立刻将丁公杀了。

史书记载:季布母弟丁公,为楚将。丁公为项羽逐窘高祖彭城西,短兵接,高祖急,顾丁公曰:"两贤岂相厄哉(英雄何必为难英雄)!"于是丁公引兵而还,汉王遂解去。及项王灭,丁公谒见高祖。高祖以丁公徇军中,曰:"丁公为项王臣不忠,使项王失天下者,乃丁公也。"遂斩丁公,曰:"使后世为人臣者无效丁公!"

以丁公"不忠"为理由,杀得冠冕堂皇,毫不留情。后人看来,似乎也有道理,但只有樊哙知道,当时的刘邦远远比史书中所写的更狼狈、更窝囊、更耻辱。这一刀,无非是要杀人灭口而已!

否则,若言"不忠",谁又比得上项伯呢?他可是被封了侯,赐了姓,成了"射阳侯刘伯",青史留名呀!

那个曾经百无禁忌的三哥,竟然为了面子杀人,杀一个恩人……

有江山,无兄弟

那年早春时节,刘邦在汜水之阳即皇帝位,裂土封王。

对这一幕,日本史学家鹤间和幸曾写道:"当时连都城都没有,所以即位仪式是在战场上举行的,实在不愧是刘邦式的皇帝即位。"

那年,樊哙已四十一岁。

看到刘邦身着龙袍,登上临时搭建起的金銮殿上,樊哙心中乐开了花。

封王自然没有他什么事。和诸将比起来，他官位不高，食邑也不广，但仍然觉得从头到脚都爽透了。谁能想象，咱一帮哥们儿还真扶起了一个皇帝来！

典礼之后，樊哙拉着夏侯婴、曹参一同喝了一场大酒。虽然和萧何也很熟，但人家毕竟是丞相了，文武之间还是应该有所避嫌，不要交往过密为妙。

酒过三巡，夏侯婴长叹一口气，道："我赶了大半辈子车，终于能歇歇……这全身骨节都颠簸得快散架了！"

樊哙平时已经话很少了，曹参却比他更少，只是依旧酒来必干。

喝到酣处，三个人脱掉上衣，皆是刀疤箭痕，一道道，一条条，历历在目。好像每个人身上都背了半部历史。

最后，夏侯婴酒力不支，伏于案上。樊哙只觉天旋地转，犹自勉力支撑。这时，只听曹参道："老兄弟啊，我怎么觉得这仗还得打呢，咱们谁都清闲不了……"

仗还得打吗？和谁打呢？

那时樊哙已经没法想明白，往后一仰便睡着了。

此后发生的事，让樊哙意识到曹参果然见识不凡。

刘邦所分封的诸王，除了自家人情绪稳定之外，其余的居然陆续都"谋反"了。樊哙根本都没歇几天，便跟随刘邦去平叛了。

那些仗樊哙打得异常痛苦，全是老熟人，很多都曾并肩战斗过。然而痛苦归痛苦，他依旧唯刘邦马首是瞻，让灭谁就灭谁。

俘获臧荼,削平燕地;活捉韩信,略定楚地;追斩韩王信,收复代地……他的战功越积越高,被赐爵舞阳侯,食邑大增。

在这期间,刘邦听从张良之谏,迁都长安。萧何为刘邦建了一座富丽堂皇的宫殿,名唤"未央宫"。

未央宫中,刘邦接受群臣朝拜,并在前殿摆下盛大酒宴。席间,刘邦亲自举起玉杯,为太上皇刘太公敬酒,笑道:"当年,您总是说我不务正业,攒不下什么家业,不如我二哥。而今您放眼看看,我和二哥的家业谁多?这四海之内哪一样不是我的家业!"

这话惹得群臣笑成一片。樊哙也笑笑,但隐约觉得不是那么回事——兄弟们用命打下天下,怎么就都成他自己的家业了?

樊哙感觉,站在皇宫大殿上的刘邦,离兄弟们越来越远。那样的确很气派,但已然面目模糊,时而恍如陌生人。

他已经搞不懂刘邦在想什么,人生更失去方向感。他真想歇一歇了。对于妻儿,他感觉由衷的愧疚。他和吕媭所生的儿子阿伉也已经十多岁,但因连年征战,他根本没怎么顾及过儿子。

又一年的秋天,淮南王英布造反。这英布,原本是项羽手下的一员悍将,后被刘邦谋士劝降,威福相加,予以收服。淮南乃是英布的根基所在,他一反,淮南乃至江东都为之大震。

此时,刘邦正逢重病,厌恶见人,还诏令宫中守卫,不准任何大臣觐见。情势危急,群臣却束手无策,周勃、灌婴等诸将急得团团转,却也不敢进门。

十几天过去了,樊哙忧心如焚,他担心淮南战事,更担心刘邦的安危:他是不是已被奸臣害死,秘不发丧?

这种事历史上不是没有,春秋五霸之首的齐桓公、沙丘之乱中的赵武灵王……哪个不是一代雄主?不都是死去多日之后,消息才传出来吗?

最终,樊哙带领群臣上演了这辈子第二次硬闯,排闼直入,推开大门径直进入宫中。守门卫士无人敢挡,他们知道,这位樊将军是挡不住、也挡不起的。

深宫之中,刘邦正枕着一个颀长白皙的宦官,二目微闭,形容枯槁。陡见满朝文武来到,领头的却是樊哙,刘邦一惊,忽地坐了起来。

樊哙怒目一扫,那位刚才还在躺着的宦官看此情景,连滚带爬地溜出大殿去了。

关于这一幕,史书记载:"群臣绛、灌等莫敢入。十余日,哙乃排闼直入,大臣随之。上独枕一宦者卧。"

事实上,这一次的凶险也不亚于上次的鸿门宴。须知,带头闯宫有太大的谋反嫌疑,最差也是个"大不敬"的罪名。而且,这次让众人撞破了刘邦的小秘密,使其颜面扫地,倘若场面再尴尬些,又该如何收场?

然而,樊哙已经顾不了这许多,他看到往日元气满满的三哥居然变成这副样子,不禁泪如雨下。

群臣拜倒床前。樊哙道:"陛下当年和臣等自沛县起兵,扫平天下,何其壮也!如今天下已定,又何其疲也!陛下病重,大臣震恐,不与臣等商量,却要和一个宦官终老吗?陛下忘了秦朝的赵高吗?"

这番话真是发自肺腑,赤胆忠心,又毫不留情,绝对是冒死进谏了。连一向不服人的周勃都暗暗佩服,为樊哙捏了一把汗。

刘邦闻言一阵恍惚,随即仰天大笑,站起身来。

他忽然想起,自己也好久没这么笑过了,自从做了皇帝之后,以往的兄弟们个个疏远;老婆吕雉当了皇后也更加阴鸷……刘邦着实是疲惫、寂寞而又心烦。他知道樊哙忠心耿耿,这份情意让他心里暖烘烘的。

樊哙幸未获罪。

刘邦御驾亲征,果然平定英布。回朝路上,经过沛县,摆下宴席,请家乡父老前来喝酒。

这沛县穷乡僻壤,又屡经战乱,又哪里能寻到什么礼乐?于是,早有乐官找来一百二十名孩童,教他们唱歌,以为佐酒之乐。刘邦直喝得满面飞霞,击筑唱曰:

"大风起兮云飞扬,威加海内兮归故乡,安得猛士兮守四方……"

孩子们歌而和之。刘邦乘兴起舞,慷慨伤怀,流下数行浊泪。随后,刘邦免除了沛县"世世代代"的赋税徭役。

十余日后,刘邦欲走,又被留住,痛饮三天。临走时,沛县父老跪倒一片,求刘邦也免除临近的丰县(入汉之后,丰邑升格为丰县)的赋税徭役。刘邦道:"丰县是我生长的地方,我岂能忘记?恨只恨,当年我正处危难之际,他们却跟随雍齿造反!"父老苦苦哀求,刘邦才松了口,使丰县享受和沛县一样的待遇。

这番沛县之行,在历史上留下浓重一笔。后人惊叹的大多是:刘邦这样一个流氓皇帝,却能写出如此杰出的诗篇!其实,写诗有时靠的只是胸襟，历史上多少君主恶名昭彰，却偏偏写得一首好诗，既让人咬牙切齿，又不服不行。

在樊哙看来，却是既亲切又陌生。当年，那些对刘邦嗤之以鼻的人，而今都涎着脸偎上来，跪在地上，嘴比蜜甜。也许，乡音不改，乡情还在，但在他们眼里却早已不是故人，而是权力。

在刘邦酒酣吟诗、起舞泣下之时，樊哙发现他真的老了。而那些能征善战、可守四方的猛士，都去了哪里呢？

答案谁都知道，但谁也不敢说——还不是被你刘邦抓了、杀了！

从沛县回到长安，刘邦旧病发作，再次卧床不起。而此时，燕王卢绾在封地起兵造反。

"连卢绾也反了！"樊哙只觉得一阵悲凉。

这卢绾不比别人，他家与刘邦家世代交好，而且他与刘邦二人还是同年同月同日生，一同读书，刘邦早年犯了事，卢绾也跟着他一同躲藏。沛县起兵后，卢绾常随刘邦左右，入汉中封为将军、常侍中，楚汉战争中，为太尉。刘邦称帝后，先封卢绾为长安侯，封地在咸阳，后来又封为燕王。无论衣服赏赐还是亲近程度，群臣皆不敢与卢绾相比，即便樊哙也比不了……

这到底是为什么？樊哙心里和明镜一样。

刘邦已经起不了床，他派樊哙以相国的身份，统兵十万前去平叛。这是樊哙一生做过的最高职务，领过的最多的兵。

然而，樊哙前脚刚走，后脚就有人对刘邦进谗言："皇上，那樊哙跟吕后串通一气，想等皇上百年之后，就举兵谋反，诛杀戚夫人和皇子如意。皇上不能不早加防范啊！"

这一句戳到了刘邦的痛处，旋即大怒。对于吕后干政，他早已严重不满，现在又听说吕后跟她妹夫樊哙串通一气，立马觉得事态严重。

有人会说：刘邦还不了解樊哙吗？怎么还起这种疑心？

他当然了解，知道樊哙重情义，现在也并无谋反迹象。但是，他一想到自己最爱的戚夫人和小儿如意就心疼，自己死后也决不让人欺负这对孤儿寡母。而且，到时候吕后肯定会动手，群臣之中敢帮忙的恐怕只有樊哙——他有这个能力，更有这个胆量！

这就是最狠最毒的谗言。对皇帝来说，一旦牵扯到谋反以及自己的子嗣继位问题，他是一定会举起屠刀的。即便是再忠的臣子、再好的兄弟。

刘邦在病床上决定临阵换将，传诏命陈平与周勃一同前往。陈平取樊哙之人头，周勃代其典兵。

陈平当然不傻。他知道樊哙绝非一个粗人，即便见了诏书，也极有可能不会乖乖就范。而且樊哙手握重兵，那到时候掉脑袋的是人家还是他陈平自己呢？这个可得掂量清楚。

为此，陈平让周勃暗藏在一辆大车中，未到阵前，就先筑起一座高台，然后派人去请樊哙前来接旨。樊哙早已探明来的只是陈平，对这一介文官并未提防，于是独自一人上台接旨。跪下之后，陈平才宣读了斩立决的诏书。樊哙大惊，却见周勃率军从身后走了出来，自己的兵符已被接管，已然束手无策。

那一刻，樊哙只觉受了天大的委屈。他不信这诏书是刘邦发出的，为何自己鞍前马后，一辈子披肝沥胆，却换来如此结局？他还担心自己的妻儿老小，他们会怎样？刘邦是不是已经被人控制了？

故事到这里原本应该结束了。但陈平着实太过聪明，他对周勃道："樊哙是皇帝的心腹爱将，劳苦功高，又是皇亲国戚，皇帝在气头上才让我们杀他，万一回头后悔了，我们怎么办，能把头给安回去吗？再说皇帝病得这么厉害，这朝中吕后权势熏天，你我又不是不知道。而樊哙是吕后的妹夫，她姐妹二人必定报仇，到那时难免会归罪于咱俩……依你看呢，老周？"

周勃虽然平日里跟樊哙互相看不对眼，但他真心觉得樊哙冤枉，也同意将其钉入囚车，送回长安，或杀或免交由刘邦定夺。这是陈平、周勃二人第一次的重要合作，而此后这样的合作还有很多，直至扭转乾坤。

回京路上，囚车中的樊哙并未受苦，陈平对他照顾有加，也把自己所知的来龙去脉一一说了。樊哙一开始还万分悲愤，后来神情也只是淡淡的了。

这一路的风霜让他想起了很多事。比如，夏侯婴亲口说，当年彭城之败后，刘邦被楚军追得急，为了让车跑快一点，几次三番把自己的一对儿女推下车去。若非夏侯婴一次次把他们捡回车上，他们早为追兵所杀。为此，那一路上刘邦有十余次拔剑要杀夏侯婴。再比如，当年项羽捉住刘邦的父亲刘太公，为要挟其就范，架起大锅，作势欲烹太公。刘邦却道："我与你曾在楚怀王面前约为兄弟，我爹即是你爹。你若真想烹了你爹，不妨分我一杯羹！"倒是那项羽不屑为之……

那些年,他总以为刘邦雄才大略,不拘小节。原来,不过是骨子里冷血——他不信任任何人,也不在乎任何人。

半路上,传来刘邦驾崩的消息。樊哙大哭一场。为刘邦,也为自己,为这几十年樽前马下、火海刀山的生涯……

回到长安,樊哙便被吕后释放,并恢复爵位和封邑。

只是,他以往的雄心和气魄,再也没能恢复起来,就连以往引以为傲的虬髯也很快便稀疏了,一如长安城外秋风里的瑟瑟枯草。

两年后,汉丞相、酂侯萧何病逝。

再三年,汉丞相、平阳侯曹参病逝。

又一年,汉舞阳侯樊哙也驾鹤西行。

那年深秋,芒砀山上。夏侯婴从车上取下了那柄金背大刀,颤巍巍走上山崖。满山的红叶映照于刀光之下。他静静地立着,叹一口气,大刀化作一道弧线,坠入悬崖下的涧水之中,溅起最后一道水花……

下雪的时候,夏侯婴常着布衣,独自赶马车到樊哙的坟前坐一会儿,如当年坐在小刀狗肉铺里一样。

天下,十面埋伏

韩信

北风如刀,天地如俎,渭水清清浊浊,如一腔英雄之血,日夜东北而流。

渭水南岸,一片堂皇的宫室铺陈而出。在凡人眼中,这里比天高、比海深,抑或就是灵霄殿、水晶宫在地上的模样。而若上苍随性一瞥,大概会觉得也就是一堆玩具罢了。

宫室如是,权势如是,功名如是,天下亦复如是。

此地乃是长乐宫。原为秦始皇的一座避暑行宫——兴乐宫,后被汉高祖刘邦沿用,更名为长乐宫。

"都怪他猜忌心太重,把自己累得要死,若是我啊,早该长长久久地燕乐于此了!"淮阴侯韩信一边自言自语,一边瞥了一眼身旁的汉丞相萧何。

萧何恍若未闻未见,只低了头往前踱着。

宫院深深深几许。

韩信微微一笑,抬头望了望周围的宫殿、楼台,心道:果然是秦宫壮丽,而萧何又舍得花钱,在原来基础上扩建许多,这才是皇家气派。相比而言,自己以前住过的齐王宫、楚王宫,都不值一哂。而现在的淮阴侯府,更是只能算个鸡窝而已。

嘿!是鸡窝,脱毛凤凰不如鸡——

时近四更,空气中忽然回荡着一种奇异的声响,飘悠悠、阴惨惨、瓮声瓮气的。

萧何眉头紧锁:这声音似在书中见过,莫非这就是传说中的牝鸡司晨?

韩信心下凄然。他分辨不出,自己听到的是哭声还是箫声……

填饱肚子，是头等大事

> 岂曰无衣？与子同袍。王于兴师，修我戈矛。与子同仇。
> 岂曰无衣？与子同泽。王于兴师，修我矛戟。与子偕作。
> ……

春日清晨，淮河之畔。一首《无衣》在晨霭中回荡。

此诗出自《诗经·秦风》，本是一首军士慷慨激昂的请战之歌，此刻吟诗的却是一位青衫少年。他看来十八九岁，身高八尺，颀长文弱，手持一根鱼竿，一边垂钓一边吟诗。他的衣衫破烂，鱼竿还是翠生生的，一看就是刚斫来的竹子。

在历经"焚书坑儒"之后的秦朝，民间的读书人本就不易见。少年的举动分明有些奇怪，更奇怪的是他的腰间——赫然有一把长剑。

这把剑并不名贵，甚至残破得有些寒碜。但在当时带剑者比读书人更少，尤其是像他这般面黄肌瘦的。他实在太瘦了，满脸菜色，只有那双眼睛还闪着光。那少年见路人瞧他腰间剑，眼神中便闪过几丝得意。

他叫韩信，现居淮阴城中，虽然看起来年少，其实却已二十三岁。这剑乃是母亲生前传给他的。母亲说，他家本是韩国王室后裔，韩亡前夕迁来淮阴，这剑就是身份象征。韩信对此深信不疑，周围邻居却嗤之以鼻，说，谁不知道你家八辈子都是黔首！穷成这样还好意思装贵族！

临终前，母亲严令韩信不得种地、经商、砍柴……这都不是王族能做的事。至于韩信能做什么，母亲并没有说，大概也是想不出来吧。穷成这样，又无根基，做官当然没有他的份儿。于是，韩信便成了混混，一个孤独的混混。但因为腰间那柄剑，他被混混们长久地排斥着。

对韩信而言，吃饭一直是头等大事。

当时，淮阴下乡南昌亭有一位亭长——与刘邦曾任的泗水亭长是一个级别，他恍惚中觉得韩信虽不靠谱，但说不定日后能成点事，就接济了他几餐，还客套道："韩兄你一个人做饭太麻烦，以后就去我家吃好了！"

韩信很高兴，认为这南昌亭长有眼光，便每天去他家蹭一顿饭，一连数月如此。亭长妻子忍无可忍，便一大早起来做饭，然后二人在被窝里吃光。到了饭点韩信又来，却只与其聊天，再也不提吃饭这码事。

这可是韩信每日仅有的一餐呀！直饿得他头晕眼花，兀自忍着，看看日已西斜，方才离去。一连三日，均是如此。他也彻底明白了亭长夫妻的用意，遂永不登门。

一阵喧闹声传来。那是一群浣洗丝绵的妇人。

秦末，淮阴交通便利，商贸较发达。丝绵乃此地一大特产，这群妇人为人佣工浣洗，人称"漂母"。

众人瞥了一眼韩信，窸窸窣窣地一阵笑，旋即向前赶路。只有一人驻足，片刻，缓声道："垂钓须有静气，你在这里聒噪不已，岂能钓得到鱼？"

韩信定睛看时，见这妇人二十五六岁，衣衫虽旧，却也整齐洁净，略施粉黛，容貌端然，头上插一根铜错金银发簪，听口气倒有几分责备。

"古有'子牙钓渭'，如今我韩信钓淮，又有何不可？"

"呵呵，姜太公那是吃饱了饭去钓明主的，年轻人，我看你有两三天没吃饭了吧？"

这一个"饭"字，让韩信的钓竿抖了几抖，只觉更饿了。他勉强笑了一笑，无力辩解，只好扭头看着水面。腹中响若蛙鸣，连带着耳鸣不已。

须臾，一双白皙的手端着一个食盒递到他面前，里面赫然是白花花的米饭和翠生生的腌菜。韩信大吃一惊，咕咚咽一口唾沫，像落入深深的井里，空洞洞一阵响。本想推辞几句，眼睛却再也离不开那食盒。

食盒已在手中，他狼吞虎咽地把饭菜吃完。那只手又递来一皮囊水，他接过来，呛了几口，羞愧得不敢看她的眼睛。

妇人默默取回食盒、水囊，转身便走。行了几步，回首道："我明日还会经过这里，你若饿了，在此垂钓即可。"

韩信想说一个"谢"字，却始终开不了口，淮水无言，两行热泪簌簌滚落。

次日，他又在这里吃了妇人带来的饭。妇人不语，望着他，神色一如姐姐看不成材的弟弟，半是责备，半是怜惜。

转眼竟至数十日，韩信与妇人也渐熟稔。只是，她从不多话，也不说自己姓名，韩信只好以"漂母"呼之。

她显然是读过书的,举手投足中隐隐有一种贵气,为韩信迄今所仅见。韩信吃饭时,她常常走到十余步外,望着水波沉思,含着几分哀怨,有时也会低唱:

帝子降兮北渚,目眇眇兮愁予。
袅袅兮秋风,洞庭波兮木叶下。
登白薠兮骋望,与佳期兮夕张。
鸟何萃兮蘋中,罾何为兮木上?
……

她是谁?为何流落于此?韩信每每在心中转念,却不敢问,生怕但有一丝不敬,便冒犯了她。

这一日,饭后,韩信鼓起勇气,笑道:"我韩信乃韩国王孙,深感漂母之恩,来日必当厚报!"

谁知,漂母忽然发起怒来:"你堂堂一个男子汉大丈夫,连自己都养活不了!我是可怜你才给你口吃的,还能指望你这位'王孙大人'来报答我吗?"

言罢,一把抓起食盒,转身决然而去。

韩信呆立当场,满面通红。看着漂母远去的身影,他心中也渐渐生起了一团火,鱼竿也不要,大踏步向相反方向走去。

这一路越走越气,只觉得气鼓如牛,似乎积攒了二十余年的尊严,被漂母的几句话扫荡得片瓦不存。

韩信远远望见淮阴城墙。天空陡然吹来一片乌云,骤雨将他浇得如同落汤鸡一般,心中的火焰瞬间全都熄了。他只觉得自己满腔委屈,似乎成了天底下最伤心的那个人。

穿过肉肆时,迎面走来十余个混混,当先一人身高七尺,膀大腰圆,正是甄二。这甄二在淮阴横行市间,除去秦兵之外,人人怕他三分。一干赌徒、无赖被他收拾得服服帖帖,甘心做其爪牙,而他并不欺负寻常百姓,所以个个喊他二哥——他不许人喊他大哥,因为他在家排行老二,老大极本分,种田为生。

甄二偏偏瞧不起韩信,屡次欺辱于他。这次撞见,甄二使个眼色,众人将韩信团团围住,他高声叫道:"韩信,这次看你往哪儿跑!你小子虽然长得高大,还整日带剑,其实却是一个娘娘腔、一个懦夫!"

他嗤啦一声,扯开衣襟,露出稀疏的几根胸毛:"不要命的话,就拔出你的剑来,刺我这里;要命的话,就从我这胯下钻过去!"

韩信冷眼看了看周围的混混,又瞥了一眼盛气凌人的甄二,心道:"今日,连她都瞧不起我、欺辱我——甄二,还多你一个吗?"于是,他屈下身子,从甄二胯下钻了过去。

甄二纵声高叫:"兄弟姊妹,兄弟姊妹,你们看呐!韩信受我胯下之辱啦!"

整个淮阴街市中的人全都笑了……

韩信像狗抖毛一样,甩一甩湿透了的头发,大步出城去了。

满城的嗤笑声中,韩信离开了淮阴。

其时,项梁已率八千精兵,北渡淮水,拓展地盘,兵力迅速增至六七万人，又拥立楚怀王，自号曰"武信君"。史书记载："（韩）信杖剑从之，居麾下，无所知名。"

显然，在项梁军中，韩信并未混出头来。

相比于项羽，项梁算是比较识人的。他愿意重用年已七旬的范增，也接纳了困窘不堪的刘邦，为何却对韩信视而不见？在历史的留白处，或许有不为人知的故事。

却说韩信满腔热忱，顶着盛夏的烈日，赶到了薛城（今山东枣庄市薛城区）。他自称韩国王孙，要见项梁。中军帐外，卫兵横了一眼，便再不看他，更不用说通报了。

韩信强压着怒火，在辕门外站了一个时辰，便支撑不住，摇摇欲倒。一连数日，他是靠着野菜充饥，才一步步走到这里的。

那卫兵依旧瞧也不瞧，只道："这几日，什么公子王孙，我见得多了去了，什么赵国、魏国、韩国的，一拨又一拨，也不知道真的假的、荤的素的。我们武信君军务繁忙，等有空闲时方可见你！"

韩信闻言，只觉眼前一黑，向后便倒，却被一双大手扶住。他定一定神，见对面是个敦实的汉子，五短身材，胡须浓密，白净面皮，笑容中透着几分憨厚。却听那卫兵恭恭敬敬道："启禀钟离大人，此人要见武信君，还说是什么韩国王孙。"

那钟离大人呵呵笑着，冲韩信指了指不远处的一顶帐篷，"小兄弟，你且去厨下吃些干粮，养好精神，再来谒见武信君也不迟。"

韩信心中一暖，后来知道，此人复姓钟离，单名一个"昧"字，乃项梁麾下的一员干将，能征惯战，颇得众心。当然，令他心中更暖的还是军中的伙食，虽然迟迟未得项梁接见，但他终于不用再为吃饭而发愁了。

他本是个浪荡子，此时尚且懵懵懂懂，心中虽有一片无明目的大志，但能感受真切的还只是肚子而已。

最知音，那夜的月色

这一日傍晚，韩信在营寨外溜达。日落后，田间起了一缕凉风，他微微眯起眼睛，闻得见树叶上残存的溽热气息。

"足下可是韩信先生？"

一个声音在背后传来。韩信自幼凄寒，平生从未被人如此称呼，连忙回身。只见来人衣着半儒半道，大袖飘飘，体态颀长健硕，别是一种风骨峥嵘，只觉得心中甚是欣喜。

"某，张良是也。"来人说着，微微拱了拱手。

韩信大惊，那欣喜瞬间变成了狂喜。张良，字子房，他的名字可谓如雷贯耳。因为母亲的缘故，他平时格外留意韩国的消息，在韩国遗民的心目中，张良就是神一般的存在。他不仅敢于刺杀秦始皇，还能在全国搜捕中逃出生天，而且近来更是借项梁之力，拥立韩成为韩王，自任韩国司徒。

"原来是子房先生，韩信有礼！"他深施一礼，内心奔涌如潮。

张良微微一笑，淡然道："是武信君让我来见韩先生的。这几日，武信君听到一些关于你的传言，托我来问几句话。"

韩信闻言心中一紧，心知那应该不是什么好话，便沉默下来。

"武信君想知道,韩先生自称王孙,可有谱牒以及凭据?"张良单刀直入。

韩信不语。他确无证据,也无谱系,而这柄剑只怕也当不得真——他曾经饿极了去当铺问过,一柄连当铺老板都看不上的破剑,又能证明得了什么?再说,张良一家五世相韩,又有什么花样瞒得了他?

张良又问:"武信君出身名门宿将,仗义豪侠,他不知韩先生如何忍得了胯下之辱?当初为何不拔剑断那竖子之头?"

韩信心中一动:嘿,原来这张良是专为羞辱我来的!陡然生起几分傲气,仰面笑道:"陈王有言'燕雀安知鸿鹄之志哉'。我韩信自有凌云之志,一介匹夫岂能辱得了我?我又岂能与之以命相搏?张大人如果问完了的话,那就请回吧!"

张良听了,不怒反喜,一拱手,"韩先生息怒,武信君让问的都已问完了,但张良还有话说。"顿了一顿,又道,"而今天下大乱,群雄逐鹿,不知足下作何打算?"

这一问,恰如一声棒喝。韩信只觉一片茫然——是呀,他又作何打算呢?人生不满百,而他已虚度二十余载光阴,今后又到何处去……

二人便在田间行走,断断续续,直说到繁星满天。

这是韩信有生以来最畅快的一次谈话。张良好似一把奇异的钥匙,解开了他体内的重重桎梏,让他听到自己每一寸骨节震动处,隐隐竟有刀兵之声。

张良去后,久无消息。

韩信第一次近距离见到项梁，是在数月之后的定陶。那时，项梁已是一个死人。

章邯率领秦军精锐，袭击楚军，项梁战死。韩信等几个兵卒，抬着项梁的尸体乘夜色逃出。这位威风八面的武信君，当胸被刺一矛，胸口中三箭，后背被砍两剑，韩信望着他的尸首，想着当年其父项燕被王翦率轻骑追杀时，不知是何等场面。当然，项梁比项燕幸运一点，他还有个全尸，而项燕则被王翦砍去了脑袋。

"将军难免阵前亡呀！"韩信低低地喟叹一声，心中波澜起伏。

在彭城，韩信第一次见到了项羽。他率领的七千楚军清一色白盔白甲，直如铺霜涌雪一般，整个彭城俱在他的甲光闪耀之中。

项羽身高八尺，雄壮绝人，眉目如石雕，遒劲俊秀，祭奠项梁时，他血泪如倾，见者无不感泣。

妥善安置完毕，项羽又召来韩信等人，详细询问了定陶战况以及项梁战死时的情景。韩信心知，他已经错过了项梁，不能再错过项羽，便详细阐述了自己对此战的看法。

一番缜密的分析直听得项羽连连点头，当即任命韩信为郎中，执长戟，并破格允许其参预军务。

项羽军中的郎中，确切是何官职，至今已不知晓。史书记载："郎掌守门户，出充车骑，有议郎、中郎、侍郎、郎中，皆无员，多至千人。议郎、中郎秩比六百石，侍郎比四百石，郎中比三百石。"由此推测，大约是个俸禄三百石左右的执戟守门人。

至此，韩信终于不再是普通士卒。试想，以当年的士卒战死比例，假如不是项羽拔之于行伍，韩信怕是活不了太久。而且，也正因为能参预军务,他得以对行军打仗有了较为系统的认知。

很长一段时间内,韩信都感念着项羽的知遇之恩。他用心学习、揣摩,并不时向项羽献策。然而,随着对项羽越来越了解,他的一腔热血渐渐凉了下来。

史书写下:"(韩信)数以策干项羽,羽不用。"

项羽坚信他自己的战法,尤其是在巨鹿之战后,他确信自己无敌于天下。

坑杀二十万秦军降卒时,韩信曾向项羽进言,刚刚开口,项羽一挥手止住了他:"韩信,我且问你,项某待士卒如何?"

韩信垂首道:"项王待部属恭敬慈爱,怜惜士卒,有人患病战死,项王常含泪抚慰,是以人人用命,万众归心。"

项羽点了点头,"我们粮草不足,这些降卒养不起、放不得,其中最为精锐的楼烦铁骑,我已收为己用,将其余人等坑杀,我也是不得已而为之!"

韩信向前两步,拜倒在地:"坑杀二十万降卒,项王莫忘记昔日的武安君白起!韩信不才,愿替项王收拾这些兵马,使之成为我楚军之臂膀……"

"白起仅一战将,何足道哉!"项羽哈哈一笑,"韩信呀韩信,你出身寒微,而今寸功未立,要单独统领一支兵马,怕也不成,更何况是二十万人?勿多言,且退下!"

韩信无奈,只得出来。而杀戮已然开始。

至此他也确定了两件事:第一,项羽终究看不上他,他根本无法与英布、蒲将军、龙且、钟离眛等大将比肩。第二，项羽注定无法成就霸业，更遑论统一天下了。

他觉得失望透顶。数月后，项羽西入函谷关，听范增之言，设下鸿门宴。而韩信依旧只是一个郎中，红衣执戟，立于帐外。在那里，满腔愤懑的他遇到了樊哙。

在向樊哙倾吐完胸中郁结之后，韩信忽然明白，一段崭新的人生已经在向他招手。

韩信做了逃兵。

当时，项羽杀子婴，屠咸阳，烧阿房，而后载着数不尽的财宝和美女，回到了彭城。韩信悄然南下，一路跋山涉水，在半路追上了刘邦的军队。

此时的刘邦已有了汉王的头衔，而且心情正郁闷，比当年的项梁更为难见。所以，韩信同样没能见到刘邦。有司根据他曾在楚军担任郎中这一履历，让他当了一个接待宾客的小官——连敖。

韩信依旧"未得知名"。不仅如此，因有人犯法，他还面临被连坐处死。二十余人被押至法场，一字排开，跪倒在地。赤了膊的刽子手十三次挥刀，砍掉了十三个脑袋，十三腔滚烫的鲜血喷洒在地，在酷热的阳光下发出刺鼻的味道。

韩信是第十四个。当刽子手举起刀来的时候，他突然挣扎着站起身来，冲着不远处的监斩官大叫一声："汉王不欲取天下乎？为何斩壮士！"

那监斩官不是别人，正是夏侯婴。他仔细看了看韩信，觉得这小子模样不俗,而且前面杀了十三个人,他居然没吓晕过去,还敢大喊大叫,一句话喊出了刘邦的心声……

夏侯婴挥挥手,让刽子手先杀其他人。自己亲自来给韩信松绑,聊了一会儿,又惊又喜,心道:这家伙见识不凡,比我和樊哙、曹参似乎都高出不少……得赶紧推荐给刘邦!

听了夏侯婴的举荐,刘邦兴致不高,依旧没见韩信,只是升了他的官,为"治粟都尉",一个管理粮仓的官。韩信依旧没干出什么令人惊奇的成绩来。

这里需要说几句,有的人相信"是金子总会发光的",只要是人才,到什么地方都能有所施展。这貌似有理,其实却只是搪塞。

比如,除了韩信之外,三国时期与诸葛亮并称"卧龙凤雏"的庞统,也是一个例子。庞统,字士元。史书记载,刘备占据荆州时,庞统代理耒阳县令,因未治理好,被免官。当时,吴将鲁肃给刘备写信道:"庞士元非百里才也,使处治中、别驾之任,始当展其骥足耳。"就是说,刘备让庞统太屈才了,应该大用才行。诸葛亮同样向刘备举荐,这时刘备才与庞统详谈,一谈之下,相见恨晚,"大器之,以为治中从事。亲待亚于诸葛亮,遂与亮并为军师中郎将"。

就此而言,一是不该大材小用;二是得有合适的人引荐,鲁肃和诸葛亮都够分量。

而回到韩信这里,夏侯婴的分量似乎轻了点儿。

刘邦正烦着。即便到了南郑,有模有样地当了汉王之后,他依旧很烦。

因为手下兵将都是中原人,巴蜀离乡万里,很多兵将不愿久居于此,纷纷逃亡。来到南郑不久,他知道的有名有姓的将领,就逃走了数十人。

刘邦无奈,派人追过几次,却连追的人也跑了,只好作罢。他躲在自己简陋的王宫里,每日一边喝酒,一边骂娘,一边让美女按摩——

天要下雨,娘要嫁人,由他去吧。只要我沛县那帮子弟兵还在,我就可以继续享受巴蜀的美女和美酒,还有热腾腾的水可以泡脚。而且,吕雉她恰好不在这儿……

这一日,忽然有人紧急来报:"丞相萧何逃走了!"刘邦又急又怒,眼前一阵发黑,如失左右手。

一两天后,萧何前来拜见刘邦。刘邦既怒且喜,对萧何骂道:"你为什么逃跑?"

"臣不敢逃跑。臣是去追逃跑的人了!"

"嗯?你去追谁啊?"

"韩信!"

"胡说八道!诸将跑了数十人,你都不去追,居然去追一个没有用的韩信!纯属胡说八道!"

听到刘邦的怒骂,萧何缓缓抬起头来,笑了。

事实上,夏侯婴从来都不傻。在他把韩信推荐给刘邦的同时,也引荐给了萧何。他相信,萧何说话比自己分量重多了。

而萧何也与韩信长谈过几次,认定他是当世奇才。他本打算等刘邦心情好一些,再找个合适的机会隆重推荐韩信,谁知这天早上消息传来——韩信昨夜已经逃走了。萧何大吃一惊,顾不上请示刘邦,便单人独骑前去追赶。

这一次逃亡,韩信是彻底绝望了。

他以为萧何早已向刘邦举荐自己,但依旧没有任何改变。假如连汉丞相说话都没用,那他还能有什么机会?

他骑了一匹马,带了足够的干粮,然而却不知道该去何方。离开淮阴后,虽然只过了短短的两年,但他却已结识了张良、萧何等一代人杰;见到了项羽这等顶天立地的英雄;经历了巨鹿这等古来少有的血战;看到了大秦数百年经营一朝覆灭,秦二世自杀;他自己也险些丢掉了脑袋……

短短的两年,他似乎已走过了一切,而他的人生又好像根本还没有开始。

又能去哪里呢?这天地茫茫,似乎随处都可以安身,但又似根本无路可走。

走了一整天之后,他被一条大河拦住去路。此时月在中天,将河水照得通明,水波流转,让他想起在淮水垂钓等待漂母送饭来时的细碎时光,以及母亲讲述韩国故事时流泪的眼睛……

这样想着,竟似忘了身在何处,今夕何夕,只开口唱道:

若有人兮山之阿,被薜荔兮带女萝。
既含睇兮又宜笑,子慕予兮善窈窕。
乘赤豹兮从文狸,辛夷车兮结桂旗。
被石兰兮带杜衡,折芳馨兮遗所思。
……

一阵马蹄踏碎了月色,也打断了歌声。韩信手握剑柄,厉喝一声:"来者何人?"

"是我——萧何是也!"

到得近前,萧何翻身下马。随手在马鞍处解下一只皮囊,拔掉木塞,递了过来。"如此月色,如此好诗,怎可无好酒?韩信兄,此乃蜀中寡妇清当年亲手封藏的佳酿,你且尝尝!"

韩信默默接过来,灌了一口。他本就不怎么喝酒,这一口竟呛得眼泪长流,一如此际汩汩泻地的月光。

月色下的萧何笑着,笑声温暖,面容模糊。

三军惊兮拜大将

校场之外,筑起一座拜将台,高三丈有余。虽说事起仓促,但有丞相萧何亲自督办,这台筑得分外讲究,绝无半点敷衍。

汉王要拜大将的消息早已传得尽人皆知,军心大振。有人说是张良的师父黄石公,这些日子张良一直不在军中,说是向韩王复命,但很可能是去寻其师父了,如今也只有他老人家能担得起这个大任。有人说是樊哙,樊哙笑笑:"你们别胡说八道,是谁也不是我!"没有人说是周勃,但周勃偏偏觉得很可能是自己,"放眼汉军诸将,何人比得了我呢?"

……

眼见一人全身甲胄走上拜将台,三军遥遥望着,此人很年轻,显然不是黄石公；也不是樊哙和周勃，比他们都要颀长高挑……那么，他是？

韩信！竟然是韩信！那个素来窝囊、甘受胯下之辱、只会开溜、差点被砍掉脑袋、没有用的韩信！

一时三军皆惊。诸将也目瞪口呆。樊哙虽然事先听到了风声，但此刻也有几分恍惚。

韩信面色平静如湖水，内心鼓荡似旌旗。

已经斋戒三日，沐浴熏香的刘邦，把大将的印绶授予韩信，当场宣布，封韩信为大将军，统率三军，并赐尚方宝剑，违令者可先斩后奏。

礼毕，刘邦笑了笑，转身下台去了。

萧何暗自揣度：汉王定然认为我在胡闹，他还是不相信韩信的本事——我这身家性命可与韩信绑在一起了呀，不过我相信自己的眼光……

筑台拜将之前的那些细节，萧何终生都没有对韩信说起。好在，史书中记下了这精彩的一幕。

当日，萧何面对刘邦，给予韩信最高的评价："诸将易得耳。至如信者，国士无双。"

萧何进而言之，"大王您如果想永远当个汉中王，那么韩信的确无甚大用；但假如您要争天下，那么除韩信之外，再无第二个更合适的人。就看您是怎么想的了。"

刘邦略一沉吟："我当然想东进争天下，谁愿意一直窝在这个鬼地方!"

萧何垂首道:"大王假如能重用韩信,韩信就留下;否则,韩信终究会逃走!"

刘邦点了点头:"看在你的面子上,我任用他做将军。"

萧何马上回道:"即使当将军,韩信也肯定不会留下。"

刘邦笑道:"任用他为大将军。"

萧何不动声色,口中却道:"那太好了!"

刘邦分明已经不耐烦,"你快去把韩信叫来,我这就封他的官!"

萧何尴尬一笑:"大王向来轻慢无礼,而今拜大将直如呼小儿一般,这也是韩信要逃亡的原因。他终究以士人自许呀!大王如果真想拜其为大将,必须挑选良辰吉日,斋戒,筑拜将台,礼节丝毫不差,如此才行。"

刘邦上上下下仔细打量着萧何,咬一咬牙,答应下来。

拜将之后,一连七日,刘邦都未召见韩信。而韩信也终日闷在自己的府中,足不出户。

这显然不合常理。

依刘邦平日的性子,他本应在王宫大摆宴席,邀请韩信与诸将一起喝个大醉才对。韩信新官上任,按说也该检视三军,整顿军纪,进行一次慷慨激昂的训话。

太过反常的平静中,诸将再次议论纷纷:

"大王一时昏头,现在定然反悔了,韩信那小子岂能当大将军?这压根就是一场闹剧!"

"莫非大王派人悄悄把韩信宰了,然后过几天就说他已逃跑,然后另选将才?"

"依我看,韩信那小子定然愁得要死。风光过后,接下来却不知该怎么收场了!咱就看看,他能怎么唱这出戏?"

……

那么,韩信在干什么?其实,这七天里,韩信过着一种非常规律而清简的生活。

此时的大将军府,只是临时收拾出来的,比诸将的宅子大不了多少。刘邦入蜀也才不足两个月,根本来不及大兴土木。而且,自沛县起兵之后,一直以来都是刘邦自己统兵,从没想过要任命一位大将军。但即便如此,眼前的这些已经让韩信欣喜,此刻的衣食住行都是他平生从未享用过的。

值得一提的是,萧何还悄悄派人送来了一份大礼,那是一整套的江山地形图,是由原本藏于秦宫的资料重新抄录绘制而成,极尽周详,这让并未走过多少地方的韩信大开眼界,也深深感怀。

他望着周围的一切,感觉既新鲜又庄严,既雀跃又感动。

他静静地躺下,在心中默默梳理二十多年来的经历,将所有艰辛、惶恐、喜怒、梦想各自安放。他要调动起每一丝智慧、每一根神经和每一分热情,因为他明白,自己即将面临的是一场怎样的千古危局。

他静静地在黑夜中睡下,又在黑夜中醒来,望着一寸寸的黑夜将尽,窗棂外渗出浓郁的天青色。

他知道,一幅长卷在他年轻的生命中缓缓展开,长卷上只有两个字——天下。

第八日，韩信求见刘邦。礼毕，刘邦赐其上坐。

"丞相多次进言，说大将军如何不同凡响。"刘邦似笑非笑地看了韩信一眼，"不知大将军要对寡人说点什么呢？"

韩信垂首问道："大王欲东进争天下，对手可是项王？"

刘邦点了点头，"正是。"

"若论两军争锋、死战破敌、爱惜士卒以及兵马战力，大王可否比得上项王？"

"寡人不如项羽！"刘邦回答得倒也老实。

"臣也认为，大王不如项王！"说完，见刘邦面有愠色，韩信也不介意，继续说道，"不过臣曾在项王麾下，对他颇有了解。项王喑呜叱咤，千人皆废，然而不能任用贤臣良将，此乃匹夫之勇。项王对将士恭敬慈爱，嘘寒问暖，然而将士有功，他却吝于赐爵，寡于封赏，此乃妇人之仁。项王不顾怀王之约，以自己的好恶来分封诸侯，凭一己之欲宰割天下，又将怀王逐出彭城，迁于江南，如此公心已丧。项王攻无不克，但所过之处，烧杀劫掠，动辄屠城，如此民心已失……所以，项王名为霸主，却不得天下人之心。如果大王能反其道而行之，任用天下良臣猛将，以天下城邑封功臣，如此便可强弱易位，岂有不胜之理？"

这番话鞭辟入里，刘邦听了精神一振。他从来都认为自己不是项羽的对手，但听韩信这么一说，似乎还很有道理，自己竟有取胜的希望，不知不觉间坐直了身子。

韩信又道:"臣以为,巴蜀虽然安稳,但大王不能久居于此,必须尽快扫平三秦,抢占先机!"

刘邦吃了一惊:"项羽将三秦之地封给了章邯、司马欣和董翳,就是要用他们挡住我的东进之路。这三人本是秦将,能征惯战,又谙熟地形、人情。如今我手中只有三万老弱残兵,何堪一战!"

韩信抬起头,目不转睛地看着刘邦。

"大王可知,项王为何不建都关中,而是执意回彭城?"

"哈哈,这个我早有耳闻。项羽说'富贵不归故乡,如衣绣夜行,谁知之者!'有人据此骂他'沐猴而冠',鼠目寸光,他还活生生烹了那人……"

"大王当真认为项王要衣锦还乡?"

"嘿嘿,难道另有原因不成?"

"依臣看,项王没说实话。臣以为,他是根本不敢建都关中。项王天不怕地不怕,却只怕两点。其一,项王坑杀秦军二十万降卒,那都是关中父老的亲生骨肉,三秦百姓无不咬牙切齿,恨不得食其肉寝其皮。放眼四下皆是敌人,项王如何敢建都于此?其二,项王起家靠的是江东子弟,麾下诸将都是关东人士,假如建都关中,诸将思乡心切,定然争相逃亡,数十万大军会一点点跑掉,折光本钱……这一点,大王应该也有同感吧!"

刘邦沉吟不语,他心知韩信所言不虚。逃兵问题,也是他眼下最头疼之事。

"大王,逃兵思乡的确令人心忧。但假如我们秣马厉兵,以'打回老家去'为口号,反而可以把诸将思归之情,转化为求战之欲,如此万众一心,正好扫荡破敌!再说,章邯等三人虽是秦将,但兵士皆被坑杀,唯独此三人生还,百姓又岂能不恨他们?而大王在关中'约法三章',秋毫无犯,乃是民心所向。如此,我们兵发三秦,不仅是非战不可,而且战之必胜!"

刘邦重重点了点头,"大将军以为,我们何时才能发兵三秦?又何年何月,才能占据关中?"

韩信微微一笑,心说,汉王说"大将军"这三个字时终于没有了半点讥诮。口中却恭敬地回道:"即刻准备,三个月内便可扫平三秦!"

刘邦浑身一颤,一颗郁闷已久的心,猛然间炸裂开来。三个月,如此近在咫尺的时间,让他实在不敢相信,但心中已经涌起了一阵狂喜。他确信自己用对了韩信,"他妈的,萧何为何不早点将韩信推荐给我?为何我就没早一两年认识他呢?"

刘邦对韩信的信任已确立,心结已解开。但韩信并没有急于用兵。他还在等机会。他知道,刘邦的本钱实在太少,一着不慎,就会赔个干干净净。

这里仍要提及另一个人,那便是张良。当日刘邦入蜀,张良回彭城向韩王成复命。临行之际,张良再三叮嘱刘邦,入蜀之后,就要放火烧断刚走过的木栈道。

此栈道名为"褒斜道",史书记载,褒斜道大有来头,乃是当年秦惠文王派大将司马错灭蜀国时所走的通道,后成为蜀地通往关中的最重要的一条路。刘邦听从了这一建议。于是张良见到项羽,称"刘邦绝无再回关东之心",项羽也就信了。

这一日,韩信忽然收到张良写来的一封信。这是自那夜深谈后,韩信第一次得到张良的主动联系。鸿门宴时,他曾与张良匆匆打过一个照面,但因自惭形秽,也未多言。而今他已是汉大将军,张良亦是刘邦最倚重之人。这位亦师亦友的子房先生,不知有何见教?韩信迫不及待地展开来信。

这信写得透彻、情真而又淡然,正是张良之风。

信中称:韩信拜将之事他已获悉,非常欢喜,汉王终获"不世之材"。项羽也已得知,虽有些气愤,但终归不屑一顾。他还为当年未向项梁力荐韩信而致歉,因为他深知项梁重用范增,范增见识虽高,气量却小,如韩信这般毫无根底又欠历练之人,一旦出头惹范增嫉妒,随时都会招来杀身之祸。

张良认为,韩信定会兵伐三秦。如今,田荣已自立为齐王,又联合彭越,四处扩展地盘。他自会设法劝田荣攻打西楚,然后再让项羽出兵伐齐。只要东边战火一起,韩信便可借机占据关中。届时,即便项羽发觉西方有变,也分身乏术,无法救援……

韩信看完信,不觉眼泪涟涟,一股热流缓缓充溢全身。

子房先生真乃人中龙凤!还有萧何这等眼力卓然、苦心孤诣之才,外加樊哙这种赤胆忠心之士,汉王大业何愁不成!

就这样暗度陈仓

在东方,齐楚战火已熊熊燃起。对齐国,项羽的愤怒酝酿已久。田荣不仅破坏了项羽分封划定的势力范围,占据三齐之地,还和赵国的陈余暗自勾连,图谋不轨。更不能容忍的是,田荣居然指使彭越南下侵楚。项羽派萧公角率军迎击,却在定陶附近被彭越杀得大败。

韩信见时机已到,连夜觐见刘邦,决心开战。刘邦又找来萧何密议,当即定下战略部署:萧何留守汉中,镇抚百姓,收取租税,供应粮草;曹参、樊哙等为先锋官,逢山开路,遇水搭桥;大将军韩信则率周勃、夏侯婴、灌婴等为中军;刘邦与韩信同行。

汉军面对的第一个敌人正是雍王章邯。他虽为项羽所败,但毕竟也是名将。而且,尤为重要的一点是——蜀道太难,对任何一方来说都易守难攻。只要扼守咽喉要道,攻方不仅难于进击,千里运粮的成本也太高,根本打不起时间战和消耗战。

韩信知道利害,所以计议一定,即刻发兵。此时,东进的木栈道已被烧毁,韩信传令先锋军日夜兼程,潜军北上。樊哙所率人马在白水以北,遭遇一县城守军抵抗,当即将其扫平。然后衔枚疾进,出大散关,渡渭水,直抵陈仓城下。守军从未想过眼前竟会出现敌人,仓皇出城迎战,樊哙一马当先,一战破敌,拿下陈仓重镇。

韩信在行军途中得到战报,长出了一口气。刘邦则哈哈大笑:"好啊,好!好个樊哙!回头好好跟他喝一场!"

这就是历史上著名的"暗度陈仓"。有人会说:不是"明修栈道,暗度陈仓"吗?怎么没修栈道?是的,在《史记》《汉书》《资治通鉴》等正史上，均无汉军"明修栈道"的记载。也就是说，在韩信的人生历程中可能从未有过这一经历。

目前能查到的资料是，"明修栈道，暗度陈仓"出自元杂剧，是戏里唱出来的。比如，元代无名氏《暗度陈仓》第二折："着樊哙明修栈道，俺可暗度陈仓古道。"元代尚仲贤《气英布》第一折："孤家用韩信之计，明修栈道，暗度陈仓，攻完三秦，劫取五国。"另外，明代罗贯中《三国演义》中写道："臣已算定今番诸葛亮必效韩信暗度陈仓之计。"也让这种说法变得家喻户晓，足以乱真。

其实，按常理推测也会明白，重修褒斜道工程巨大，可能需要数年。假如韩信在此修路，章邯一看便知汉军有了开战打算，一想便知是声东击西之计，自然会加强陈仓的防守。而韩信敢于出兵，靠的就是一个"出其不意"。

樊哙拿下陈仓之后，并不停留，继续进击。

章邯闻报，如同晴天霹雳，连忙率军来救，然而立足未稳，就在雍城之南被樊哙击败。雍城乃是一处要塞，城高池深，韩信此前就给樊哙下了死命令，决不能让章邯逃回城去，否则汉军将会顿兵于坚城之下，有全军被歼的危险。樊哙拼死向前，战不旋踵，率领手下寥寥数千兵马，杀得章邯一路逃窜，退守好畤、废丘。章邯打算在此布下防线，等待塞王司马欣和翟王董翳前来增援，待会齐三秦兵马，再与汉军进行会战。

很快，司马欣和董翳援军便到，会同章邯，正欲步步推进，包围樊哙、曹参，却迎头撞上了韩信所率领的汉军主力，双方当即展开大战。酣战之中，樊哙、曹参忽从斜刺里杀来，两军夹击，三秦人马大败，汉军拿下好畤，进而占领咸阳。

再次开进咸阳城，刘邦心里别是一种滋味。距上次为项羽所迫离开，才仅仅过了十个月，而此时的咸阳已面目全非。这里曾是秦朝的国都，天下最壮丽的城市，却在项羽的一把大火中毁掉。这里曾有数不尽的财宝和美女，却被项羽统统带到彭城去了……

"这本来都该是我的呀，可恼呀！可恨！"不过，刘邦心知，如今已同项羽开战，又是全新的局面。韩信虽然说得好听，但能不能打得过项羽，他心里一点儿谱都没有。想到这里，刘邦于是给咸阳改了个名字，叫"新城"——一切从头开始。

韩信分派兵马，继续与三秦军队交战。只是，当奇袭阶段一过，汉军的劣势便显现出来，他们原本兵员不多，在汉中招募的新兵又无战斗经验，难于攻坚。韩信彻夜不眠，将作战方略一一分授诸将。其中不乏惊险之战，比如，曹参就曾深陷重围，幸亏韩信派周勃从咸阳驰援，才逃出生天。

指挥平定三秦绝大部分地区，韩信仅仅用了不足一个月的时间，这样的速度是刘邦和诸将想都不敢想的。昔日那个窝囊透顶的韩信，而今初试锋芒，开始闪耀将星之光。

放眼整个三秦地区，只剩废丘城中的章邯尚在死守。

韩信袭取关中的消息传到彭城，项羽大发雷霆，当即便要率兵入关，与刘邦决一死战，却被范增拦住。

因为项羽此刻处境尴尬。一者，东面正与齐国缠斗，精于游击战的彭越让楚军颇为狼狈；二者，此时义帝，即原来的楚怀王熊心被徙往江南之事，引起了军心浮动。《史记·项羽本纪》称："趣义帝行，其群臣稍稍背叛之。"如此内忧外患，怎可与刘邦全面开战？

于是，项羽只加派人马守住了阳夏城。刘邦本已派兵出武关，想把其父刘太公和妻子吕雉接入关中，但项羽祭出这一着，就将汉军挡住了。

此时，项羽已杀死韩王成，另立原吴县县令郑昌为韩王，命其抵御汉军。张良又痛又恨，他多年来恢复韩国的梦想至此完全破灭，项羽的名字深深刻入了他的复仇名单。

不过，张良岂是盲动之人？他依旧写信给项羽："汉王此次进军关中，还是因为他想当秦王，就像当年在怀王面前约定的那样。依臣所见，他是绝对不敢出关东进的。"同时，张良还把田荣跟陈余交往的一些信件给了项羽，"齐国欲与赵国联合，犯我西楚。"

项羽冷笑一声，下定决心，先灭掉齐国再说。

接下来，发生了蹊跷的一幕：项羽杀死了义帝。这是弑君，乃项羽平生最大的罪状之一。

在《史记》和《汉书》中对此虽都有记载，但蹊跷的是，不仅项羽派去杀义帝的人不同，连时间地点也多有冲突。比如，《史记·项羽本纪》中，"阴令衡山、临江王击杀之江中"；《史记·高祖本纪》中，"阴令衡山王、临江王击之，杀义帝江南"；《史记·黥布列传》中，"八月，布使将击义帝，追杀之郴县"；《汉书·高帝纪》中，"二年冬十月，项羽使九江王布杀义帝于郴"……《资治通鉴》将之综合取舍，称："十月，项王密使九江、衡山、临江王击义帝，杀之江中。"

如此一件大事，怎会如此众说纷纭？试想，以项羽强大的控制力，要杀义帝至少一千种方法，派个无名小卒亦可完成。而他却同时下"密令"给两三个王，除九江王英布外，衡山王吴芮、临江王共敖还很难说是他的亲信，如此大张旗鼓，是否太愚蠢了？

项羽有没有可能杀义帝？当然有。从局势看，攘外必先安内，假如义帝趁项羽出征，发动变乱，继而召集天下诸侯共讨项羽，形势便很凶险；从性格看，项羽杀人如草，此前已杀了子婴、韩成两个王，即便杀义帝会授人以柄，他又怕什么？

也许，项羽确实杀了义帝，但细节少人知晓，时人与后人听到的或许都只是传说。也许，义帝并非项羽所杀，那么又是谁呢？

当然，后来对扯虎皮做大旗的傀儡皇帝用完就杀，似乎成了一个"传统"，比如朱元璋的部下就杀了韩林儿。

挡不住的楼烦铁骑

趁项羽出征齐国时，张良飘然入关，回到了汉军之中。韩信也闻讯赶来。

距离上次鸿门帐外的惊鸿一瞥，二人分开只有不到一年时间，但在张良眼里，韩信俨然换了一个人。此际，他身材挺拔如萧萧白杨，举止儒雅如二月清风，面色平静，双目澄明，透出一种冷冽剔透的纯净，如孩童，亦如刀剑。

张良知道，这就是自信的效应。韩信真乃天生将才也！一举袭取三秦,让项羽恨得咬牙切齿。君子如玉,也需切磋琢磨,方可成器。

这样想着,张良笑了,朝韩信拱一拱手。韩信的眼睛闪着湿润的光,向张良深深一揖,"子房先生,一向可好……"

"韩大将军,见到你真开心!"张良携了韩信的手,"走,大王有要事与我们商议!"

宫殿之中,萧何早已经在了。萧何、张良和韩信,同一屋檐下的这三人,也是此后数年间刘邦手下最核心的决策层。

刘邦哈哈一笑:"关中已在寡人掌中,是时候给项羽点颜色看了!"

"大王,微臣以为应该先迁都。"萧何缓声道,"现在的都城南郑,地处偏远,不利于镇抚关中,更难以征集租税,以供东进大军的粮饷。"

"你们也看到了,咸阳虽已改名'新城',但其实还是一座荒城,怎么能做寡人的都城?"刘邦沉吟不决。

"咸阳不成,还有栎阳。此乃秦之故都,在商鞅变法之前,一直定都于此,而今尚有宫室可用。"

"好,你看着办就行。"刘邦点了点头,接着转向张良,"子房先生,寡人想即日出关东进,你看如何?"

张良看得透彻,刘邦早已按捺不住,这些年来,他一直被项羽压得抬不起头来,而今拿下三秦,就像穷人乍富,一时间有点手足无措。该不该东进?张良认为不宜操之过急,但也并非全无机会。他并未直接回答刘邦的问话,只道:"韩大将军以为呢?"

"大王,我军如若东进,仓促间可集十万人马。"韩信朗声道,"但大多为新募之兵,声势虽大,可威而不可战。以此劫河南、河北诸王尚可,但遇项王精锐,或有一触即溃之危……"

刘邦嘿嘿笑道:"大将军啊,我用兵或许不如你,但带兵嘛,可比你强点。我已决意东进,去抄项羽的彭城老巢!"

其时,汉军总共十二万人马。刘邦自率十万大军,由张良辅佐,兵临函谷关。韩信则留两万人马,经略关中。

韩信虽未随行,却每日密切关注东进之军的战报——

刘邦大军直出函谷关,对河南王申阳形成战略包围。那申阳本为张耳的宠臣,没有几两骨头,见大兵压境,迅速投降。在此,刘邦又起用了另外一个韩信,此人由张良发掘而出,乃韩襄王后裔,身高八尺五寸,桀骜不驯,彪悍好战。刘邦命其率兵攻击韩王郑昌,郑昌虽为项氏亲信,却并不善战,临阵倒戈,刘邦便封此韩信为韩王。此后,为便于区分,史书称此韩信为"韩王信"。

随后,刘邦又亲率曹参、灌婴等,自临晋关进略河北,逼降西魏王魏豹和殷王司马卬。这二王也是墙头草性质,摇摆不定,尤其是司马卬此前就曾反楚,项羽派陈平率军将其打败,重新归降,项羽封陈平为都尉,赐金二十镒。此刻,司马卬又降刘邦,项羽闻讯迁怒于陈平,遣使来杀他,吓得陈平挂印封金,去投奔了刘邦。

至此,河南、河北皆平。刘邦进了洛阳城,他自认为已经占据了战略优势,随后他使出一记"杀招"——率领全军上下,披麻戴孝,为义帝发丧。

刘邦充分展现了自己的表演天赋,袒露臂膀,伏地大哭三日,遍告诸侯:"天下共立义帝,北面事之。今项羽放杀义帝江南,大逆无道!寡人悉发关中兵,收三河士,南浮江、汉以下,愿从诸侯王击楚之杀义帝者!"一举占据道德伦理的制高点,义正辞严,号令天下,要讨伐"弑君者"项羽。

此时,赵国已在陈余掌控之下。当汉使来到赵国时,素有名士之称的陈余,还在记恨刘邦收留其死对头张耳的旧账,恨恨道:"汉杀张耳,我便发兵。"这看似难题,却丝毫难不倒刘邦,他随手杀了一个长得很像张耳的人,派使者持头去见陈余,陈余便发赵军前来助战。

前文已经提过,在"项羽杀义帝"这件事上有诸多蹊跷。如果根据一般推理原则,"谁受益最多,谁便是嫌疑人",那么刘邦显然是最大受益人。而且,还需要注意一点,刘邦为何之前没为义帝发丧?是他意识不到、没听说,还是义帝根本没死?假如义帝被杀时间延后至今,那么刘邦不仅有了杀人的最大动机,也有了最合适的人手——陈平。

在刘邦军中,陈平是个颇不起眼却至关重要的人物。他足智多谋、洞悉人情、心狠手辣,且对楚军内幕了如指掌。陈平一直充当着刘邦军中智囊兼特工的角色,而其手下的班底,在楚汉战争的见不得光处立下了不世之功。

当然,这仅是推测而已。在历史的空白之地,能做的也许只有推测。

这时,项羽已经将齐军击溃。此前,彭越一见项羽亲自领兵前来,心知不是对手,便且战且退,拒做炮灰。田荣率齐军主力南下迎击项羽,双方各约十万人,展开大战。项羽一战便将田荣击溃,田荣逃亡过程中，为平原乡民所杀。项羽则一路追击，所过之处烧杀掠夺，将齐军降卒全部活埋。

按照项羽的逻辑，屠杀就是最好的报复，然而如此残暴之举也使得无人敢降。听闻刘邦东进的消息，项羽本打算扫灭齐国，再灭刘邦，却陷入了齐国全民抗战的泥淖中，田荣之弟田横也趁机收拾散卒，联合彭越组织抵抗。

刘邦所统领的诸侯联军已达五十六万，趁楚军后方空虚，一举占领彭城。

留守的众人听闻前方捷报迭传，兴奋不已。然而，韩信的一颗心却渐渐悬了起来，他匆匆写了一封信，命人日夜兼程，去送给刘邦。

这日，萧何来访。自从韩信拜将之后，二人交流越来越少。韩信明白，萧何素来谨小慎微，这是为了内外有别，免生嫌隙。不过他还是觉得，二人一文一武，留守关中，本该通力合作才对。

"我看大将军面带几分愁容，莫非是担心大王那边的战事？"萧何并不拐弯抹角。

"真是什么都瞒不过丞相啊！大王久经沙场，还有子房先生在——或许是我多虑了。"韩信素来感激萧何。

"子房先生运筹帷幄，决胜千里，只是此次入关，他比之前清减了许多，听说一直在病着——况且，两军阵前交锋，间不容发，总是不及大将军你的。"萧何缓声道。

"岂敢！"韩信道，"依末将看来，我军此前势如破竹，皆因项王羁留齐国。而今彭城失守，项王无路可退，回军势在必行。我军虽曰五十六万，但大都是诸侯之军，岂肯效死力？项王用兵如电，大王固守彭城尚可，倘若列阵迎击，殊非良策。"

萧何听到韩信至今仍称项羽为"项王"，不觉眉头一皱，口中却道："这道理，大王与子房先生料来都会懂的。"

韩信点了点头，"项王直击彭城尚可。末将担心的是这样……"他说着，用手在面前的地图上一画。

萧何有些似懂非懂。

只听韩信又道："我已派人禀告大王，命樊将军率精兵镇守瑕丘。但愿项王不会走这条路，也希望樊将军能挡住这雷霆一击。"

战报很快传来，萧何惊得一个趔趄，险些栽倒在地。

一切皆如韩信所料。项羽见彭城失守，便自率三万精骑从齐国杀回来。他并未直接进攻彭城，而是做了一个S形大迂回，从北向南，攻破瑕丘、萧县，又在彭城如风卷残云一把击溃刘邦的主力。

好在，萧何已有准备，"发关中老弱未傅者"，凑齐了数万老弱娃娃兵，由韩信率领星夜出关驰援。韩信心知这支拼凑起来的队伍根本走不了太快，便自率三千人马先行，昼夜行军，马不停蹄。赶到时，正逢刘邦被楚军围困，眼见已到了绝路。

还是樊哙眼尖，大呼："大王快看，韩信来了！"

到得跟前，刘邦一把扶起拜倒在地的韩信，急道："大将军，勿多礼，快保着寡人逃命要紧！"

韩信苦笑，眼见楚军如潮水一般涌来，自己这三千人马实在太少了！危急时刻，他愈加平静，"大王，楚军行动如风，我们逃是逃不掉的。"

"那怎么办？莫非寡人真要……死在此地？"刘邦两眼血红，声音颤抖。

韩信略一沉吟："大王，我们杀回去。您看，起风了！"他伸手一指，只见西北方向陡然狂风大作，飞沙走石，"樊将军，我们集中兵力，杀向西北！"

樊哙将信将疑，但还是上马舞刀，率军死命冲杀过去。楚军完全没料到，汉军此刻竟然发动了反攻，狂风之中又不辨虚实，竟被杀退了。韩信和樊哙保着刘邦，逃出生天。

而后，刘邦命韩信前往荥阳收散卒，构筑防线，自率夏侯婴等人去沛县接刘太公、吕雉等家人。然而混乱间，只接到了吕雉及其子女，刘太公被楚军所掳走。当时，吕雉之兄周吕侯在附近的下邑领兵，刘邦便带着妻儿前去，稳了稳心神，再去荥阳与韩信会合。

关中的援军抵达荥阳，败逃的散卒稍稍聚拢，张良、陈平等逃出生天者也从四面八方赶来，汉军军势复振。

此刻，楚军一部已追至荥阳以东，欲乘胜攻破荥阳，一举将刘邦歼灭，却被韩信及时发动反击，一阵杀败。

韩信详细分析了彭城之败的原因：其一，刘邦占领彭城之后，就认为项羽不足虑。这是个致命的错误，因为项羽的实力在于军队，而非城池，只要军队仍在，他便仍是最可怕的敌人；其二，因为轻视项羽，致使战备松弛，即便刘邦接到了韩信的示警，派给樊哙的兵力仍嫌薄弱，根本挡不住项羽；其三，项羽所率人马虽只有三万，却均为重装骑兵，主要由当年王离所率北境大军中的楼烦铁骑组成，可谓精锐中的精锐。在项羽的闪电战之下，汉军的步兵主力一战便被冲散，补给线断绝，军心大乱，于是连败被歼。

一席话，直听得刘邦低头不语，片刻后却又叫道："好哇，这一战败得好！败得透彻！败得明白！败得痛快！"接着，便任命灌婴为中大夫令，秦人李必、骆甲为左右校尉，着手组建汉军自己的骑兵军团。

这前前后后，韩信不仅救了刘邦的性命，还在崩溃边缘击败楚军，守住了荥阳防线。在袭取三秦之后，他再次左右了战局，让楚汉战争得以进入第二阶段——相持。

奇袭，黑暗的河流

彭城之战，刘邦一败涂地。不仅数十万大军溃散，连原本归降的塞王司马欣、翟王董翳，也相继叛汉投楚。殷王司马卬死于乱军中，魏王豹则借故回国，继而截断黄河渡口，投靠了项羽。另外，赵国的陈余也觉察出自己被骗，与刘邦决裂。一时间，形势急转直下。

军中弥漫着一股消沉之气，然而韩信却信心不减，每日在营中巡视，想方设法给将士们鼓劲。

是故作姿态吗？非也。

对于此次大败，韩信早有预料，真正让他震惊的是刘邦的表现。一般人经此惨败，都会抑郁数日，或迁怒他人，然而刘邦很快便缓了过来，元气满满。

那些塞绝睢水的汉军伏尸、鲜血浮戈的悲惨画面，像露水一样在刘邦身上从容抖落，没有留下一丝痕迹。不管是不是真像他自己所说,乃"赤帝之子"、真龙后裔,但他至少是一条油盐不进的泥鳅,这种压不垮、打不死的泼刺野气,是韩信生平所从未见过的。

韩信一直坚信,没人能够一战打垮项羽,只有失败后若无其事、无数次东山再起的人,才有几分机会。而刘邦似乎正是这种人。

刘邦一到荥阳,未及下马,便召韩信前去议事。在那里,韩信见到了张良,他是真的病了,形销骨立,不时夹杂着一阵阵撕心裂肺的咳嗽。而此刻,刘邦已全无败相,三人一席长谈,定下了大体战略。

韩信留守荥阳,同时修筑一条甬道直通黄河岸边,将西北方的敖仓之粟源源不断输入荥阳。关中从水路运来的粮草也走这一补给线。荥阳战略意义至关重要,其与成皋(虎牢关)形成一道屏障。只要能在此阻住项羽,就能确保关中安全,不让战火伤及根本。张良也早已对刘邦讲得透彻,仅依靠函谷关根本挡不住项羽,这是早已证明过的,必须保证足够的战略纵深才行。

刘邦则率樊哙、周勃等先回关中,再讨章邯。这一次,樊哙引来渭河之水,灌塌了废丘的城墙,满城皆降。章邯不愿再降,伏剑自刎。这位于秦末乱世从内务官员中平地崛起的名将,终于走到了生命的尽头。不知他是否会想:假如当年巨鹿之战,他不暗算王离,天下又会怎样?

而历经九死一生之后,刘邦也真切地感受到项羽的狂暴可怖,自己必须做好一切安排,包括战死沙场。于是,他先立刘盈为太子,以固人心。而且,经过萧何此前的紧急募兵,关中已无壮年男子,大片土地无人耕种,发生了严重灾荒,"米斛万钱,人相食"。于是,最初经营的蜀中地区发挥关键作用,"令民就食蜀、汉"。安顿好大后方,刘邦命萧何镇守关中，侍奉太子，自己又马不停蹄赶回荥阳。

荥阳依旧吃紧，楚军百般挑战攻城，都被韩信击退。刘邦很欣慰，正要夸赞几句，韩信却开口提了一个问题："大王，魏王豹此番叛汉附楚，对我们有些麻烦。"说着，他向地图上一指，"魏国位于我荥阳成皋防线后方，与楚军形成夹击之势。而且，一旦其把住黄河口，就会掐断我们关中至荥阳的粮道……"

刘邦的眉头瞬间拧成了一个疙瘩，"嗯，寡人知道了。"

怎么办？刘邦深知魏国山河表里，地势险要，其安邑、平阳，均为军事重镇，易守难攻。而且，魏王豹一旦与赵国陈余联手，更是坚不可破，要想攻魏，谈何容易！所以，之前兵力强盛之时，他也只能用声势逼降魏王豹，而此时兵微将寡，魏王豹更是洞悉汉军虚实，吓，只怕是吓不住了。

此刻，老儒生郦食其站了出来，"大王，老夫愿凭三寸不烂之舌，说降魏王豹！"刘邦一喜，他知道郦食其的本事，便道："你去劝劝他，若能使其归降，寡人封你为魏地的万户侯！"郦食其极为振奋，振袖前往。

郦食其确实非同凡响，铜牙铁齿，唇枪舌剑。他六十多岁出道，一把老骨头，桀骜不驯，初见刘邦就将其教训了一顿。尔后，"常为说客，驰使诸侯"，立下汗马功劳。然而，魏王豹拒绝归降，话也说得很经典。史书记载，魏王豹说："人生一世间，如白驹过隙。今汉王嫚侮人，骂詈诸侯群臣如骂奴耳，非有上下礼节，吾不忍复见也。"很显然，王族出身的他，已经彻底受够了刘邦的流氓做派。

郦食其无奈，只得回报刘邦。韩信在一旁朗声道："大王，臣愿出征，将魏王豹擒来。"

"你？呵呵。"郦食其横了韩信一眼，甩头大步出门去了。

刘邦沉思不语。如今，他当然不再怀疑韩信的用兵能力，只是荥阳目前总共只有七八万汉军，光阻击楚军已然左支右绌，又如何腾出兵力来攻魏？至于持久战，更是万万打不起的。

"大王，魏国非灭不可。臣只需三万新兵，两个月内必破魏国，擒魏王豹。"韩信斩钉截铁。

刘邦怀疑自己听错了，他仔细看了看韩信，"选何人为将？"

"步将曹参，骑将灌婴。"

刘邦轻轻点了点头，让韩信独自带兵，他多少有些顾虑。韩信虽有才华，但他跟随自己时日尚浅，好在曹参、灌婴都是自己的亲信，如此倒不用担心有何变故。转念又一想：这韩信锋芒太盛，还需磨损他一下，落些把柄在我手里，驾驭起来才更妥当、更放心，命他伐魏或许就是个机会。

于是，刘邦郑重道："寡人让你署理左丞相，率精兵三万，限一个月内拿下魏国，如若不然，寡人自当问罪，如何？"

韩信微微一笑，答应下来。即日点齐人马，北上伐魏。

刘邦左思右想，还是不放心，又叫来郦食其，打听魏国的军情。史书生动记载了这一幕：

汉王问："魏大将谁也？"（郦食其）对曰："柏直。"王曰："是口尚乳臭，不能当韩信。骑将谁也？"曰："冯敬。"曰："是秦将冯无择子也,虽贤,不能当灌婴。步卒将谁也?"曰:"项它。"曰:"不能当曹参。吾无患矣。"

刘邦这才放下心来。

其实,韩信此前早已问过郦食其,他原本担心魏国会用宿将周叔为大将,而当郦食其称是柏直时,他轻轻说了三个字:"竖子耳!"

这是韩信第一次独自统兵,步兵两万五千,骑兵五千。

论年龄,曹参比他年长十几岁,灌婴也大七八岁。虽然韩信早已是大将军,但汉军诸将素来礼法不周,刘邦平时也不计较。曹参还好,曾为小吏;灌婴则是布贩出身,一向口无遮拦。

行军途中,灌婴小声嘟囔:"老曹,韩信那小子说一个月内灭掉魏国,你信吗?"

曹参默然不语,只顾赶路。

"不管你信不信,我反正不信。"灌婴又道,"咱这三万人马本就是疲惫之师,听说魏军有十几万大军,还有黄河天险。别的不说,人家严守黄河渡口,咱们怎么办?难不成让我的骑兵飞过去?"

曹参听了许久,只道:"我看,韩信能行。"

这一日,大军抵达临晋渡口,韩信传令灌婴,广布营寨,多树旌旗,让黄河对岸的魏军一眼望来,少说也有七八万人。同时将收集来的船只沿河排开,摆出即将渡河的阵势。这样一来,魏军如临大敌,个个拈弓搭箭,严阵以待。休整两日,韩信派人渡河送去战书,称次日决战。

魏国的守将一看笑了:"你要渡河决战,我就让你渡河不成。明日我必半渡而击之,宰了你这钻人胯下的小儿!"

当夜,残月在天。韩信望着暗影中的水流和对岸星星点点的魏军营帐,淡然一笑。

灌婴在一旁惴惴不安:"大将军,曹大哥去哪儿了?咱们这儿只剩一万步骑,过得了黄河吗?"

韩信缓声道:"勿多言,明日听我将令即可。"

此刻,即将载入史册的关键一战,正在黑暗的河流上酝酿。

事实上,韩信根本没让曹参留在临晋,而是率两万步兵一路潜军北上,到达数百里之外的夏阳。那里黄河水流平缓,曹参依韩信之计,悄然渡过黄河。

这里不得不提的是,韩信并未让曹参乘船渡河,因为找船不易,易露行踪。《汉书》称"伏兵从夏阳以木罂缶度军"。《史记》对渡河工具的记载是"木罂甀"。三国时韦昭称这是"以木为器,如罂缶也"。即古代的木罐、木瓶,虽不起眼,但绑在身上足以承载一个人的体重。韩信自幼生长在淮河边上,深谙于此。

魏军所有注意力都放在临晋渡口,曹参小心避过城镇,一路未遇抵抗。这日骤然出现在魏军右翼,突然发起进攻。魏军阵势大乱,连忙调集人马迎击曹参,那边韩信和灌婴则乘势渡过黄河,两路夹击,一举将魏军主力击溃。然后,韩信又命曹参为先锋,向东直指安邑(今山西运城市盐湖区)。魏王豹做梦都想不到汉军来得如此之快,仓促出城迎敌,一战即溃,逃至曲阳,再败,在东垣被韩信擒获。

此时,距离韩信自荥阳出兵,尚不足一个月。随后,他又率军北取平阳,将魏王豹一家老小押送荥阳,平定魏国五十二县。这是继秦国大将王贲灭魏之后,韩信又一次将魏国在地图上抹掉,置为汉河东郡。

反观此次韩信渡黄河灭魏,与当年王翦渡易水灭燕,二者其实有相似之处。只是王翦当年占尽优势,而韩信则是以弱胜强,"木罂渡军"也更具传奇色彩。

战报送至荥阳,刘邦又喜又惊。

喜的是魏国这一心腹大患终于解除,惊的是韩信用兵如神。他知道,自己决然打不出这样的胜仗,而且从古至今,他也不知道谁曾如此用兵。对韩信这样一个不世出的奇才,加之那看似温顺柔和、实则锋利无匹的秉性,自己能驾驭得了吗?

使者已退下。张良看刘邦脸上阴晴不定,轻唤了一声:"大王。"刘邦不语,将战报递给张良。

张良扫了一眼,缓声道:"恭喜大王。战报上说得明白,韩信不仅灭了魏国,擒了魏王豹一家老小,即日送来荥阳,而且同来的还有七万魏军降卒,正好充实我们荥阳防线。这些日子,我军拼死抵抗楚军,又折损了几万人……"

"那么,韩信为何只字不提亲自领兵回荥阳之事?"

"臣以为大致有两点原因:其一,魏国新灭,尚需镇抚;其二,韩信有乘胜灭赵之心。"

"灭赵,他拿什么灭赵?赵国陈余有二三十万兵力,绝非魏国可比。寡人算来,韩信手中也就只剩三四万人……莫非,他对寡人有所隐瞒?"

张良见刘邦竟起了疑心，吃了一惊，忙道："非也，非也。韩信用兵常出人意表，实乃天赐良将于大王。他能用三万人闪电灭魏，未必就破不了赵国。"

接着又道："大王可还记得，当日彭城新败，大王退至下邑，甫一下马便问臣：'倘若能灭项羽，欲以关东之地尽封功臣，谁人堪当大任？'而今，臣斗胆上言，仅三人可谋大事。其一乃九江王英布；其二是巨野彭越；而汉王帐下，唯韩信可独当一面，愿大王信之勿疑。"

刘邦嘿嘿一笑，忽而想起，韩信送来的战俘名单中有魏王豹的一个夫人，姓薄。这薄姬乃是出了名的美女，这次押来荥阳，可得好好品味一番。

这里不妨剧透一下：这薄姬是个绝顶聪慧之人。史书记载，薄姬到荥阳后，刘邦并未立刻染指。即便魏豹死后，刘邦将其纳入后宫，也一年多没有碰她。不过，后来她抓住一次机会，只说了一句话就在大白天点燃了刘邦的欲望。她是怎样做到的呢？

《史记》记载：薄姬曰："昨暮夜妾梦苍龙据吾腹。"高帝曰："此贵征也，吾为女遂成之。"一幸生男，是为代王。其后薄姬希见高祖。

《汉书》中的记载类似，只不过薄姬说的话是："昨暮梦龙据妾胸"。

从古文看来，既智慧又吉祥，但翻译成白话文，就成了赤裸裸的挑逗。她效率也惊人，一次成功，生下男孩。她懂得慎言，深自韬晦，因为主动远离刘邦，得以避开吕后的迫害。而她生的男孩，也就是后来的汉文帝刘恒，她由此升格为薄太后，此后又成为汉景帝的太皇太后。她活了六十岁，在当时已算长寿。

如此看来，薄姬在一日内，解决了一生的问题。这不是奇迹吗？

背水一战的正确姿态

诚如张良所料，韩信灭魏之后，旋即挥军北上，直指代地。

在发至荥阳的战报中，韩信向刘邦请示："愿益兵三万人，臣请以北举燕、赵，东击齐，南绝楚之粮道，西与大王会于荥阳。"

这是韩信所提出的战略目标。他的意思已经很明显：即便无法在战场上打败项羽，也可以从形势上谋取战略优势，只要扫平燕赵齐，即可对楚形成战略包围。

刘邦岂会不知？他沉吟半晌，便批准了韩信的请求。不仅派来了三万援兵，还派来了一个人——张耳。

此前，很多人一直认为张耳是个包袱——没多大本事，还恶化了汉军和陈余的关系。刘邦保张耳，是因为他太念旧情吗？这可不像他的风格。

现在，张耳的作用彰显出来了，他是一枚重要的棋子。其一，没有谁比他对赵、代地区更为熟悉，可以帮韩信参谋军事；其二，他是刘邦的死党，资历远在韩信之上，既能做眼线，也足以制衡韩信。

即便得了这三万援兵，韩信出征所率汉军也不过五万，且大多为新募之兵。此时，赵国的陈余早有准备，派其丞相夏说移兵太原，阻挡汉军。

韩信以曹参为先锋，自与张耳率主力后行，采取右翼突击战法，在邬县（今山西介休）大破夏说。追至阏与，擒斩夏说，占据太原，置为汉太原郡。而要全面攻入赵国，韩信接下来必须走一条路——井陉。

这里正是当年王翦大战李牧之地。井陉地势奇险，李牧据守于此，王翦率领大军百般用计，都无法攻破。若非秦国纵反间计，王翦恐难取胜，赵国也绝不会那么容易灭亡。而眼下，韩信的兵力与王翦相比，实在是天差地别，而陈余已率二十万赵军守住了井陉口。如何破局，是一道千古难题。

韩信深知，这一战不仅对他自己，对整个汉军也至关重要。一旦拿不下，整个战略将无法实施，届时，就连荥阳的刘邦，恐怕也难免为项羽所灭。行军路上，他向张耳问计。

张耳哪有破敌之计，只叮嘱道："陈余乃一介儒生，不足为虑，但他麾下有一人名叫李左车，赵王歇封其为广武君，足智多谋，不得不防。"

韩信点了点头，距井陉口三十里，扎下营寨，先派人潜入赵军探听消息。

赵军中军大帐，正商议迎敌之计。

李左车四十来岁，瘦得和竹竿一样，却偏偏宽袍大袖，他对陈余道："在下听说韩信渡西河，虏魏王，擒夏说，喋血阏与。而今又有张耳相辅佐，要攻击我们赵国，此乃乘胜而去国远斗，其锋不可当……"

陈余平素就没怎么瞧得起李左车，认为他身上有太多战国策士之风，绝非儒家正统。只是碍于他在赵国的盛名，才让他参与军事，听他说韩信也就罢了，竟然还提起了张耳那厮，心头陡然生起一股嫌恶。

陈余面色有变，李左车岂会不察，却依旧道："在下有一计，可破韩信。"

"哦，你倒说来听听。"

"所谓'千里馈粮，士有饥色'。今井陉之道，车不得方轨，骑不得成列，行数百里，其粮草必在其后。在下愿率三万奇兵，从小路出击，焚毁汉军粮草辎重，断其后路。而足下严守关口，不予交战。这样汉军战不得前，退不得后，野无所掠，不出十日，便可斩韩信、张耳二人之项上人头！"

听闻李左车之言，帐中鸦雀无声。有人心知其所言非虚，但更了解陈余的脾气，他平时就标榜用兵须讲仁义，拒绝使用诡计，又哪能听得进这些计谋？

陈余呵呵一笑："原来李先生用兵还在韩信之上，倒真是小觑你了。"

李左车面不改色："在下纵使不如韩信，却也知道一点点兵法。眼下，韩信自有其必败之处，抓住这一点，便可一举将其歼灭。"

"兵法有云'十则围之，倍则攻之'，韩信兵马号称数万，其实不过数千，且为疲惫之师。吾有大军二十万，倘若兵力如此悬殊，还怕一个韩信，那么在诸侯眼里，赵国又算什么？岂不成了人人得而欺之的'软柿子'？吾若击之，必以正道！"陈余说着就变了脸，一甩袖子，"吾意已决，你退下吧！"

韩信笑了。他记住了李左车的名字,假如陈余真用其计,那么他根本不敢深入井陉,如此将成骑虎难下之局。

好你个陈余,本将军这就让你看看——何为沙场上的正道!

当夜,韩信令灌婴率两千精骑,每人手持一面红旗,从小路潜至附近的萆山上埋伏,远远盯着赵军动静,见机行事。然后,命曹参率一万步兵先行,在井陉口,背对河水列开阵势。

部署已定,时近拂晓。韩信召集诸将,一同吃早饭。他朗声道:"诸位,不妨先吃一点,今日午时,待我们大破赵军之后,再饱餐一顿,届时本将军自会为诸位庆功!"

"是——"诸将嘴上答应,心中却惴惴不安:大将军在说梦话吗?我们才这么点人,还要打攻坚战,怎么破二十万赵军?假如轻兵冒进,只怕我们都没命吃午饭了!

秋日的阳光洒下来,韩信看了看一脸惶恐的众将,一马当先直奔井陉口,这一路将旗招展,战鼓齐鸣。陈余远远观望,见韩信于万军之中,金盔金甲,威风八面,心中默默赞许,但转念一想:一个自甘堕落、钻人胯下的小儿,不顾气节,全无廉耻,又有何威风可言?这样想着,不自觉踮起了脚尖,好像又长高了一点。再一转眼,看到韩信旁边一人,银盔银甲,正是张耳,心中腾地生起一股无名之火,当即传令出击。

两军大战半个时辰,韩信终究兵少,尽显劣势,很快鸣金收兵。汉军的旗鼓、兵器扔得漫山遍野都是,急速向后退却。

陈余仰天大笑,命令全军追击。赵军争抢汉军旗鼓,追击速度略迟,而韩信、张耳则趁机退入此前摆下的背水阵中,其余汉军退至两翼的高地之上。

片刻，赵军追来，直冲背水阵。曹参所率的这一万人，都是年轻力壮的新兵，此刻退无可退，只好拼死力战。赵军数次冲锋，无法前进，渐渐气馁。韩信看得明白，令旗一展，两翼的汉军居高临下，冲杀过来。三路夹攻，赵军被杀退了。

赵军本想再回营坚守，然而回头望时，大营早被汉军占了，到处红旗翻飞，直如血海一般，竟不知有多少敌人。陈余心知中计，欲率众夺回大寨，然而军心已乱，四下奔逃。汉军趁势追杀，再败赵军，擒斩陈余。赵王歇一时逃脱，而后也被韩信追上，砍下了脑袋。赵国遂灭。

大获全胜，韩信摆下庆功宴。然而直到此时，诸将仍云里雾里，不知这仗是怎么赢的。

灌婴抢先道："韩大将军，你命我在萆山埋伏，一见我军撤退赵军追击，便率两千骑兵突入赵营，将赵军旗帜换作我军旗帜。这一疑兵之计真是神妙！只不过，你怎么知道，陈余不会留足够兵力把守大营？而且，即便在我占据大营之后，倘若退还的赵军全力攻击，我也根本守不住啊！"

"陈余，腐儒也！他瞧不起我，又痛恨张将军——"韩信指了指自己，又看了一眼张耳，"贪名好利，岂能不败？再说，兵败如山倒，又岂是他能左右的！"

平素少言寡语的曹参也忍不住问："兵法有云，列阵应'右倍山陵，前左水泽'，占尽地利，方能成功。大将军却让我等背水列阵，自绝退路,此乃兵家大忌,又是何术?"

韩信笑道:"吾以弱击强,墨守成规焉能得胜?诸君扪心自问,只怕未必真服我韩信,岂肯拼死效命?而今两军对阵,胜负只在一念间,心存疑虑,必败无疑。况且,我军多为新兵,可谓'驱市人而战之',倘若有路可退,骤然当此大敌,极易一触即溃。所以,吾才将诸君置之于死地,如此也才能有今朝之胜!"

听了这番话,曹参连连点头,灌婴则大叫一声:"韩大将军,我灌婴算服了你了!今后赴汤蹈火,在所不辞!"于是,诸将皆翻身拜倒,对韩信五体投地。

韩信灭赵之战,也成为军事史上的经典战例——"背水一战"。这一战与项羽当年在巨鹿"破釜沉舟"相比,同为"置之死地而后生",但韩信兵力更弱,胜得也更巧。

此后,中国历史上无数战将曾效仿韩信,有的收到奇效,有的却"画虎不成反类犬",一败涂地。比如《三国演义》写了这样一战:

曹操麾下大将徐晃引军至汉水,令前军渡水列阵。副将王平问:"军若渡水,倘要急退,如之奈何?"徐晃道:"昔韩信背水为阵,非此计乎?"于是下令搭起浮桥,过河来战蜀兵。蜀军大将黄忠、赵云定下计策:先按兵不动,紧守营寨,待曹军日暮兵疲,再分兵两路夹攻。于是曹军大败,兵士被逼入汉水,死者无数,徐晃拼死突围,才逃得一命。

这里不妨分析一下,为何韩信能取胜,而徐晃却大败呢?问题就出在那道浮桥上。背水一战的关键点在于"置之死地",而有了浮桥就有了退路,没了死战之心,浮桥又窄,更会自相践踏,不败自败。

当然,《三国演义》只是小说,正史《三国志》中并无此战。徐晃乃曹操"五子良将"之一,这样的昏招应该是罗贯中杜撰的吧。

斩了赵王歇之后,韩信下令全军搜寻李左车,能活捉者赏千金。于是,李左车很快便被五花大绑,押入了韩信的中军大帐。

李左车昂着头,一言不发,对韩信看也不看。韩信则快步上前,亲手为其松绑,扶至上座,像学生对待老师一样,谦恭有礼。

"末将欲北攻燕,东伐齐,李先生以为如何才能成功?"

听到韩信发问,李左车颇感意外。从这个年轻将军脸上,他看到了一种热情,这是单纯之人才会有的坦诚——陈余从未有过。此刻,他仍然痛恨陈余冥顽不灵,假如用自己计策,赵国又岂会有亡国之祸?但韩信用兵的确惊为天人,对方以礼相待,自己也不能失礼。

"败军之将,不可以言勇。在下身为俘虏,何足以商议大事?"

韩信爽朗一笑,"李先生休要过谦,倘若陈余听君妙计,只怕当俘虏的就是我韩信了。不过也多亏陈余顽固,韩信才有机会侍奉先生。"说完,又向李左车深施一礼,"末将诚心问计,先生莫要推辞!"

李左车连忙还礼,已然决心为韩信效力,一开口便说出一句自谦的名言:"所谓'智者千虑,必有一失;愚者千虑,必有一得'。大将军直入井陉,半日破赵军二十万,诛成安君陈余,名闻海内,威震天下。不过在下以为,此刻攻燕伐齐,乃以短击长,绝非良策。而今,大将军所率汉军远来疲惫,燕国城池坚固,燕王臧荼又能征惯战。倘以疲惫之师,顿兵坚城之下,恐难取胜。而一旦不能速战速决征服燕国,齐国定然信心倍增,届时若与两国相持不下,则楚汉之间胜负难料矣……"

"那么，先生以为如何？"

"在下以为，不如按甲休兵，屯兵赵国，安抚人心，养足士气。然后，派一能言之士，招降燕国，臧荼岂敢不降？风声传到齐国，齐必望风而服！如此，则天下事皆可图也。"

韩信大喜："好！就依先生。"

一切也果如李左车所料，兵不血刃燕国便投降了，齐国闻讯也战战兢兢。这就是兵法上的"先声而后实"，有时候，虚的比实的威力更大，也更有用。

在这一段历史中，李左车发挥了关键作用，也是一军事奇才。不过，有关他的家世，《史记》和《汉书》中均未提及。后人称，李左车乃"赵将李牧之孙也，父洎，秦中大夫詹事。左车事赵王歇，封广武君，即今代之故广武城也"。

按这种说法，他竟是李牧的孙子，还著有一部兵书《广武君略》。属实与否，不得而知。

高阳酒徒之死

当韩信在燕赵大展宏图之际，战线的另一头——荥阳的刘邦处境却愈加险恶。

在战报中，韩信请求任命张耳为赵王，刘邦同意了，心中却老大不高兴。他问张良："子房啊，韩信灭赵，实力倍增，却不派兵支援我们荥阳,这是何居心?"

张良忙道:"韩信灭赵,本是以蛇吞象,镇国抚民尚需时日,不敢掉以轻心。燕王臧荼察言观色,若无重兵临之,岂肯乖乖就范?且据斥候来报,项羽已派几路兵马往来救赵,韩信正在小心应对。大王无须多虑。"

刘邦冷笑道:"你总替这位韩国老乡说话……话说回来,韩信真是韩国王孙吗?"

张良并不接茬:"大王,为今之计,是该招降英布了。"

"寡人有一人选,名叫随何,能言善辩,不在郦生之下。若他能说降英布,起兵拖住项羽数月,这天下便是我的了!"

刘邦的眼光果然不错。随何率二十人前往淮南,拼死入谏,晓以利害,直说动英布斩杀项羽使者,降汉反楚。

项羽气炸了。英布原是项羽亲信,早年曾受刑黥面,又称"黥布",出身低贱,曾为水贼,但极为骁勇,善于用兵,为项羽立下赫赫战功,被封九江王。只是,当项羽伐齐之际,英布本应亲率大军随行,但他称病未往,只派去数千人马,项羽与之心生嫌隙。此后刘邦袭取彭城,英布未发救兵,项羽更怀恨在心。英布当然了解项羽,见项羽居然在彭城一战击溃刘邦,成功翻盘,心里非常害怕。

事实上,项羽眼下绝不想和英布闹翻:一是正值用人之际,良将难求;二是英布所占据的淮南乃楚国大后方,不能后院起火。于是,项羽主动示好,只不过他表达的方式太要命——他一次接一次派使者谴责英布,征其随军,这种"骂是爱"的方式让英布更害怕了。也正是在这一背景下,随何说服英布倒戈。项羽赶忙派大将龙且、项声来攻，英布硬挺几个月，终被击败，孤身一人来见刘邦。

不得不提的是，在面对英布时，刘邦展现出了超绝的"驭人术"。史书记载："上方踞床洗，召布入见，布大怒，悔来，欲自杀。出就舍，帐御饮食从官如汉王居，布又大喜过望。于是乃使人入九江。楚已使项伯收九江兵，尽杀布妻子。"

且看这两步：其一，英布是一员悍将，有匪气，曾与刘邦并列为王，且自负功劳，桀骜不驯。所以，刘邦一边让美女洗脚，一边召见他，这一侮辱让英布折尽锐气。其二，在英布颜面扫地、走投无路之际，再给其足以比肩王者的待遇，这是英布想都不敢想的。从半空直堕地狱，再陡然升入天堂，英布在"冰火两重天"的体验之下，彻底降服了。

最狠的还有第三步。英布后路早已断了，其一家老小已被楚军斩杀。而动手的不是别人，正是那个一次次上演"楚汉无间道"的项伯。

英布挡不住项羽，刘邦再想别的办法。

郦食其建议分封六国王族后人，用"德义"感化天下，打败项羽。刘邦觉得或许也行，立刻命人刻六国之印，却被张良阻止。一番透彻的分析之后，刘邦醒悟过来，气得跳脚大骂："竖儒！差点坏了老子的大事！"赶紧将刻好的印全部销毁。

那么，又该如何是好？陈平悄悄来见刘邦，提出了他的主意——反间计。

陈平道："项羽虽兵多将广，骨鲠之臣却只有范增、钟离昧、龙且、周殷等数人而已。大王倘若舍得花上数万斤黄金，离间其君臣。项羽生性多疑，易信谗言，必然会对内开刀。我军趁机进攻，定能取胜！"

刘邦大喜，交给陈平黄金四万斤，任其支配，一概不问。于是，陈平利用旧有关系网络，大行反间计。果然，百口铄金，项羽渐渐疑心钟离眜等人，连范增也不再信任。

当时，项羽攻破汉军运粮甬道，包围了荥阳。刘邦见事态紧急，赶忙派人求和。项羽心存犹豫，范增却一针见血指出，刘邦是在玩弄缓兵之计，应当全力攻下荥阳，彻底结束战斗。项羽一向对范增言听计从，然而这一次却不再听了。

范增怒道："天下大势已定，君王好自为之，请让我告老还乡！"范增本以为项羽会极力挽留，谁知其竟答应下来。于是，范增既怒且怨，在回彭城的路上发病，一命呜呼。

坚守一个月，荥阳实在撑不住了。陈平又纵"李代桃僵"之计，由将军纪信假扮刘邦，乘汉王车，大摆仪仗，命两千名妇女顶盔掼甲，半夜开东门列队出城，高呼："粮草已尽，汉王降楚！"楚军喜出望外，以为战争终于结束，众皆山呼万岁。而趁此时机，刘邦率领张良、陈平以及诸将从西门悄悄溜走。项羽本想好好羞辱刘邦一顿，靠近才发现自己上了当，愤而一把火将纪信活活烧死。

随后，刘邦又以运动战与楚军周旋。项羽则一鼓作气攻破荥阳，烹死守城的汉将周苛，俘虏韩王信。刘邦再次走投无路。只好坐着夏侯婴的车，一路向北，东渡黄河，直奔赵国而来。

这一日清早,韩信尚未起床。军士忽然来报,"汉王的使者到了,已入大将军府。"

韩信急匆匆赶去,在大门口遇到了张耳,二人一前一后进门,只见堂上坐着的哪里是使者?分明是汉王刘邦,手中正把玩着韩信的虎符,夏侯婴侍立一旁。二人大吃一惊,不知刘邦为何突如其来,还收缴了兵权,赶忙翻身下拜。

只听刘邦道:"大将军、赵王,你们在这里安安稳稳,一觉睡到日上三竿,寡人可是苦哇!而今荥阳、成皋都让项羽占了。你们说该怎么办?"

韩信一时不知如何回答,而刘邦似乎也无意听他的回答,自顾自说道:"你二人听令:张耳留守赵地;封韩信为相国,择日出兵伐齐!"

二人起身之后,刘邦轻轻拍了拍韩信,又将兵符交还给他,笑道:"大将军,寡人的兵都打光了,需要从你这里调些人马,得继续跟项羽周旋呀!"

韩信岂敢不从。此时,他手下约有兵力十五万,而刘邦一举便带走了十二万,只剩三万人。这一点人马如何分兵守赵伐齐?当然,唯一的好处是,刘邦并未明确何时伐齐,这给了韩信募兵的时间。

是刘邦疏忽了,还是故意留个口子?事实上,刘邦也在权衡利弊。自从韩信单独率军出征后,他一颗心一直悬在嗓子眼,从未放回肚子里。

此次夺来韩信兵马,刘邦重振声势。他一面吸取教训,不再与项羽直接对敌,而是固守险地,打起持久战;另一面,则派两员亲信将领刘贾、卢绾率兵两万，与彭越会合，专门在后方焚烧楚军粮草，截断项羽的粮道。彭越还一口气攻下了楚国十七座城池。项羽只觉芒刺在背，只好命手下的大司马曹咎守城，亲自率兵马来打彭越，一一收复失地。

这一晃便是数月，刘邦依旧没给韩信明确出兵时间。因为刘邦清楚，齐国是必须要打的，可是韩信已灭魏、破赵、降燕，战功无人能及，官职也封到了相国，倘若再灭齐国，便只剩下封王一条路了。假如韩信像张耳一样，既知根知底，又没本事，封王倒也无所谓，但韩信才华盖世，一旦封王，实至名归，岂非平白又给自己树起了一个强敌？

正当刘邦举棋不定时，郦食其又来了，这一次他自告奋勇，要去劝降齐王田广。这番提议恰好解了刘邦的心结，倘若一举成功，既可改变战局，又能让韩信没了立功的机会。

刘邦很高兴，对老郦生大加赞赏，命其即刻出发。这位白发苍苍的高阳酒徒不会知道，此刻，他正在踏上的是一条不归路。

在韩信兵锋之下，齐王田广早已心惊胆寒。郦食其又口才了得，田广很快便答应投降。一时间，齐国七十余座城池，统统归顺。

这田广乃田荣之子，本就胆小怕事，嗜酒好色，能坐上王位皆因齐丞相田横力挺。投降之后，田广本人也了却一桩心事，他听说郦食其好酒，便留他夜夜欢饮，一连数日。

韩信正在招兵买马，忽然听到齐国投降的消息，一时怅然若失，感叹这些心血竟然白费了，便欲回兵荥阳。

就在此时，一个名叫蒯彻的谋士站了出来。这蒯彻乃范阳人，城府极深,辩才超绝,刚出道时曾向武臣谏言,名动一时。他对韩信道:"汉王命大将军攻下齐国,而今可曾下诏阻止发兵?况且,大将军率数万之众,耗时一年才平定赵国五十余城,而郦食其仅凭三寸之舌,不费吹灰之力,便降伏齐国七十余城……哼哼,大将军的功劳反倒不如一介腐儒乎?"

这一番话,挑起了韩信好胜之心。当即点齐三万精兵,直指齐国。

此前,为了防备韩信进兵,田横派大将华无伤、田解率二十万大军,驻防历下(今山东济南)。这里北临济水、南依山岭,素来为齐都临淄的西境门户。此刻,因田广投降,历下警备也大为松懈。

韩信趁此机会,从平原迅速渡过黄河。又派灌婴率骑兵,乘夜色闪击历下,轻而易举地袭破齐军,擒获华无伤等将官四十六人。

战报传至临淄时,田广仍然在和郦食其一同饮酒。正值清晨,郦食其喝得有六七成醉,面色酡红如朝阳。

田横闯了进来,一把揪起郦食其,大骂:"你这酒虫,竟敢与韩信串通一气,袭我历下!我这就活烹了你!"

郦食其怔了一怔,心道:这怎么可能?脸上却不动声色,缓缓将田横的手拨开,"我奉汉王诏命,韩信安敢如此?"

田横一挥手,两个浑身是血的齐军将领向田广扑通跪倒,"大王,韩信偷袭历下,田解将军战死,华无伤等被俘。敌将灌婴正朝临淄杀来……"

田广将酒杯一摔,怒视郦食其。

"竖子韩信!"郦食其沉声骂了一句,将杯中酒喝干,"尔等且去将汤镬烧热,老朽再喝一杯,自会来跳!"

"汤早就热了!"田横气得直欲冒烟,"你这就前往阵前,如若能说退汉军,便饶你一命;如若不然,这便烹你!"

倒满一杯酒,郦食其边走边道:"干大事之人不拘小节,有大德之人也不怕被责怪——老子不会替你再去游说韩信!"说罢,喝了一口酒,一步三晃,踱了出去。

韩信攻破临淄之时,田广、田横皆已逃走。齐王宫里汤镬尚温,殿内弥漫着一股妖异的香味儿,老郦生枯瘦的尸体浮在水上。

镬底沉着一只酒杯,黑黝黝,碧沉沉,似一只老眼瞪视着他。

项羽之妻究竟是谁?

袭破临淄,韩信立刻分兵掠地。命灌婴追击田横,在博阳(今泰安境内)大败其骑兵;又派曹参攻取济北各城。齐王田广一边东逃高密,一边派人去向项羽求救。

此时,项羽已然疲于应对。他刚刚击败彭越、刘贾、卢绾等人,稳住后方,就有噩耗传来。留守前方的曹咎,被刘邦一通侮辱,气得头脑发昏出城迎战,遭半渡而击一败涂地,与塞王司马欣一起自刎于汜水之滨。项羽连忙回兵,重新与刘邦在成皋一线对峙。

项羽当然明白,如果齐国为韩信所灭,那么他将陷身于汉军战略包围之中,容不得丝毫懈怠。按他以往的脾气,会立马率精锐前往,把韩信打个稀里哗啦,将其脑袋拧下来挑上枪头。然而,现在他却无比清楚,麾下的任何人都对付不了刘邦,只能自己顶住。那么,齐国那边又该怎么办？一向睥睨千军的项羽，竟然感到一丝为难。

此时，帐下传来低沉的吼声："大王宽心，龙且愿往！"

项羽心中一动，点了点头。龙且乃是他帐下一员虎将，不久前刚刚击溃了英布，而且绝对值得信任，眼下的确没有更合适的人选。项羽当即传令，以龙且为主将，周兰、留公为副将，点齐二十万人马，发兵救齐。

龙且深得项羽用兵三昧，行动如风，迅速与田广会合。

有谋士向龙且提议："韩信悬军深入，锐不可当，不如我们一面紧守城池，一面令齐王遣使招抚陷落之城，告知其救兵已至，必然纷纷倒戈。一旦群起而攻之，汉兵粮道断绝，陷身于此，必败无疑。"

龙且哈哈大笑："韩信小儿何足挂齿！当年他在项王麾下，不过一执戟郎中，唯唯诺诺，胆小如鼠，又有何能耐！况且，吾率二十万大军救齐，任其不战而降，何功之有？一旦取胜，齐国一半疆土将归楚国所有，焉能不战？"

韩信早已闻报，调集曹参、灌婴等各部，陈兵潍水以西。

汉军除本部三万人之外，又收编部分降卒，兵力有七八万。齐楚联军则不下二十五万，屯兵高密与诸城之间。从兵力来看，龙且占据绝对优势，而且，楚军中有部分楼烦铁骑，机动战斗力远超汉军。这也正是龙且急于求战的底气。

韩信之所以选择隔潍水对阵，也是忌惮楼烦铁骑的杀伤力。他对楚军的闪电战法颇为了解，如若不能有效压制对方优势，汉军很可能会遭遇一场屠杀。

北风呼啸，一轮落日铺在潍水上，红艳如血。

汉军诸将也知敌我力量悬殊，但在取得多次不可思议的大胜之后，他们已然坚定了对韩信的信心。这位大将军有一种魔力，可化腐朽为神奇，灭敌军于须臾，或许，这才是真正的兵法。

韩信当夜升帐，先命部将陈豨率一万人向南，前往潍水上游，每人携数条麻袋，到了便装满沙土，将潍水上游水流截断。待次日卯时过半，便将麻袋撤去，恢复水流后，立刻回兵掩杀。再命灌婴率五千骑兵，于卯时蹚过潍水，袭击齐楚联军——此时上游已被堵塞大半夜，水已经较浅。一旦龙且出兵迎击，许败不许胜，迅速掉头，涉潍水而回。又命曹参率步兵两万人，手持大刀，埋伏于北面。韩信则自率大军，正面阻截。

次日清晨，龙且在睡梦中被喊杀声吵醒。他并不惊慌，此前早已料到韩信可能会来偷袭，当即披挂上阵，率军来战。灌婴正杀得兴起，忽觉敌军抵抗骤然强劲，知是龙且已到，忙鸣金疾退。

本来，龙且还奇怪汉军是如何"飞"过来的，此时朦胧中见水可见底，汉军逃兵正蹚过河去。当即大喜，传令全军渡河，乘胜追击。

过河之后，灌婴回首观望，但见河道之中，一连数里，乌泱泱全是楚军，直如蝗虫一般，凶猛剽悍，不少转眼便已登岸。不觉心中一紧：若是敌人源源不断过河来，汉军也只剩死战一条路。

正犹疑间，远方传来低低的怒吼，随即声音越来越大，弹指间便成雷鸣般的巨响，将万马奔腾之声压了下去，一股湿润的泥土气息扑面而来。

水——水来了！

河水从上游奔涌而来，河道中的楚军如一片片树叶，连人带马被冲得七零八落。隆隆的涛声里，隐隐传来微弱的呼救，如同垂死之鸟鸣，转瞬即逝。

灌婴虽久经沙场，看到这一幕也目瞪口呆。此前的彭城之战，数十万汉军被项羽逼入睢水，哭喊声震天。却也比不上这突如其来的大水，只看得人头晕目眩，心如死灰。

龙且胯下马既为神骏，已然抢先过河。眼见河水暴涨，拼命指挥楚军上岸，侥幸逃命的也只有寥寥数千人，被冲走的却不知有多少万，与对岸的楚军更被拦腰断为两截。他一生杀人无数，却从未打过这样的仗，一时间，又惊、又怒、又恨，一颗心拧作一团。

尚未缓过神来，曹参已率领大刀队从侧翼杀来，先砍马腿，再斩骑兵，直杀得鬼哭狼嚎，尸横遍野。前方，韩信大队人马早已排开阵势，步步紧逼。龙且不敢恋战，向南逃走，正撞上放水归来的陈豨。混战之中，龙且被曹参所杀，周兰为灌婴所擒。

对岸的齐楚联军看到突如其来的大水，以为触怒神灵，遭遇天谴，大片大片地跪倒在地。又远远看到龙且一班人马，如斩瓜切菜一样被屠杀干净，已是望风而溃。

韩信紧急传令渡河追击，一鼓作气擒斩齐王田广，剩余齐楚军队纷纷投降。齐相田横远走梁地，投奔彭越。至此，齐国覆灭。

收到韩信的战报后，刘邦喜形于色："韩信这小子，真他娘的有本事！"

扫平齐国,汉军已从整体形势上占优;阵斩龙且,歼灭二十万楚军机动兵力,更是断了项羽一条臂膀。如此一来,刘邦自忖已有七成胜算。

"来人,拿酒来!"

"大王箭伤初愈,还请保重龙体……"

"嗯——"刘邦嘿嘿一笑。

刚才说话的乃是戚姬,定陶人,她性情温婉,擅跳一种"翘袖折腰之舞"。刘邦很宠爱戚姬,认为她比吕雉温柔、可爱太多太多。

不久前,两军对阵,刘邦按照张良事先教他的台词,口若悬河,直骂得项羽面红耳赤,哑口无言。他正扬扬自得之际,不料项羽恼羞成怒,弯弓射出一箭。没有人会想到,项羽一箭射程如此之远,力道如此之大,一直透过层层重铠,插入刘邦胸口,差点将他射死。好一番休养,才缓过来。刘邦恨得咬牙切齿,却又不是项羽对手,屡战屡败,朝不保夕,而今听闻韩信大捷,终于出了一口恶气,无比惬意。

只是,这惬意并未持续太久。韩信便派使者前来送信,请求刘邦封其为"假王"(代理齐王),因为"齐人伪诈多变,反复无常,南面又与楚国相邻,我不当假王不足以镇抚齐国"。

刘邦看后大怒,指着使者骂道:"寡人被项羽困在这里,日夜盼着韩信来辅佐我,他满脑子想的却是自立为王,良心让狗吃了不成?"

使者拜伏在地,不敢抬头。旁边的张良、陈平心中焦急,一个狠踩刘邦左脚一个踩右脚,悄声道:"现在什么时候了,大王想想,您真能拦得住韩信称王吗?快些准了吧,好好待他,他还能替您抵挡楚国,不然,恐生变乱!"

刘邦也立刻醒悟过来,却不改口,继续骂道:"男子汉大丈夫平定诸侯,要当就当真王,还用'假'吗?"于是,命张良监制"齐王印",亲自送往齐国,要封韩信为齐王。

当龙且的死讯传到项羽耳朵里时,项羽大吃一惊——请注意,在史书中,项羽无论面对何等险境,此前都从未吃惊过。

《史记》中写的是"楚已亡龙且,项王恐"。《资治通鉴》的记载是"项王闻龙且死,大惧"。很显然,不可一世的楚霸王,这一次是真的害怕了。

那么,项羽为何害怕?

项羽绝非贪生怕死之辈。对于死亡,他一点都不陌生,二十四岁第一次拔剑砍下会稽太守的脑袋时,他没有怕;手刃顶头上司宋义时,他没有怕;坑杀二十万秦军降卒时,他没有怕;在彭城击杀数十万汉军时,他也没有怕……

也许,项羽害怕,只是因为龙且对他而言意义重大。除去君臣之谊之外,二人到底是什么特殊交情,是亲如手足的发小,还是有更深一层关系?正史中并未记载。在这里,或许可以推测和假设一下。

陈平曾对刘邦道:"项王不能信人,其所任爱,非诸项即妻之昆弟,虽有奇士不能用。"由此来看,项羽是有妻子的,而她绝非人们所熟知的虞姬。因为虞姬的身份只是一个"美人",在当时那个等级森严的时代,即便再受宠爱,也终究不是正室。

前文曾提及,项羽的骨鲠之臣,只有范增、钟离眛、龙且、周殷等寥寥几人。那么,项羽的"妻之昆弟"很可能就在里面。其中,范增年龄太大,可以排除。周殷受到猜疑,后来叛楚投汉,可能性也略小。

龙且忠心耿耿、至死不渝。或许,他正是项羽的妻兄。因为多了这一重关系,素来多疑的项羽,才会在窘迫之时仍放心让龙且独率大军,而听闻其战死之后,也才会反应如此之激烈。据此推测,项羽之妻可能姓龙。

另外,钟离眜也终身未背叛项羽。楚亡之后,从钟离眜所受到的重视和忌惮程度,以及其自视甚高来看,也不排除他正是项羽的妻兄。

所以,在战火纷飞的楚汉,可能有一位龙姑娘或钟离姑娘堙没于史册,她才是西楚霸王的正牌王后。

三分天下,干不干?

临淄城,韩信登坛受封。距离上一次他被拜为大将军,时间仅仅过了两年半。

张良代表刘邦,将一顶金灿灿的王冠、一枚齐王金印授予韩信。韩信恭恭敬敬接下,谢恩完毕,正欲起身,却见张良又从身后擎出一柄剑来。

韩信心中一动:这剑又是何意?难不成汉王传诏杀我?赐我自裁?

却听张良朗声道:"齐王韩信接剑,此剑名唤'玉龙',乃当年燕昭王赐乐毅之剑。汉王念你平齐有功,堪比当年乐毅,命人费尽千辛万苦将此剑寻来，特赐予你！"

韩信又惊又喜，他少年时代便景仰乐毅，来到齐国更是无数次听别人讲起他的故事，又岂会不知玉龙剑？只是，他从未想过这柄剑还存在世上，更不敢想今朝竟归自己所有。

他接过剑来，也不戴王冠，先向张良深施一礼，道："子房先生，别来无恙？走，我们且去畅饮一番！"

张良依旧消瘦，精神却也饱满，他平素已不饮酒，此刻看到韩信一副雀跃之姿，神情挚诚如赤子，心中瞬间觉得无比亲近，"唉，大王疑心越来越重，韩信却依旧是那个韩信，虽然贪图功名，却实无异心。大王处处防备，让人怎能不替韩信委屈！"

张良心里想着，口中却道："好！今日且饮三杯！"

宴饮之地不在齐王宫，而是城郊一处高台，二人乘兴飞觞，十数杯下肚，张良神色如常。

韩信却满脸飞红，已现醉态，口中嚷着："子房先生，薛城之会犹在眼前，当年韩信忍饥挨饿，而今已忝为一方诸侯，真有隔世之感！"

张良静静地看着，韩信明澈的双眸里有一种游戏般的神情，带几分自喜、几分佻挞，嘴角一抹微笑薄如剑刃。

"子房先生，我韩信能有今日，全凭两位贵人、两位知音。"韩信摩挲着酒杯，缓缓道，"汉王和丞相对我有知遇之恩，没齿难忘，但若论知我者，一个是淮水之畔的漂母，另一个便是子房先生了。"

张良心中一痛，一时竟也不知如何开口。

这日黄昏，韩信一袭便装出城去，穿过阡陌纵横的麦地，绕过一座山头，在一株老柳树下的宅院前下了马。

刚进房门，一个轻柔的声音在里屋传来："韩郎三日不来，想是子房先生已经走了？"

韩信应了一声，挑帘而入，一位碧衣女子散了一头黑发，正埋头刻一根竹简。案上，竹简已堆作小山。

韩信捉了她的手，抢下竹简，嗔道："都是些破烂东西，有什么好记的？"

碧衣女道："我又不是金枝玉叶，如今难得有闲，自然要做事的。韩郎，你袭秦、灭魏、破赵、下齐，哪一战不是震古烁今？正应该彪炳史册，我便要整理一部《韩信兵法》，传之千古……"

韩信淡淡一笑："濯儿，世人骂我是'甘受胯下之辱的小儿'，你替我鸣不平，是吗？"

濯儿正是碧衣女的名字。她嫣然一笑，轻轻携了韩信的手。

韩信在背后揽着她，缓声道："昨天，子房先生前脚刚走，项王的使者武涉便到了。那武涉说，汉王一向出尔反尔，断不可信。'今足下虽自以与汉王为厚交，为之尽力用兵，必终为之所禽矣。'又说，汉王之所以容我到现在，只因项王尚存。如今，汉王与项王相争，权在于我，助谁则谁胜。他劝我反汉联楚，而后天下三分，其势可成。"

"项王倒是了解汉王，只是缺了点自知之明。韩郎如何回他？"

"我让他替我谢项王。昔日我事项王，官不过郎中，位不过执戟；言不听，画不用，故背楚而归汉。汉王授我上将军印，予我数万众，解衣衣我，推食食我，言听计用，故吾得以至于此。汉王待我亲厚如此,我誓不背叛,虽死不渝!"

濯儿听到一个"死"字,手猛然一颤,刻字的刀叮铃一声落在地上。

"我帐下有一谋士,名叫蒯彻。武涉走后,他便来给我看相,说:'相君之面,不过封侯,又危不安;相君之背,贵乃不可言。'我让他明明白白道来,他说,'勇略震主者身危,功盖天下者不赏'。今足下戴震主之威,挟不赏之功,归楚,楚人不信;归汉,汉人震恐。我只剩下汉楚两不相助,鼎足而立这一条路了。"

说完,韩信轻叹一口气:"我岂不知蒯彻素来眼光毒辣?却也只能说'先生且休矣',让他息了这条心。他似乎失望透顶,已装疯走了。我想,汉王虽然雄猜,但其量如海,终不至于害我。"

濯儿紧紧攥了韩信的手,叫一声"韩郎",早已眼泪长流。

她知道韩信做出了怎样的抉择,一种黑色沧溟般的宿命铺天盖地而来。她猛地闭上双眼,"韩郎,带我去看看海——"

以往,总以为这世间最浩渺的莫过于淮水,即便见了奔涌的黄河也不过尔尔。而今立于东海之滨,韩信方知以前的念头是何等可笑。

他对诸将宣称自己闭门养病,将齐国事务托于李左车,独自与濯儿在海边寻了一处渔村,盘桓月余。

他与濯儿在魏国曾有一面之缘。彼时,濯儿尚为魏王豹宫中的一个侍女,进宫没几天,魏国便为韩信所灭。而后,韩信将部分宫女遣散,偶然间见到濯儿面有菜色,手臂之上有鞭痕历然,便动了恻隐之心,使人多给了她一些钱财,命其还乡。哪成想,日后竟又在齐国重逢。

平素，韩信不愿待在齐王宫中，他时常会想起鼎镬中郦食其的尸首，阴了一张脸轻蔑而凄恻地笑着，令他毛骨悚然。

多年来，他一心要建功立业，扬名天下，而今位极人臣，却又觉得还是一个人在田间，走走停停更为清爽，一如当年在淮水边，除了肚子之外全无挂碍。

韩信正是在此时遇到濯儿的。他朦胧中只余一丝印象，濯儿却又惊又喜，恭恭敬敬，置了酒食，请他进门。

随性而谈，竟如故人。韩信颇为惊讶，这女子只十七八岁，一副村姑打扮，却博古通今，对天下局势亦有一番见解。他这半生先是流离失所，后又戎马倥偬，如果说心中有一点女性的影子，也只有那位漂母，却也是亦母亦姐，早已面目模糊。

她是谁，我又是谁，具在恍惚中，忘了今夕何夕，心里却又和明镜儿似的。

在濯儿身边，他感觉忽然有了一个依傍，朝堂上下的卑微与倨傲，两军阵前的杀气和哭嚎，被一扇门关在外面，只余一片天清地宁。一切又像一个梦，温温软软，湿润、甜蜜而又奇异。

二人在海边，看日出日落，听浩荡天风，不觉日月如梭。

这一日，李左车快马而来，称刘邦遣使来临淄送信，要征齐军前往荥阳助战，究竟该如何处置？韩信略一沉吟，寥寥数语，将方略与李左车说了，又亲自写了奏折，让李左车派人送去荥阳。

此后几日，濯儿见韩信郁郁寡欢，便笑道："韩郎天下无敌，却有什么事，这般压在心上？"

"天下无敌的是项王，我还不知如何胜他……"

这一语竟触到了他的心事，濯儿轻喟一声，心道：韩郎呀韩郎！这一战就不能不再打了吗？

事实上，这场仗已然开始。

李左车持了韩信的虎符，命灌婴率三万精骑南下，深入楚地，纵横扫荡楚国的大后方。

此时，项羽兵力集结于荥阳、广武一线，后方空虚。灌婴骑兵趁势捣毁了项羽的故乡下相（即江苏宿迁一带），又渡淮攻击广陵。

项羽忙派项声、薛公等人前去迎敌。此前，项声曾与龙且一起打垮过英布，但那主要是龙且的本事，眼下龙且已死，项声岂是灌婴的对手，被打得落花流水，薛公也被击杀。

如此一来，项羽的后方遭到极大破坏，淮南淮北的粮仓全部覆灭。这是一次致命打击，粮草难以为继，项羽便无法再与刘邦打持久战。

而且，当武涉去游说韩信之时，彭越其实也在观望。他自知不是刘邦的嫡系，又向来独立作战，难免受到猜疑，所以处处盯紧了韩信。一旦韩信两不相助，他也会冷眼旁观。直到看到灌婴出兵，彭越才再次袭扰项羽。

随后，刘邦又封英布为淮南王，命其召集旧部。这样，刘邦俨然已占据了绝对优势。

当时，刘太公尚在项羽手中，而刘邦也早打好了算盘。他派人与项羽和谈，称愿划鸿沟为界，东归楚，西属汉，中分天下而治之。这一次，比起此前的划函谷关而治的方案，刘邦已前进了一大步。

此一时彼一时，项羽虽然无奈，却也只好答应。

于是，二人对天盟誓，楚汉两国各保疆土，互不侵扰。而后，项羽命人送回刘太公，引军东撤。

刘邦本来也打算西撤，陈平却道："而今，汉已有大半天下，诸侯归附，而楚军疲惫，粮草将尽，此乃苍天亡楚之时。不如趁其后撤之机，奋起直追，一举灭掉项羽，免得养虎遗患。"

刘邦认为陈平所言有理，又问张良。张良点了点头。

刘邦大喜，先是遣使去召韩信、彭越，命二人率大军前来，围攻项羽；然后命英布、刘贾南下围攻楚国重镇寿春；同时，派人策反项羽手下大将周殷。刘邦本人则率张良、陈平等人，昼夜兼程，追击项羽，直至固陵（今河南太康）。

项羽听闻刘邦背约来追，又怒又恨，当即停下脚步，严阵以待。而在快追上项羽之时，刘邦才发现韩信、彭越这两路人马并未前来。他意识到自己单兵突进的严重性，连忙命人扎下营盘，做好准备。只是，此刻已经晚了，项羽挥军反击，将汉军杀得尸横遍野。刘邦及时退入固陵城，才逃了一命。

缓过神来，刘邦大骂："韩信，你小子怎么还不来？当真一心要害死我吗？"

天下无敌，只有死人

项羽彻底被激怒了，率军疯狂攻打固陵。好在这些年，刘邦已积累下丰富的守城经验，尚能苦苦支撑。

"先不管彭越那只老狐狸，咱们单说韩信，寡人已封他为王，他为何还不率兵来？子房，你快说来听听！"刘邦又急又气。

张良略一沉吟，道："楚军大势已去，韩信、彭越自然知晓，但他二人却看不出灭楚之后，他们能得到什么好处。韩信虽获封齐王，却非大王之本意，他难免惴惴不安。彭越纵横梁地，大王以前因魏豹之故，封彭越为魏相国，而今魏豹已死，彭越亦想封王。大王若能将自睢阳以北直至谷城，封给彭越；将陈以东直至大海，封给韩信，韩信家在楚地，定愿衣锦还乡。只要大王肯与其共天下，二人立刻就会赶来，扫灭项羽便容易多了。"

刘邦答应下来，随即遣使者去见韩信、彭越二人。

韩信决意发兵。此时，濯儿的肚子已高高隆起，她依旧住在海边，既不肯搬回临淄，又小心翼翼地隐匿行踪，不让世人知道她的存在。

韩信柔声道："濯儿，汉王承诺灭楚之后，将大片楚地封给我，那时你便随我还乡，祭拜父母。"

濯儿心中弥漫着不舍与哀伤，她紧紧捉住韩信的手，"汉王反复无常，韩郎千万要小心……我这边自有乡邻照顾，你不必挂念。"

"你放心，若没有我，汉王要打败项王，纯属痴心妄想。"

"韩郎已有了胜项王的对策？他的雷霆一击，可绝非龙且能比……"

韩信转身踱了几步，渐渐挺直腰杆，雄起起道："我与项王，终须一战！"

留守齐国之人，韩信选的是曹参。

一方面，曹参老成持重，资历又深，能征惯战，扫平尚存的小股抵抗力量，不在话下；另一方面，曹参是刘邦亲信，派他留守也是让刘邦放心，表明自己并无拥兵自重之心。

韩信自引十万大军南下，以灌婴为先锋，率骑兵疾攻彭城。彭城乃楚国都城，城坚池深，是一座大型军事堡垒，一旦项羽据守于此，便极难攻克。

好在项羽此刻尚与刘邦对峙，彭城空虚。一番激战，灌婴将彭城攻下，俘虏楚柱国项它，也断了项羽的后路。然后，韩信又派兵平定周边各县，与刘邦形成对项羽的夹击之势。

项羽只好做战略撤退，韩信与刘邦会师于颐乡。此时，正是深秋十月，距离上次二人在赵国见面，隔了一年零四个月。

韩信大礼参拜，口称："臣救驾来迟，大王恕罪。"

刘邦连忙来扶，嘿嘿笑道："寡人是汉王，你自是齐王，何须多礼！"

韩信道："韩信虽忝为齐王，亦是大王之臣。"

"你既肯来，自是忠心可鉴。"刘邦笑着，瞥了一眼韩信腰间所佩的玉龙宝剑，"寡人还要用你做大将军，统率全部人马呢！"

"韩信领命！"

此时，楚军大司马周殷也已倒戈。他本是项羽最倚重的干将之一，但在陈平的离间之下，逐渐被项羽疏远。如今见大势已去，干脆与英布、刘贾一起，拿下寿春，合军北进，与齐、汉军会师。

彭越率军也已来到。至此，各路大军共三十万，由韩信统一指挥，向项羽步步紧逼。

项羽退至垓下，停下脚步。他要凭手中剩余的九万楚军，与刘邦决一死战。

当年，项羽凭三万精骑，将刘邦五十六万大军杀得片甲不留。而今，他尚握有九万雄师，其中，楼烦铁骑虽在潍水之战中折损一部，但精锐仍存。今昔对比，他似乎并无多少劣势。假如真有不同的话，最大的一点便是——他的直接对手已不是刘邦，而换成了韩信。

项羽据守一处高地，传令诸将立栅安营，养足精神，择日向汉军突击。

"哼哼，韩信小儿，当年我让你参与军事，指点于你，今朝我一定砍下你的狗头，祭一祭龙且和死难的将士！"

韩信远远望见项羽营盘，传令三军止步，擂起聚将鼓，自于帐中端坐，诸将鱼贯而入，雁列两旁。

他面沉似水，"项王纵横天下，未逢敌手，然连年征战，将寡兵疲，其势已竭，今垓下正是其败亡之地也！"

言罢，环顾诸将，见有人面露喜色，跃跃欲试；有人恍若未闻，不屑一顾；有人面带疑问……跃跃欲试的，是韩信从齐国带来的孔熙、陈贺等将领，均是自己从行伍间提拔起来，对他有一种信仰般的崇拜。不屑一顾的，则是周勃、郦商等宿将，多年来跟随刘邦，在与项羽的交锋中屡战屡败。面带疑问的，则是樊哙、灌婴等人，知道韩信用兵之神妙，但也亲自领教过项羽的狂暴，很想知道他到底要如何安排。

韩信又道："某料定，项王定欲养精蓄锐，寻机与我军决战。切不可给其喘息之机，一旦谋定后动，何人能当其雷霆一击？而今需立即进击，挫其锐气，谁敢打这第一阵？"

"末将愿往！"孔熙、陈贺不约而同跨出一步。

韩信不语，瞥一眼樊哙，"樊将军，当年瑕丘一战，项王风卷残云一般扫灭你的精锐，今日，将军可堪再战一场？"

樊哙一直对瑕丘之战引以为耻，听韩信提及，不觉火冒三丈，叫道："我死且不怕，何况一战！"抢了令箭，转身便走。

项羽刚坐下，美人虞姬早已置好几样菜，向金杯之中，满满斟了一杯酒。

项羽心中生起一片柔情。他虽早有正妻，但虞姬让他最为怜爱，多年来一直随他四处征战。他性格暴虐，动辄杀人，易走偏激的路子，时常是虞姬殷勤提醒，将他的怒火消弭，救了不少将士。

虞姬换好舞衣，项羽端着酒杯，正欲品评一番。忽然军士来报，汉将樊哙前来搦战。

项羽本欲不理，却听外面一片聒噪之声，隐隐传来叫骂："要斩项羽狗头""抢了虞美人献给汉王"……

项羽大怒，"待我挑了这厮，再来看美人歌舞。"说罢，点起三千楼烦铁骑，与樊哙大战。

战了半个时辰，樊哙所率的八千人马被杀伤殆尽，只得后退。项羽追出五里，忽然一左一右两哨人马杀来，正是孔熙、陈贺。项羽大杀一阵，将两路人马杀散。周勃又率军从背后杀来。

其时，天已黄昏。项羽抖擞精神，回军将周勃冲散。韩信令旗一摆，又指挥大队人马冲杀过来。项羽瞥见自己大营方向浓烟滚滚，火光冲天，心知不好，连忙飞马往回赶，迎头撞见一将，正是郦商。

那郦商哪敢恋战，伏于马背，寻小路逃了。项羽回营才知，郦商乘虚而入，一把火将粮草辎重烧了。

项羽恨得咬牙切齿，回头见那三千楼烦铁骑，只剩四五百人，也个个带伤，血染征袍。他心下不忍，命众军回营歇息，自己来见虞姬。

终于等到项羽归来，虞姬心中一宽，却见他满眼血红，难掩悲愤之色，不觉胸中一阵凄楚。她自少时便跟随项羽四处征战，哪怕当年破釜沉舟之时，眼中的项羽也总是一腔天地英雄气，哪里见过这等末路之感？

汉营，韩信在大帐中缓缓踱着步。

刘邦刚从这里离开，他原本满心忧虑，担心重蹈彭城之战的覆辙，却见韩信在一日间，已然确立了战场上的优势，不由得大加褒奖。

诸将前来复命，樊哙和周勃俱带了伤。周勃赞道："周某今日也服了你韩大将军，我等虽未杀败项羽，但他已经败了！"韩信点头，令众人退下。

空荡荡的大帐中，韩信依旧眉头不展，他知道，眼下的形势绝非像众人想得那般乐观。今日一战，项羽只率三千人马，就杀伤汉军两万余人。诸将只知项羽此前从未败过，能挫其锐气已经大喜过望。

然而，汉军士卒又岂会如此看待？他们几乎无人经历过巨鹿和彭城之战，不会知道项羽当年何等神勇。他们只会觉得眼前的项羽就是一个不可阻挡的魔头。假如再有这样惨烈一战，汉军军心必乱。

况且，项羽今日并非志在突围，假如他率九万人马一同冲锋，汉军纵使再多三十万，也难免土崩瓦解。

朔风凛冽，夜已深沉。三十万汉军连营匝地，似繁星，亦如鬼火。

怎么办？韩信不知不觉已踱了一个时辰。此刻，韩信无比想念张良，他虽短于两军争锋，但无比了解项羽，又多凡人之不敢想，假如他在，定知问题之诀窍。只可惜，张良病情加重，留在固陵，并未随军前来。

韩信正嗟叹，忽然有人求见。来者是个老军，手持一管青箫。韩信识得那正是张良之物，忙问："书信何在？"

老军回道："禀大将军，并无书信。张良大人只命我前来，给大将军吹奏一曲。"

韩信一怔。老军兀自幽幽吹奏起来，箫声如怨如慕、如泣如诉，正是楚地之曲。韩信不觉神飞，似又回到淮水之滨，柳丝拂面，水波悠悠，别有一种离情……箫声歇时，脸上竟有泪痕。

老军憨厚一笑。韩信旋即醒悟：是了，是了，子房先生真乃神人也！

他颤了双手，去接那管青箫——这哪里是一管箫？分明是扭转乾坤的一双巨手，是三十万汉军的性命所系！子房先生深自韬晦，不发一言，却将这一名垂史册的机会让给了我……

韩信当即传令，召夏侯婴、陆贾。

夏侯婴谙熟军情，陆贾通晓音律。他命二人火速搜集五百名能吹奏洞箫的军士，以及一千名会唱楚歌者，连汉王的御用乐队也征调过来。环绕项羽营盘，一支曲，一首歌，歌吹不已。

当夜，初始还残月在天，而后渐渐彤云密布，飘起细密的雪霰。

楚歌杂着楚曲，幽幽咽咽，如无数战死的亡魂在黑夜狂舞，又似一张看不见的大网，随着寒风荡开……

韩信连夜再次召集诸将，刘邦也被请来，在一旁坐了。

樊哙肩上裹了伤，听着这铺天盖地的楚歌禁不住有些出神。不光樊哙，诸将之中，周勃、郦商、灌婴、夏侯婴、王陵等皆为楚人，征战多年，岂能不想家？当此决战关头，营中竟是一片静寂。

刘邦笑道："大将军，你真行！项羽这些年席卷天下，靠得就是一股士气。你白天先挫其锐气，焚其粮草，晚上又来这么一出，楚军上上下下，定然以为楚地尽失，军心必散。"顿了一顿，又哈哈笑道，"大将军啊，你这番吹吹打打，就等于提前把项羽的丧事给办了！"

韩信一脸平静，"大王，项王明日定会突围。他知楚地尽失，定然直奔江东而去，无论如何不能让他渡江。"

刘邦拍案大叫："那是自然！将楚军营盘团团围住，寡人看他飞到哪里去！"

"纵使这样，只怕也困不住项王。"

"嗯——那？好吧，一切全凭大将军安排。另传诏，取项羽之头者，赏千金，封万户侯！"

韩信点了点头，一一吩咐，先后发出十二道令箭。诸将各自领命前去，偌大的营帐中，只剩下韩信、刘邦二人。相对无语，刘邦打着瞌睡，韩信听着连绵不绝的楚歌，想起了齐国的海。

这一夜，九万楚军有八万余人放下兵器。黎明，项羽率八百余人突围而去。

汉军在项羽大帐之中，发现了虞姬早已冷却的尸体。脖颈中剑，血染素衣，显是自刎身亡。刘邦大恸，跺脚道："虞姬，虞姬——"

不知何时，吕雉转了出来，冷冷道："可惜吗？她若不死，就是你死！"

从雪上的蹄印看来，项羽一路南下。早已传令，命灌婴率五千骑兵，一路紧紧咬住项羽，追而不击，时刻保持高压，让其寝食难安。又在南下路上，布下十面埋伏，截杀项羽。每当伏兵出动，灌婴便与其形成夹击之势。

韩信在帐中端坐一日一夜，消息不断传来：

项羽先后击穿了卢绾、刘贾、王陵等八处伏兵，渡过淮水，南下三百里，直至阴陵山。此时天色阴沉，项羽迷失道路，竟为一农夫所骗，绕了一个圈，又奔向东城（今安徽定远县东南）。韩信早已在此伏下重兵，见项羽一到，立即与灌婴一同围攻。项羽仍浴血突围而去，只是手下楚军只剩二十八骑……

刘邦听说项羽逃走，大吃一惊，跳了起来。韩信却道："大王放心，臣已传令，将乌江沿岸船只一律清除，项王插翅难飞。"

这日傍晚，终于传来消息——项羽自刎而亡。刘邦不信，不久，汉军中王翳、杨喜、吕马童、吕胜、杨武等五人，各持项羽一部分身体前来。刘邦细细端详了那头一番，见确实是项羽，一跤坐在地上，长吁了一口气，继而仰天大笑，笑声中竟有哭音。

韩信心如死灰，忽地眼前一黑，喷出一口鲜血。

项羽睥睨万军，独率二十八骑犹能斩将刈旗。而后，又有乌江亭长撑船前来,劝其渡江,来日卷土重来。《史记》中项羽的回答堪称绝唱,他道:"天之亡我,我何渡为!且籍与江东子弟八千人渡江而西,今无一人还,纵江东父兄怜而王我,我何面目见之?纵彼不言,籍独不愧于心乎?"于是,渡马而不自渡,横剑自刎,临死还要给旧人吕马童做个人情。

这样的项羽,重尊严胜过生命,能于万军中取人首级,又慷慨悲歌,泣下数行,虽死仍为一世之雄。而他又至死不寐:"天之亡我,非战之罪也!"如此高傲,如此固执!

不过,史书也不乏矛盾之处。最突出的是项羽究竟死于何处、如何而死。

《史记·项羽本纪》记载"项王乃欲东渡乌江。乌江亭长舣(yǐ)船待",那么他当时所处是否乌江,不得而知。《史记·高祖本纪》记载"使骑将灌婴追杀项羽东城"。《史记·樊郦滕灌列传》记载"(灌)婴以御史大夫受诏将车骑别追项籍至东城,之。所将卒五人共斩项籍"。从中可见,灌婴在东城追杀项羽,而且项羽并非自杀,而是为吕马童等五人所"斩"。

正因为《史记》本身的冲突,后世研究者各执一词,争论不休。

只是,无论如何,一个时代已然结束。

王者归来,故人安在

项羽已死,楚地略定,唯鲁地不降。

当年,项羽被楚怀王封为鲁公,鲁地奉其为主。刘邦知道鲁人谨守礼义,欲为主死节,而"礼义"二字,对他坐江山还大有用处。所以他未追究,只派人持项羽之头,遍示鲁地父老,鲁人至此方降。刘邦又在谷城(今山东东阿),以鲁公之礼,亲自为项羽发丧,大哭而去。

刘邦的眼泪,是真的还是假的?

当年他与项羽"约为兄弟",而今"兄弟"被大卸五块,死得极惨,为安抚其旧部,是必须要哭一场的。在这种目的之下,眼泪应该有不少表演成分。然而,作为一个多年的老对手,项羽又可说是他精神上的第一"伴侣"。对一个王者而言,其真正的知音只有敌人和女人。从这个角度而言,这泪或许又是真的。

项羽一死,项氏一族怎么处置?当年,他们多在项羽王朝中任要职。刘邦并未赶尽杀绝,他传旨诸项氏支属皆不诛。不仅如此,还封项伯等四人为列侯,赐姓刘。此举颇得民心,楚国旧部纷纷来降。

项氏一族保全下来,不知他们是该感谢还是痛恨项伯。一直以来他上演"无间道",首鼠两端,究竟是为了给自己谋取利益,还是预知项羽必败而市恩于刘邦,以图保全本族?真相早已不得而知,只是在楚汉相争的岁月里,人们永远不该忘记他那张暧昧的脸。

就在展示完宽厚的一面之后,刘邦做了另一件大事。他回到定陶之后,立即驰入韩信军中,夺下了韩信的兵权。

这一决断迅如霹雳,韩信完全来不及反应。刘邦心中一块巨石落地,随即大赦天下。

王船山对此评价是:"天下自此宁矣。大敌已平,(韩)信且拥强兵也何为？故无所挟以为名而抗不听命，既夺之后，弗能怨也。如姑缓之，使四方卒有不虞之事，有名可据，信兵不可夺矣。夺之速且安，以奠宗社，以息父老子弟，以敛天地之杀机，而持征伐之权于一王，乃以顺天休命，而人得以生。"

只是，韩信岂能无怨？

这是他第二次被夺兵权，上次在一年半前，灭赵之后。而且，他不仅失去兵权，手下诸将也被分调各军。他自忖刚立大功，又无反心，刘邦怎么就那么不放心？

正愤懑间，有消息自东海传来——濯儿产下一男婴。"濯儿安好，这就好……"他喃喃道，心中只想早日回到齐国，去看一看她母子。

然而，诏书又下，改封韩信为楚王，以下邳（今江苏省睢宁县一带）为都城。封彭越为梁王，都定陶。如此一来，韩信不仅封地大为缩水，连齐国也回不去了。

韩信既怒且怨。此时，萧何来了。萧何极少登门，但每一次，他的话都令韩信无法拒绝。

韩信当然不会忘记，当年萧何以身家性命来保举自己，这是何等大恩！但他心里也清楚，萧何始终是一心向着刘邦的。但是，不忍也罢、不愿也罢，他终究无法对萧何说个"不"字。

二月，以楚王韩信为首，韩王信、淮南王英布、燕王臧荼等共同上疏，共请尊刘邦为皇帝。刘邦几度作势推让，后于汜水北岸即位。然后，立吕雉为皇后，刘盈为太子，同时大封诸王。而后，定都洛阳，令各路诸侯的兵马各自还乡。

这一日,刘邦在洛阳南宫大摆酒席,问文武群臣:"你们都不要隐瞒,都说实话,为什么取得天下的是我,而不是项羽?"

王陵道:"陛下命人攻城略地,谁攻下便封给谁,这是与天下同利。项羽则不然,他吝于封赏,嫉贤妒能,自然失去天下!"

刘邦哈哈一笑,摆了摆手:"公知其一,未知其二。夫运筹策帷帐之中,决胜于千里之外,吾不如子房。镇国家,抚百姓,给馈饷,不绝粮道,吾不如萧何。连百万之军,战必胜,攻必取,吾不如韩信。此三者,皆人杰也,吾能用之,此吾所以取天下也。项羽有一范增而不能用,此其所以为我擒也。"

这番话,说得众人心服口服。也让张良、萧何和韩信三人,成为名垂青史的"汉初三杰"。

这三人,一谋划全局,一保障后勤,一杀敌斩将,正是历代帝王所艳羡的黄金配置。比如,三国时期,刘备一心想构建这样的班底,结果庞统、法正早死,关、张又亡,剩一魏延又难驾驭。诸葛亮仅有萧何之才,无奈之下,却要强挑三副重担,终于鞠躬尽瘁,"星落秋风五丈原"。

韩信刚到楚国,李左车也到了。

只是,濯儿并未随他前来,只捎来一封信。信上自陈:母子二人一切都好,暂时不愿来楚国。

"韩郎,我知你素怀大志,自比王侯,但如今天下已定,皇上深忌君才。当年范蠡助勾践灭吴,自言'蜚鸟尽,良弓藏;狡兔死,走狗烹',功成身退,放舟五湖。韩郎何不以效范蠡,归隐东海?我母子日夜盼你、望你，再叙天伦！"

落款是工工整整三个字——司马瀫。

韩信早知她乃司马穰苴一脉，但很少见如此庄重署名。司马一门苦难深重，而今幸存之人几乎都含辛茹苦，深自韬晦。瀫儿的想法，早在齐国时他便已知晓。只是此刻有了孩子，却依然不来见上一面，让韩信感到莫大的遗憾。

正茫然间，只听李左车道："大王，你多保重，左车也要告老还乡去了！"

韩信一惊，怔在当场。

"大王，当退则退吧！"李左车淡淡一笑，又默默呈上一物，乃是一枚小巧的金牌，上面是孩子生辰。

韩信接过来，转手从腰间解下了玉龙宝剑，呈给李左车。"左车兄，劳烦你最后再走一遭，将这柄剑交给他们母子。孩子的名字我也起好，就叫'韩平'。替我告诉瀫儿：以剑为师，砺儿之志！"

李左车双手接了，仍有满腔话要说，踌躇一番，却未发一言，轻轻拱了拱手，打马飘然而去。

韩信心中一片凄冷，手中摩挲着那枚金牌，算一算孩子的生辰，竟与项羽之死同日同时。

韩信还一直记挂着一个人。

他派人找遍了整个淮阴城，终于寻来了她。青衣，布裙，斜簪一根荆钗，因为跪着，只能看到她的鬓发。一晃四年多过去，黑发已然星星点点地白了。

他赶紧起身,亲自扶起,赐坐。叫一声:"漂母,你看一看,我是当年垂钓淮水的韩信呀!"

漂母垂首道:"大王,整个淮阴城,早已无人不知您的大名。"

韩信笑道:"当年我从你乞食,又受人胯下之辱,怕是早已无人不知、无人不晓了……"

漂母抬起头,直直望着韩信,目光灼灼:"大王,人世如山如河,翻过去便过去了,流走的也终不回来,何苦总记得从前……"

韩信心中慢慢升腾起一种暖意。她看起来依旧那样洁净、体面、飒然,只是眼角的皱纹分明显示她已经老了。这岁月呀,当真一去不回来,今生今世,他都做不回当年淮水畔的那个浪荡子了!

他静静听着漂母说话,耳边环绕着一股潺潺水声,心绪则如一片叶子,随之飘飘飐飐。

他很想再听听,她当年唱的那首曲子,却羞于开口。直到她要走了,他忽然才想起正事,"漂母,我当年说过'必有厚报',这我可不曾忘了。你说吧,你想要什么?"

漂母淡淡一笑:"大王,我也说过,不指望回报。"

"我还你黄金千斤,以报当年赠饭之恩。"

"千斤黄金,很多呢……你替我分发给淮阴百姓吧,天下刚太平,很多人还没有饭吃。"

她竟敢不受,韩信一时语塞,"漂母……我若不答应呢?"

漂母也不回头,"大王投金淮水便是!"

送走漂母,韩信又命人找来了甄二和南昌亭长。二人并排跪着,各怀心事。

甄二正是当年逼韩信受胯下之辱的泼皮,听说韩信当了楚王,他一度怕得要死,想躲进山里去。但后来定下神来,把心一横,照旧像往常一样过日子。此次被招来,早已做好了被砍头的准备。

南昌亭长当年曾主动约韩信到家里吃饭,其妻不堪其扰,日渐冷淡,韩信遂不复登门。他此刻已听说韩信千金酬漂母,估摸着自己多少也能得点赏赐。

韩信冷冷道:"甄二,你可有话说?"

甄二磕了个头,"小的有眼无珠,无话可说!"

韩信环顾诸将、属吏,朗声道:"这甄二也算是个壮士吧。当日辱我之时,诸位以为我当真杀不了他?杀之无名、杀之无用而已!故而忍就了一时。"说完又传令,给甄二封了个官。

南昌亭长满怀期待,一颗心怦怦乱跳,终于轮到他了,却听韩信一声冷笑:"公,小人也,为德不卒!赐你一百个钱,抵了当日的饭钱!"

这一番处置下来,在淮阴城传为奇谈。

坊间纷纷传扬:果然是那个韩信,如今平了天下,当了大王,可还是那么不着调——不过,看着还是挺亲的……

也有人说:"我早就看出韩信是个天才。当年,他母亲死了,穷得办不起葬礼,他就四处寻个地方挖坑埋了。可你看看人家韩信怎么选的墓地?那是一块高地,四下空旷能安置千家万户。原来人家早就打算好了,将来给他母亲修一座大墓,壮志凌云呀!"

流言蜚语中,韩信静坐楚王宫。这座新落成的宫室虽然潦草,但比起当年在南郑的大将军府,还是强了太多。他从白天坐到黑夜,从缺月看到满月,一种从未有过的落寞淹没了他。

天下风云已定,只需静坐终老,而他内心仍不安定,也根本静不下来。

他才只有二十八岁,虽已看惯千军万马,踏过尸横枕籍,但这条看似漫长的人生之河,仍然望不到头。

韩信不会知道,也无法接受,他的所有光荣与梦想,直到这一刻已悄然画上句号。自此之后,他将从战神的神坛上陨落,去附和一句可怕的谶言。

在洛阳,刘邦对于韩信终不放心,又听说他新收留了项羽原麾下大将钟离昧,更是坐卧不宁。

但刘邦很清楚,自己打不过韩信,手下更无人是其对手。于是听从陈平之计,以南下巡狩云梦泽之名,将韩信诱捕,带回洛阳,赦免其罪,只削掉楚王之爵,降为淮阴侯。

韩信万般委屈,更是羞于和周勃、灌婴等人同列,终日拒不上朝。那段岁月,他唯一能感受到的体面来自樊哙。

某次,他路过樊哙的舞阳侯府,樊哙跪拜迎送,口称:"大王驾临臣家,荣幸之至(大王乃肯临臣)!"韩信出得门来,笑着叹口气,自言自语:"这辈子竟然要和樊哙之类人为伍了(生乃与哙等为伍)!"

韩信心里明白,樊哙这样做,或许是真心佩服,或许只是故意以大礼来保持距离,拒他于千里之外,免得刘邦疑心。但他仍然有几分感动。

有时,刘邦也召韩信来谈谈旧事。《史记》记载:上常从容与信言诸将能不,各有差。上问曰:"如我能将几何?"信曰:"陛下不过能将十万。"上曰:"于君何如?"曰:"臣多多而益善耳。"上笑曰:"多多益善,何为为我禽?"信曰:"陛下不能将兵,而善将将,此乃信之所以为陛下禽也。且陛下所谓天授,非人力也。"

这就是"多多益善"这一成语的来源。显而易见,直至此刻,韩信仍然不肯给刘邦留面子。这是名将独立人格的最后锋芒,如此平等、如此直来直去的君臣对话,在楚汉之后的中国历史上,再也难觅踪迹。

韩信被攥在手心,但天下仍不太平。各地谋反的消息陆续传来,刘邦亲自率军出击,疲于奔命。其间,他还中了匈奴冒顿单于的埋伏,被困白登七日七夜,多亏陈平纵奇计,他才捡了一条命。刘邦无数次想到,假如那次统兵的不是自己,而是韩信,自己又何至于受此奇耻大辱?

每次班师回朝,刘邦都很怕见到韩信,担心被他奚落一番,但又总是忍不住把他召来,聊上几句——

看韩信苦着一张脸,刘邦会冷不丁抛出一句:"韩信,有人告你谋反!"

韩信冷哼一声:"要反,早反了,还用等今天?"

刘邦嘿嘿一笑。就像张良和萧何一样,他自然也是懂韩信的。假如没有韩信,他可能至今还在巴蜀喝闷酒,天天望着东方骂娘。即便忍无可忍起了兵,也被项羽杀了几十次——韩信的功劳有多大,他岂能忘记,而天下人也都看在眼里。

当然,他也知道韩信不会反,可想不想反是一码事,能不能反是另一码事,纵无反心,有造反的能力就行吗?而且,当日固陵之围,韩信的叫板差点害死他,岂可不妨?

偌大一个长安,安放一个韩信不成问题。但在生命这条路上,刘邦明白自己已快走到尽头,而韩信依然年轻……

那年十月,刘邦率军讨伐巨鹿太守陈豨。三个月后,得胜回朝,刚到洛阳就见到了韩信的首级。

刘邦倒抽一口冷气,上上下下,细细端详那颗清秀的头颅,百感交集。对此,史书的记载是:"见信死,且喜且怜之。"

吕后早已亲自赶来洛阳,等着向刘邦汇报。她无比冷静,口齿清晰,嘴角一抹笑意红如罂粟:"韩信与陈豨相勾结,欲乘陈豨谋逆、陛下亲征之机,率其家臣、官奴袭击我与太子。幸亏其仆人获罪于韩信,韩信欲杀之,仆人之弟连夜告发其奸谋。情急之下,我只好请来萧相国商议,将韩信诱入长乐宫,斩之于钟室……"

血红的宫灯下,刘邦呆坐着,看吕后的影子铺满了大半个地面。他缓缓摆了摆手:"要反,早反了——好,好,杀了吧,杀了也好——厚葬!"

史书写下:"春,淮阴侯韩信谋反关中,夷三族。"

东海之滨,海浪排出千重雪,一名女子浑身缟素,久久望着远方。

一个孩童快步跑来,"娘,娘,甄二叔叔抓了一条大鱼,比平儿还要大,能不能把我们家那把剑借给他杀鱼呀?"

女子不语,揽了孩童的肩。

这是日落之后最宁静的时刻。

参考文献

第一刀杀谁：司马穰苴

1　司马迁《史记·太史公自序第七十》。
2　黄仁宇《赫逊河畔谈中国历史》。
3　《汉魏六朝诗》。
4　司马迁《史记·司马穰苴列传第四》。
5　《晏子春秋·外篇不合经术者》。
6　罗贯中《三国演义》第五十九回、陈寿《三国志·魏书·钟会传》。
7　《孙子兵法·九变篇》。
8　《剑桥中国隋唐史》第四章《唐政权的巩固者唐太宗》。
9　《左传·襄公二十五年》。
10　《东周列国志》第七十一回、《晏子春秋·内篇·杂上》。

战国、狼与桃花：吴起

1　梁启超《黄帝以后的第一伟人——赵武灵王传》。
2　黄仁宇《赫逊河畔谈中国历史》。
3　关于吴起生平，说法不一，本文采用《资治通鉴》说法，参考钱穆《先秦诸子系年》。
4　《礼记·檀弓上》。
5　《荀子·大略》。

6 《晏子春秋·内篇·问上》。

7 《韩诗外传》。

8 《资治通鉴·周纪一》。

9 司马穰苴《司马法·仁本》。

10 《左传·庄公十年》。

11 司马迁《史记·仲尼弟子列传第七》。

12 司马迁《史记·孙子吴起列传第五》。

13 《逸周书·谥法解》。

14 刘向《说苑·政理》。

15 《吴子兵法·图国第一》。

16 《荀子·议兵》。

17 《剑桥中国秦汉史》，1石=29.5千克，1里=0.415公里。

18 《吕氏春秋·用民》《尉缭子·制谈第三》。

19 《汉书·陆贾传》《资治通鉴·唐纪·太宗贞观二年》。

20 司马迁《史记·商君列传第八》。

白衣飘飘的将门：乐毅

1 司马迁《史记·孟尝君列传第十五》。

2 陈寿《三国志·蜀书·诸葛亮传》。

3 范晔《后汉书·列女传》。

4 《战国策·魏策一》。

5 《战国策·赵策三》。

6 司马迁《史记·赵世家第十三》

7 《史记·燕召公世家第四》。

8 《孟子·梁惠王下》。

9 燕昭王是公子职还是太子平，有不同说法，此处参见杨宽《战国史》，参考考古资料。
10 司马迁《史记·乐毅列传第二十》。
11 《战国策·燕策二》。
12 《中国历代战争史·上古·春秋（下）》。

刀头上的绝响：王翦

1 司马迁《史记·白起王翦列传第十三》。
2 关于"坑杀四十万降卒"后世历来觉得有夸大，不止近现代学者，唐代杜佑在《通典·兵六》中也说："其时马服子（赵括）与锐卒（亲）自搏战，秦军射杀之。（赵）军大败，卒二十余万人降，皆坑之。"
3 司马迁《史记·春申君列传第十八》。
4 司马迁《史记·秦始皇本纪第六》。
5 司马迁《史记·廉颇蔺相如列传第二十一》。
6 《永乐大典·太原府志·兵防》。
7 《资治通鉴·秦纪一》。
8 司马迁《史记·赵世家第十三》。
9 司马迁《史记·魏公子列传第十七》。
10 乐史《太平寰宇记》。
11 司马迁《史记·范雎蔡泽列传第十九》。
12 《战国策·秦策五》。
13 《淮南子·泰族训》。
14 冯梦龙《东周列国志》。
15 王充《论衡·感虚》。
16 司马迁《史记·刺客列传第二十六》。
17 司马迁《史记·匈奴列传第五十》。
18 《战国策·燕策三》。

19 参见《本溪史话》:"太子河古称衍水。在春秋战国时期,太子河流域一带地区被称为衍,为东胡族控制,是以河称衍水。后因燕太子丹被秦将追杀逃亡于此,故名为太子河。"
20 《中国历代战争史·上古·春秋(下)》。
21 司马迁《史记·萧相国世家第二十三》。
22 《资治通鉴·秦纪二》。

仗义每从屠狗辈:樊哙

1 《剑桥中国秦汉史》第一章《秦国和秦帝国》。
2 司马迁《史记·项羽本纪第七》。
3 司马迁《史记·高祖本纪第八》。
4 司马迁《史记·樊郦滕灌列传第三十五》。
5 司马迁《史记·秦始皇本纪第六》。
6 《商君书·境内篇》。
7 司马迁《史记·陈涉世家第十八》。
8 司马迁《史记·绛侯周勃世家第二十七》。
9 司马迁《史记·李斯列传第二十七》。
10 《资治通鉴·秦纪三》。
11 《淮南子·人间训》。
12 王夫之《读通鉴论·卷一·二世》。
13 《周易·夬卦》王弼注。
14 司马迁《史记·张耳陈余列传二十九》《资治通鉴·秦纪三》等。
15 张传玺《关于"章邯军"与"王离军"的关系问题》、郭霞《巨鹿之战中章邯消极避战及其原因新探——兼对"项羽军巨鹿大败章邯军"一说校正》等。
16 司马迁《史记·白起王翦列传第十三》。

17 《论语·微子》。
18 司马迁《史记·魏豹彭越列传第三十》。
19 司马迁《史记·郦生陆贾列传第三十七》。
20 司马迁《史记·留侯世家第二十五》。
21 《资治通鉴·汉纪一》。
22 王夫之《读通鉴论·卷二·汉高帝》。
23 陈寿《三国志·魏书·曹爽传》
24 班固《十八侯铭》。
25 黄勇《假如项羽鸿门宴上杀死刘邦能保住霸业吗？》。
26 陈寿《三国志·魏书·许褚传》。
27 司马迁《史记·陈丞相世家第二十六》。
28 司马迁《史记·季布栾布列传第四十》。
29 鹤间和幸《始皇帝的遗产：秦汉帝国》。
30 陆威仪《哈佛中国史·早期中华帝国·秦与汉》。

天下，十面埋伏：韩信

1 司马迁《史记·淮阴侯列传第三十二》。
2 班固《汉书·百官公卿表上》。
3 陈寿《三国志·蜀书·庞统传》。
4 司马迁《史记·项羽本纪第七》。
5 罗贯中《三国演义》第九十六回。
6 《中国历代战争史·楚汉战争至东汉》。
7 陆威仪《哈佛中国史·早期中华帝国·秦与汉》。
8 司马迁《史记·韩信卢绾列传第三十三》。
9 班固《汉书·魏豹传》。
10 班固《汉书·高祖纪》。

11 班固《汉书·韩信传》。
12 段玉裁《说文解字注》:"木罂缶者,以木为罂缶状,实兵于其中。不欲人知,故不为盆状。韦昭云:以木为器,如罂瓴以渡军。无船、且尚密也。韦说是也。"
13 司马迁《史记·外戚世家第十九》。
14 《三国演义》第七十一回、《三国志·魏书·徐晃传》。
15 明代出版的《山西通志》。
16 司马迁《史记·黥布列传第三十一》。
17 司马迁《史记·陈丞相世家第二十六》。
18 参考冯其庸《项羽不死于乌江考》、袁传璋《项羽死于乌江考》等。
19 王夫之《读通鉴论·卷二·汉高帝》。
20 据《新唐书·表第十五上·宰相世系五十》,钟离眛有二子,长子钟离发,二子钟离接,居颍川长社。后来钟离接改为钟姓,名钟接。
21 司马迁《史记·高祖本纪第八》。